五行塔事件

時晨 著

目錄

瀕死的女人

地獄的風景

過去這些年，我遇到了無數經歷過「瀕死體驗」的人們。我和他們交談，把他們的故事編輯成冊，以《瀕死體驗典型案例》爲名出版，至今已有十年。在這十年裡，我幾乎把所有的時間和精力，花在了研究人類死亡之後何去何從的問題上。從一開始被人嘲笑，直至如今小有成就，我所面對的困境恐怕是大多數人無法理解的。至今爲止，我手上大約有三百多個關於該現象的案例。面對這樣龐大的材料，我嚴格挑選其中一百多起我認爲可信的案例發表。儘管受訪者有著不同的宗教信仰和社會教育背景，可是他們的說法卻非常類似。這更讓我堅信我的研究是有意義的。

特別是在一九七六年，唐山大地震使二十四萬人死亡，十六萬人重傷，並且誘發了集體靈魂離體的事件。近半數的瀕死生還者有靈魂和意識脫離軀體的感受，三分之一的人有通過隧道的奇特感受。「靈魂出殼」和「隧道體驗」是瀕死體驗中經常被人提到的現象。幾乎所有有此體驗的生還者都會描述說，靈魂離開軀體之後，在某一種光源的指引下，通過隧道並把自己一生所經歷過的事件，如同電影一般在眼前一幕幕放映出來。這些經歷是難以從神經生理學的角度解釋的，因爲患者經歷瀕死體驗時已經算臨床意義上的完全死亡，心跳和呼吸均已停止，腦電波消失，大腦組織完全處於不活動狀態。假如思維意識是由腦神經活動產生，那麼患者在臨床死亡的狀態下，如何能有獨立於身體並且清醒有序的意識活動呢？

所以，我完全無法接受幻覺這一說法。有時候，過於相信科學也是一種迷信。在唐山大地震倖存者的瀕死體驗調查中，雖只獲得八十一例有效的調查資料，卻是目前世界瀕死體驗研究史上採集樣本最多的一次。這次的調查結果與世界其他國家學者的調查驚人地相似。

在世界各地，有許多科學家和我從事著同樣的工作，其中最著名的，莫過於美國的「瀕死體驗之父」雷蒙．穆迪教授，他的著作《死後的世界》對我影響頗大；不得不提的還有維吉尼亞醫學中心的布魯斯．格雷遜醫生，他編輯的《瀕死體驗學報》發刊長達十五年之久，是該主題理性研究的發源地。可以說，世界各地的學者們都已經行動起來，「瀕死體驗」這一現象已引起了學界的重視。

遺憾的是，儘管大部分有此體驗的人可以大致訴說他們身上發生的一些情況，卻都太過模稜兩可。可喜的是，我在上週遇到了一位患者，她對體驗的記憶相當完整，所講述的內容也是我聞所未聞的。在我手上大部分案例中，體驗都在光源引導他們穿過隧道之後戛然而止，他們或被搶救回來，或失去了意識，直到在醫院的病床上悠悠醒轉。而這位名叫吳茜的女士，她卻完整地回憶起了在「另一個世界」發生的一切，細節都描述得清清楚楚。要知道，她可是被臨床宣布死亡四十分鐘之久的人。十二月五日二十二時四十分許，在上海浦東新區的棲山路羅山路發生了一起車輛相撞的交通事故。事故造成一人死亡，一人重傷。吳女士送抵醫院時，已經被宣布死亡半個小時了。但醫院在家屬的堅持下，沒有放棄搶救，他們運用一種叫作「LUCAS2」的高科技壓縮機維持吳女士的大腦血液供應，同時通過手術疏通心臟動脈，並用電擊恢復她的心跳。在被宣告臨床死亡四十分鐘後，吳女士恢復了意識。

醒來後的吳女士不停向家屬述說一些奇怪的故事，也就是她的瀕死體驗。家屬認爲吳女士可能因爲缺氧時間過長，大腦受到了嚴重的損害，便向醫生請求幫助。所幸吳女士的主治大夫林浩醫師是我的同窗舊友，便把她的情況告訴了我。得知這個消息後，我立刻動身前去平涼路綜合醫院，親自聆聽了吳女士的「地獄故事」，並用錄音筆做了紀錄。她所說的故事相當完整，前後邏輯關係明確，完全不像頭腦受到損害的樣子。這實在令人驚喜！現在，我將把我和她的對話，完整地展現在諸位讀者面前，孰是孰非，自有公論。

（以下用郭、吳來代替郭泰麟教授和吳茜女士）

郭：你好，吳茜小姐。我能坐這兒嗎？

吳：當然可以。

郭：你知道我是做什麼研究的，是不是？我這次來的目的，相信林醫師也和你說過了吧？

吳：是的。昨天我讀了你的書，我非常敬佩你的研究方向。

郭：好，那我就開門見山了。我聽說了你的故事，你有過一段不同尋常的體驗，被臨床宣布死亡四十分鐘後，你竟然奇蹟般地活了過來。要知道，在醫學上，大腦缺氧八分鐘就會死亡。你能活下來，眞是不可思議！

吳：我想這應該是神的旨意吧。我命不該絕。

郭：喔？那你現在還是無神論者嗎？據我所知，你在這次事故之前，一直是唯物主義者。

吳：說來可笑，之前我確實相信人死如燈滅。可是……可是現在不同了。對，我相信有神，我也相信人死後，會有另外一個世界。

郭：我希望能聽一下你的經歷，越詳細越好。你不介意我錄音吧？

吳：不介意。

郭：好，那我們就開始吧。

吳：那天是星期五，我記得自己正開車在棲山路上行駛。迎面駛來一輛奧迪Ａ４，是逆向行駛的。當時我的車速是一百二十公里，根本來不及思考，就把方向盤往右打了。誰知撞上了另一車道的大眾帕薩特。那一瞬間，天旋地轉，然後我就失去知覺了。

郭：你是什麼時候恢復知覺的？

吳：具體我說不上來，但我可以告訴你，我能看見他們在搶救我。我在上方，俯視自己的身體，看到身體躺在汽車殘骸裡，像脫線的木偶，雙腿扭曲變形，血流滿地。我身邊有許多醫護人員，我看著他們把我的身軀搬上擔架，塞進救護車。

郭：你有沒有想過和他們對話？

吳：那時，我完全沒有求生的欲望和想法，渾身被一種寧靜、平和的感覺包圍著。沒有痛苦，從來沒有如此輕鬆自在過。我記得心裡浮現出一個念頭：我難道就這樣死了嗎？我終於解脫了。

郭：有沒有害怕？或者有其他人來和你說話？

吳：不害怕，我很平靜，心裡沒有波瀾。我聽到像是來自遠方的鈴鐺聲，宛如在風中蕩漾。忽然有聲音問我，準備好了嗎？我不知道該如何回答，那個聲音的主人並沒有形體，或者說有，只是我看不見。那種感覺非常奇怪，我是在一個虛空裡和那個沒有形體的人談話。我告訴他我準備好了，他就讓我跟著他。

郭：有沒有通過隧道，或者是一種被快速拉扯著穿越某種黑暗空間的感覺？

吳：確實，我飛快地穿過一個陰暗的空間，速度非常之快，你可以把它比喻成一條隧道，但在我看來，它更像一座橋。

郭：橋？周圍是黑漆漆的嗎？橋下面是什麼？

吳：可能是一條河，或者其他什麼，我不確定。我聞到了腐爛的氣味，令人作嘔，我問那個爲我引路的人，這裡是什麼，是哪裡？他並不回答我。他只是領著我，用非常快的速度穿過了橋，也可以說渡過了一條散發著腐臭味的河。

郭：河裡面有人嗎？

吳：我沒有看清，河邊好像有很多花，猩紅色的花。

郭：然後呢？（通常在這個時候，瀕死體驗都會結束，患者會恢復意識。）

吳：我看見了一個人，是有形體的。一個站在幽冥空間裡的老太太，遞給我一個碗，讓我喝下去。我很害怕，不想喝這個東西。況且我感覺自己的身體是沒有形體的，但很奇怪，接過碗的時候，我的手就出現了。這種感覺很難形容。

郭：難道是孟婆湯？眞的有這種事？

吳：我拒絕了她，我不想喝。但是她非常生氣，認爲我不遵守這裡的規矩。剛才的指引者也非常憤怒。我把碗丟在了地上，那碗摔在地上之後，碎片劃傷了我的拇指。喏，你看，就是這個傷口。（吳茜舉起手，給我看了她的右手拇指，傷口很深。我詢問過她的主治大夫和身邊的護士，吳茜被送進急救室的時候，拇指並沒有受傷。）

郭：眞是不可思議。

吳：指引者帶我離開了那兒，去到另一個空間。我們經過了一條路，路的兩邊都是惡鬼，它們對著我喊叫、呻吟，像是受著無盡的煎熬，我非常害怕。通過那條路後，指引者把我帶進了一個小方格裡。小方格的內部非常黑，什麼都看不見。他把我丟在了那兒，自己卻消失了。無論我怎麼喊叫，都沒人答應我。我絕望極了。

郭：然後發生了什麼？

吳：忽然出現了一個黑色的東西，像是一頭野獸，總之非常恐怖。它從一邊竄到另一邊，速度非常快，我以爲它的目標是我，可是我錯了！

郭：它的目標是什麼？

吳：是另一個人，或者說是個女人，別問我怎麼會知道的，我就是知道。野獸追逐著那個沒有形體的女人，或者可以說是一個女人的靈。它凶狠地撲向她，毫不留情地用爪子扎進她的身體，我甚至能聽見她的尖叫。

郭：她是沒有形體的，野獸怎麼可能抓到她呢？

吳：我不知道，我不知道。我覺得我會是下一個受害者，但野獸殺死那個女人後，並沒有理會我，而是消失了。又過了一會兒，我感覺自己身體周圍出現了很多水。我意識到他們想用水淹我。水在我身邊流動，忽然有一個聲音，說了一句我聽不懂的話，四周猛地出現許多小鬼，嚎叫著開始脫我的衣服。

郭：你不是說自己沒有形體嗎？爲什麼會有衣服？

吳：就是這種感覺，我知道它們在脫我的衣服，但我確實是沒有形體的。我看不見自己的身體，但能感覺到它們在做什麼。爲什麼這樣肯定，我自己也說不上來。就在這個時候，忽然有個聲音在我耳邊說，你應該回去。我想，是的，我該回去。然後身體像被抽空一樣，瞬間到了病房。

郭：你醒了過來？

吳：不，我沒有醒。我感覺自己像是一朵雲，飄浮在病房裡。我俯視自己，看到穿著藍白條紋病服的自己，我試圖回到身體裡，可怎麼也辦不到，直到發生了一點意外。我感覺自己的意識開始消散，我想這下糟了，我眞的要消失了。

郭：意識消失？

吳：怎麼說呢，我很難形容，打個比方，就像把一粒藥片丟進熱水中。它不會立刻溶解，而是慢慢地消散在水中，我的意識就像那粒藥片，慢慢地在空間中稀釋，直到什麼都沒有。然後我就醒了，醒來後發現，我在我自己的身體裡。我能控制我的手和腳，不再是沒有形體的了，我有了身體。

郭：你醒了過來？發現有什麼不同？

吳：一切知覺都恢復了，和昏迷之前沒有不同。穿著藍白條紋的病服，手腳都被石膏固定住了。剛醒的時候渾身很痛，之後我才知道，身上多處地方都骨折了。

以上就是我對吳女士的訪談實錄。

對於吳女士的敘述，我堅信不疑。她沒有任何說謊的理由，這對她自己也沒有好處。人們會認爲她是一個瘋子，對她敬而遠之，但她還是決定把這一切說出來，爲了追求眞理。再次，我對吳女士表示最崇高的敬意。她用她靈魂的眼睛，爲我們描述了地獄的風景，這種經歷，我相信今後還會有，但能像吳女士這樣站出來發聲的卻沒有幾個。

這次的案例，可以說是我國瀕死研究領域的瑰寶。

瀕死體驗的研究，我還會繼續。今後，我還會發表更多的相關文章。我希望越來越多的科學家和哲學家能夠投入到這個令人震驚的神秘領域。當然，或許你讀完我這篇文章，還是對我的研究嗤之以鼻。我沒有什麼可抱怨的，十多年前，我的反應和你是一樣的。我只是希望讀者能夠放下狹隘的偏見，用理性客觀的眼光來看待瀕死體驗的研究。

或許在這個世界之外，還有另一個世界也未可知呢！

摘自《神秘探索》雜誌第二三九期　郭泰麟

1

「陳熁，你相信人有靈魂嗎？」

面對我突如其來的問題，躺在沙發上看書的陳熁顯得有些茫然。不得已，我又重複了一遍剛才的問題。陳熁撓了撓後腦勺，思考了片刻，才回道：「或許這麼說會令你失望，可是，人類如果有靈魂，那很多事會講不通。所以我認爲沒有。」作爲一個數學教授，陳熁對這些怪力亂神的事情，一向避而不談。偶爾被我逼問到不行，也都是含糊其詞，敷衍了事。他應該是個眞正的無神論者吧。

我失望道：「你眞是一點浪漫情懷都沒有！我倒認爲，人死後會到達另一個地方，和死去的親人團聚。對了，你知道靈魂離體的瀕死體驗吧？」

陳熁闔上書本，對我笑道：「知道啊，不過我是不相信的。其實心臟驟停之後大腦也是具有較高活躍性的，人們在垂死邊緣，推動大腦意識達到一個較高的覺醒狀態，引發瀕死體驗相關的視覺和知覺。這就是所謂的瀕死體驗。這是一種物理反應，而不是精神反應。」

這個解釋顯然沒有讓我滿意，我繼續問道：「你的意思是這種靈魂離體體驗是大腦自我調節的結果吧？」

「不一定是大腦，也可能是對危險期病患投以治療的藥物所致。」陳熘把書隨手丟到沙發上，拿起茶几上的咖啡杯，「比如氯胺酮（Ketamine）或者環己酮（Cyclo-hexanone）是靜脈注射的麻醉劑，其副作用類似於出現脫離身體的幻覺，所以這類藥物被冠之『解離型』麻醉藥的稱號，使用之後，患者不僅痛覺全無，就連身體部位都會出現『解離』現象。怎麼樣？這樣的解釋可以消除你內心的疑惑了吧？」

無論什麼事，陳熘似乎總能找出答案，然後用一種不容置疑的口氣來說教。說實話，我非常不喜歡他這樣的個性。

我拿出新買的《神秘探索》雜誌，放到他面前，說道：「那如果有人見到了地獄呢？」

聽我這麼一說，陳熘微微皺起了眉，反問道：「你說什麼？」

「有個女人，在車禍之後出現了瀕死體驗，靈魂出竅，跟隨指引者來到了地獄。怎麼樣，這種情況難道也是你所謂藥劑所致的幻覺嗎？如果是使用了麻醉劑，爲什麼記憶會如此清晰呢？如果你不相信，可以看一下這篇文章。」我把雜誌翻至刊登郭泰麟教授寫的〈地獄的風景〉那一頁。陳熘接過雜誌，開始認眞讀了起來。

趁這個空隙，我先爲讀者簡單介紹一下我和陳熘。

我的名字叫韓晉，今年三十歲，是一個普通的歷史老師，由於經濟上遇到了困難，所以求助於陳熘，和他合租在思南路上的一棟洋房裡。說起來，這棟洋房其實是凶宅，發生過殺人事件。它原來不是陳爝的房產，是他在美國教書時認識的一位朋友的。陳爝膽子頗大，對這種事也不放心上，心安理得地住了下來。他朋友也不要他房租，就當他是免費看管房產的管理員。

而陳爝這個人更是有意思，他小我兩歲，原本是美國某知名大學的數學系教授，因爲一些個人原因，被校方開除，從此遠離學術界。回國之後，曾協助上海警方破獲了幾起殺人事件，受到市局刑偵隊長宋伯雄的賞識，偶爾會得到一些諮詢費。現在想起來，第一次見識到陳爝非凡的推理能力，是解決今年夏天發生在上海郊區的「黑曜館殺人事件」的時候。他以乾淨俐落的邏輯推理，破解了二十年前的謀殺案，令現場所有人都深深折服。

陳爝把手上這本雜誌翻來覆去讀了好幾遍，大約過了十分鐘，他才緩緩抬起頭。

「韓晉，你去把上海地圖給我拿來。」

「你要地圖做什麼？」我丈二和尚摸不著頭腦。

「別廢話，快點拿來。」陳爝目不轉睛地看著雜誌，嘴上催促道。

他的表情非常嚴肅，不像是在和我開玩笑。

我立刻起身，跑上二樓取來地圖，然後遞給聚精會神看著雜誌的陳爝。明明在討論瀕死體驗的事，突然要地圖做什麼？陳爝經常會做這些莫名其妙的舉動，熟悉他的人也見怪不怪了。他攤開地圖，移動指尖，像在地圖上尋找什麼。突然，手指的動作停頓下來。我順著他所指的地方看去，是棲山路和羅山路的交界點。
這不是吳茜出車禍的地點嗎？為什麼陳熵要尋找這個地址呢？
正當我打算開口詢問，陳熵卻搶先開口了：「韓晉，我還得麻煩你一件事。」
「什麼？」我問道。
「最近的報紙，大約從十二月五日至今所有的社會版新聞，都整理出來。」他剛說完，又從牛仔褲口袋中取出手機，撥了一串號碼，然後對著電話說道：「喂，宋伯雄隊長在嗎？我是陳熵，我想麻煩他辦個事。好，他回來你替我轉告他，事情是這樣的……」之後他壓低聲音交談，我完全聽不見他在說什麼。
我把他要的報紙整理完畢，堆到他面前。見他如此忙碌地尋找著什麼，我實在按捺不住好奇心，問道：「怎麼了？可以告訴我嗎？」
陳熵沒有理會我，在一堆報紙裡尋找著什麼。
「我說……」
「你上網查一下，近日上海市區內有沒有報導發現女人的屍體？而且是全裸的女屍，死亡時間應該有好幾天了。」
「什麼？屍體？」我瞪大雙眼看著陳熵。
「是啊，你還磨蹭什麼，快去查啊！」

「好，好，我這就去！」

帶著滿肚子的疑惑，我跑上自己的臥室，打開電腦，開始登陸各大新聞網站查找起來。為什麼要找屍體呢？陳熵怎麼會知道有人被殺了呢？這一切實在太奇怪了！可是即便我現在去問，他也不會把實情告訴我的。他想說的時候，自然會說。

滑動滑鼠，翻了幾頁，有一條新聞引起了我的注意。

一月六號上午五點二十分，上海寶山區公安局接到一位拾荒者的報警電話，在顧北東路路段發現了一具女性屍體，警方隨即派出警力封鎖了事發現場，並對現場進行勘察處理。經民警調查，死者爲女性，年齡三十歲左右，黑色直髮，身高一百六十公分，渾身赤裸。經法醫檢查，發現屍體時屍身出現腐敗綠斑，初步斷定死者已經死亡五天以上，死因爲心肌梗死，並非謀殺。到目前爲止死者身分還沒有查清，藉此機會希望廣大群眾能夠積極給警方提供線索。

「我找到了！在寶山區眞的發現了一具無名女屍！」我對著樓下喊道。

陳熵聽到我的呼喚，三步併作兩步地跑上樓。他看著電腦螢幕，難掩臉上興奮的神色，說道：「韓晉，幹得漂亮！看來我的推測沒有錯，眞的發生殺人事件了！」

「哪有殺人事件？你仔細看新聞，上面寫得清清楚楚，死因是心肌梗死。難道是用某種手法讓她心肌梗死的，比如用針管把空氣注射入動脈這種？」

「那是電影情節，現實中這點空氣是行不通的。」陳熘笑道，「不，這位死者確實是死於心肌梗死，我說的殺人事件可不是這件。現在幾點？」

我看了一眼手表，回答道：「下午兩點。」

陳熘直了直身子，亢奮地說：「事不宜遲，我們趕快行動吧！不然就來不及了！」

「行動？去哪兒？」

「當然是去抓殺人凶手啦！」陳熘衝著我神秘一笑。

我完全被他搞糊塗了。

2

平涼路綜合醫院住院大樓四樓。

透過窗戶可以看見窗外霧濛濛的天氣。陽光無法穿透厚實雲層與重重霧霾，四一二特需病房的光線少得可憐。純白色的病房顯得很陰沉，似有一股無形的壓力，使得站在病房裡的人都喘不過氣來，情緒壓抑。或許是多了兩位不速之客，此時，病房裡瀰漫著緊張的氣氛。我想，如果不是刑偵隊宋伯雄警官的陪同，吳茜的父母是不會讓我們走進這裡的。畢竟她剛從鬼門關走過一回，精神狀態和身體機能還未恢復，不能再受刺激。

面對著我們的吳茜斜躺在病床上，雙手交握著放在膝蓋前，始終低著頭。吳茜的側臉很美，長長的睫毛微顫，狹長的眼角微微上揚，鼻梁和下巴勾勒出一條柔和的曲線。雖說不上絕色傾城，但也足以讓我這樣的單身漢心生好感。正因爲她低著頭沒有看我，才給了我這樣仔細觀察她相貌的機會。面對這樣的美女，陳爝卻把注意力放在了病房的四周擺設上。掃視一遍後，他才收攏目光，看著吳茜。

「我要說的，都告訴郭教授了。雜誌上都有。」

或許是內心尚有防備，吳茜說話的時候也沒抬起頭。

「冒昧打擾，實在是不好意思。只是人命關天，希望吳小姐能再回憶一下，是否還有什麼細節能夠記起來的？」我盡量讓自己的聲音聽上去低沉儒雅。

「對不起，我眞的記不起什麼了，甚至不敢肯定，我是否像我所說的那樣，有過這些稀奇古怪的經歷。或許我是眞的被車撞壞了腦袋。而且，我實在難以明白，一次噩夢般的體驗，爲什麼會和殺人事件掛鉤？」吳茜終於緩緩抬起頭，對著我們說道。

「拇指上的傷口，也是幻覺嗎？」突然開口詢問的是陳爝。

「我……我不知道……」吳茜輕咬下唇，皺起了眉心。

陳熷在病房裡來回踱步，忽然在窗口處停了下來。他看著窗台上那幾盆模擬花，輕聲說道：「你看見的是彼岸花吧？」

「你說什麼？」吳茜歪著頭，神情迷茫地看著陳熷。

「我看了雜誌。當指引者帶你過橋的時候，你在忘川河邊，看到的那些猩紅色的花朵，就是彼岸花。」原本背對吳茜的陳熷，此刻轉過身來，繼續說道，「彼岸花又名曼珠沙華，來源於《法華經》。一般認爲是生長在陰陽界河邊的接引之花，相傳此花只開於冥界，你一定讀過不少佛經故事吧？」

吳茜點了點頭。

「正如我猜想的，南人不夢駝，北人不夢象。」陳熷拱了拱肩膀，似乎知道今天注定無功而返，釋然道，「既然你什麼都記不起來，我們也只能打道回府了。不過還是有個忠告，最近你會處於危險之中，要小心。我已經吩咐了宋警官，他會加派幾個人手在醫院保護你，直到風頭過去。」

「危險？什麼危險？」吳茜不安地問道。

「目前我不敢確定，不過你最好聽我的話。」說著，陳熷逕自走出了病房，留下一臉驚慌的吳茜。

見他離開病房，我趕緊跟在他身後，問道：「你現在總可以告訴我來龍去脈了吧？爲什麼吳茜會有危險呢？」

「如果郭泰麟教授那篇文章沒有發表，或許吳茜可以躲過一劫……」陳熷似乎還想說什麼，卻看到迎面走來的宋伯雄，忙問道：「宋警官，那具無名女屍的資料有沒有帶來？」

「當然，我辦事你放一百個心。我拍了好多張照片，夠你看的。」宋警官邊說邊揮舞手裡那一沓案卷資料。

宋伯雄今年四十多歲，身材魁梧壯碩，普通的匪徒根本不是他的對手。因為性情勇敢無畏，他辦事果斷俐落，對案件追查到底的態度，非常受上級的賞識。由於和陳熷聯手破獲過許多案件，對陳熷的建議可說是言聽計從。當然，他們之間的故事，我知道的也僅僅是少數。如今，陳熷能成為市公安局的刑偵顧問，宋伯雄警官對他的信賴由此可見一斑。

「我女兒到底怎麼了？為什麼會有警察守在病房門口？」正當陳熷接過案件資料時，一位年近六旬的阿姨走到我們跟前，滿面愁容地問道。

她是吳茜的母親，剛才進病房時見過。

「到底是怎麼回事？你們警察是不是有事瞞著我？難道那場車禍不是意外，是有人要害我的女兒？你們倒是說話啊！」吳阿姨緊拉著陳熷的衣袖，情緒非常激動。

「我們體諒你擔心女兒的心情，可是現在正在辦案，許多細節不可細說。阿姨，請你先放手，我們派警察來保護你的女兒，只是以防萬一，你不需太過緊張。來，先把手放開。」宋伯雄在一旁安撫道。

陳熻卻毫不在意，反而問道：「你女兒昏迷的時候，有沒有發生什麼奇怪的事？任何小事都可以，你還記得嗎？」

吳阿姨被他一問，呆了片刻，怔怔道：「沒啊……沒發生什麼，你問這個做什麼？」

她的注意力被陳熻的問題吸引，鬆開了手。

「請務必回憶一下，事關你女兒的安危。」

這是陳熻經常用的伎倆，恐嚇加威脅，但總能起效。

吳阿姨歪著頭想了想，最後還是放棄似的搖頭道：「一切都很正常。從急救室出來的時候，醫生說我女兒暫時沒有脫離生命危險，我害怕得都哭了出來。之後護士給她換了件白色的病服，就推進了加護病房。直到第二天早上，人忽然就清醒過來，醫生都說是奇蹟！我女兒福大命大啊！」

隨後宋警官又對吳阿姨說了幾句安慰的話，才擺脫了她的糾纏。

走在嘈雜的醫院走廊裡，噪音從四面八方向我湧來。看病的人還眞多啊。這時，我看見一位年輕的母親，抱著一個三四歲的孩童，不住地安慰道：「出院了媽媽給你再買個新的魚缸，好不好？」

那孩子蹬踏著小腿，哭得很是傷心：「不好嘛，我就要那個大玻璃魚缸，就要那個嘛！」

陳熁朝他們看了一眼。

「接下來我們去哪兒？」我問道。

「去找這兒的護士長，不出所料，這裡果然發生了不得了的事。」陳熁答道。

「究竟發生了什麼！我都要崩潰了！你能不能把前因後果跟我說一說？你看我都跟著你忙了一天了！」我停下腳步，帶著情緒向陳熁抱怨道。

「是啊，你乾脆把想法和我們講一講，省得我和韓晉一直問。」

陳熁喜歡故弄玄虛，我們都知道，可是這次，連好脾氣的宋警官也看不下去了。

「好吧，你們想問什麼，儘管問。」陳熁無奈地攤開雙手，「我一定知無不言，這樣總可以了吧？」

3

「開始吧，我們從哪兒說起呢？」

陳熁斜靠在走廊的牆上，雙手環抱在胸前，顯得很不耐煩。

「一開始！從一開始你發神經病時說起！爲什麼看了那本雜誌，你就開始滿世界找屍體了呢？」我沒好氣地問道。

「剛開始也只是個推測，沒想到被我猜中了。」陳爝歎道。

「我不想聽你講廢話。」我催促道，「快把整件事的來龍去脈說清楚！」

「韓晉，其實一開始我就不信什麼靈魂出竅。郭教授是二元論的支持者，他堅信肉體之外還有心靈，或者用他們的話來講，亦即靈魂。肉體和靈魂組成了人。但我不這麼認爲，我打個比方，對我來說，肉體和心靈的關係，就像是臉和微笑的關係，我們有臉，有五官，自然可以微笑，如果我們死了，微笑也會消失，僅此而已。好，既然吳茜接受郭教授採訪時沒有理由說謊，那我就假定她所說的一切都是事實。起初看這篇採訪紀錄，我只是單純把它當作吳茜的幻想而已。但是，吳茜卻說拇指被劃傷了，而且傷口很深，從這裡開始我起了疑心。腦內的幻想是不能幻化出實體傷害的，吳茜拇指的劃傷，必定是有人在加護病房裡，用某種方式傷到了她！

「我開始查詢上海地圖，發現在浦東棲山路羅山路周圍，沒有大型的綜合醫院，於是救護車便把重傷的吳茜送至最近的浦西平涼路綜合醫院。其實，吳茜在受傷後，神志雖然不清，卻也看見了一些東西。從棲山路到平涼路，需要經過哪裡？答案是跨過黃浦江。如何跨過黃浦江呢？最近的路程就是走楊浦大橋。吳茜在混亂的意識中，把楊浦大橋當成了奈何橋，而黃浦江則是地獄的忘川河。我突然意識到，吳茜很可能在瀕死狀態下，在意識模糊的情況下，把一切外部的資訊，轉化成自己大腦內部所能理解的幻想了。

「接下來，吳茜在『小方格』中目睹了一起殺人案。這起發生在地獄的殺人案，講述的是一頭野獸把利爪刺入女人身上企圖殺害她。吳茜聽見了她的尖叫。抱歉，這個時候我的大腦已經不受控制，開始胡思亂想起來。如果把這些幻想中的隱喻排列組合，你會發現非常符合現實。首先，有人在吳茜面前殺死了一個女人，那人的咆哮聲在吳茜聽來，恰似野獸；而那個無形的女人，自然只有尖叫聲，吳茜看不到她的相貌，因爲此時的吳茜正閉著眼睛。當然，隱喻中得出的資訊遠遠不止這些，我還有其他證據，稍後會告訴你們。我開始懷疑，有人在吳茜的病房中，在昏迷不醒的吳茜身邊，殺死了一個女人。而吳茜拇指的傷口，正是凶手與死者搏鬥時，無意間劃破的……」

「那女人的屍體是怎麼回事？」宋伯雄忽然問道。

「如果凶手是在加護病房中殺人，那麼凶手會把屍體運往何方呢？據說，住院大樓頂樓上周電路出現了問題，這裡的監視器正在維修，凶手不怕會被拍到自己殺人移屍的景象。可是畢竟是一具屍體，凶手如果此刻把被害者背在身上，運出醫院，即便是夜晚，也難免會被人察覺。」陳爝解釋道。

確實，平涼路綜合醫院的住院部有兩棟樓，此時我們所在的是一號樓，加護病房則是在二號樓的五樓。如果凶手在吳茜的病房內殺死了一個女人，那麼他要處理這具屍體，必須用某種手法，瞞過一樓的保安，把屍體搬運出去。儘管二號住院樓裡，三四五樓層的監視器有損壞，可是，要將一具成年人的屍體搬運出去，恐怕也是一項不可能完成的任務。

正當陳爝準備繼續講下去時，忽然走來一位女護士，叫住了我們。女護士看上去有四十多歲，人很高挑，可惜相貌不佳，總讓我聯想到鄉村河邊的大白鵝。

「對不起，是你們找我？」她顯然是認出了身著警察制服的宋警官。

「你就是這裡的護士長許月霞吧？」宋警官問道，「我剛才去你辦公室找過你，你同事說你不在。」

「有點私人的事情需要處理。請問，找我有什麼事呢？」

「我們想打聽一下，你們醫院最近……」

「失蹤。」陳爝問，「有沒有人失蹤？」

許月霞的面色一變，然後結巴道：「有是有一個，但……但是也就一個禮拜不到。興許是去哪裡玩兒了。現在的小孩，工作都三分鐘熱度，你們也知道。」

聽她這麼說，陳爝和宋警官對視了一眼。看來是問對人了。

「有人失蹤，難道不報警嗎？」宋警官厲聲喝道，「怎麼一點常識也沒有！失蹤的人是誰？在你們醫院什麼職位？」

「是我手下的護士，名叫戴小蘭。」

「幾時不見的？」

「大約是十二月八日早上，七日夜裡她値夜班，早上就不知行蹤了。」

「她的父母知道這事嗎？」

「戴小蘭並非本地人，在老家的父母可能還不知道吧……」許月霞像是意識到了問題的嚴重性，擔憂道，「她不會出什麼事吧……戴小蘭老是逃班，這也不是第一次了，上次……上次也是過了好久才出現的，醫院都差點兒開除她……」

「她外面朋友是不是很多？」

「這……這我就不知道了。」

宋警官一把奪過陳熁手中的案卷，抽出幾張照片，在許月霞面前晃了晃：「你看看，這人是不是戴小蘭？」

許月霞把臉湊近照片，仔細端詳了片刻。忽然之間，原本緊繃的五官瞬間鬆散開來，指著照片說道：「這女人是誰？我完全不認識！」

「這人不是戴小蘭？你確定？」

宋警官瞪大雙眼，一副難以置信的模樣。

何止宋警官難以置信，就連我的心也沉了下去。如果這女的不是戴小蘭，那麼她是誰？爲什麼會在吳茜夢遊地獄之後，突然出現？或者只是巧合？畢竟上海灘這麼大，按概率算，恐怕每天都會有猝死的人。

「什麼事這麼吵？」這時又走來一個身披白大褂的男子，看上去像是這裡的醫生。

「沒什麼，警察來調查失蹤案。」許月霞對男醫生解釋道，「不過看樣子是搞錯了。我來爲大家介紹一下，這位就是林浩——林醫生，是吳茜的主治醫生。」

隨後我們相互之間又做了自我介紹。林浩看上去三十出頭，相當年輕，個子又高，這樣的青年醫生應該很受女孩子歡迎吧，我心裡這樣想。

「原來是戴護士失蹤的事啊，哎，希望她別出什麼事才好。不過既然搞錯了，我也就放心了。警察眞是辛苦啊，看來還得繼續……」

「沒有搞錯。」

說話的人是陳熷。

「可是照片上的女屍，並不是戴小蘭啊？」我說。

「不是就對了。」

「什麼？」

「因爲戴小蘭的屍體，還在醫院裡。」陳熷胸有成竹地看著眾人，大聲說道。

「這……這怎麼可能……」宋警官驚愕得已經說不出話了。

林浩也皺起眉頭，追問道：「陳先生，你說在我們醫院，可是醫院裡沒有人見到戴護士啊？如果她在醫院，那麼現在她身在何處呢？」

「如果你要藏一片樹葉，最佳的地點是樹林。問題來了，如果你要藏匿一具屍體，最好的地方是哪裡呢？」陳爝露出了狡黠的表情。

「難道……難道是醫院的停屍房？」這次輪到林浩驚訝了。

「You said it!」陳爝打了個響指。

4

平涼路綜合醫院的停屍房位於住院部二號樓的後側舊大樓的地下室，兩棟樓中間相連。可是舊大樓除了地下室的停屍房，其他房間基本廢棄，待明年重新翻修，所以內部的門窗都已上鎖，出入只能通過住院大樓的二號樓正門。我們是直接通過走廊，從二號樓走過去的。不知是不是心理作用，總覺得這棟舊樓陰風陣陣。進入電梯下到地下一樓後，這種不適感更甚。

管理停屍房的是一位五十歲上下的大叔，眞名趙剛，人稱老趙。他在這家醫院幹了二十年了，形形色色的人物都見過。可這次很不尋常，警察來尋找的屍體，竟然是醫院裡的女護士。當宋警官提出要求後，氣得老趙直搖頭，甚至開口就罵：「你這是在質疑我的工作態度！這兒的病人遺體我都會過目，你說的戴小蘭我也認識，怎麼可能在我這裡？你們不要影響我工作，趕快離開。」

無論怎麼說，老趙就是不肯，差點兒和宋警官幹起架來。幸好陳爝出面阻止，然後拿出那張寶山無名女屍的照片給老趙看。

「你瞧瞧這個人，是不是很眼熟？」

老趙忽然像是被人扇了一記耳光，頓時怔住了。他又對著照片瞅了幾眼，迷迷糊糊地說：「真是奇了怪了，這女娃我見過啊。按理說應該在我這兒收著呢……」

聽他這麼一說，原本就恐慌不已的我頭皮都發麻了，難道是詐屍了？

「她原本在哪個位置？你還記得嗎？」

「當然記得。」老趙轉身走進太平間，然後打開了冰櫃第三層抽屜。誰知老趙剛拉開屍袋的拉鍊，就驚呼起來。我們忙跑過去，只見屍袋中是一具陌生的女屍。這時，一直站在我身後的許月霞尖叫起來，驚恐道：「戴……戴小蘭！」

果然被陳爝說中，戴小蘭的屍體竟然藏在了醫院的停屍房！

「兇手為什麼要在停屍房交換屍體？」我用顫抖的聲音問陳爝，「還有，你怎麼知道戴小蘭的屍體會在這裡，難道兇手就是你？」

陳爝不理會我，轉而去問老趙：「十二月七日晚上，是不是你值班？」

老趙點點頭。

「你有沒有離開過這裡？」

「有，我每天晚上十二點都要去醫院對面的飯館買宵夜吃，凌晨一點左右回來。恐怕凶手就是趁這個時候潛入這裡的。」

「停屍房不鎖門嗎？」

「鎖啊，可是醫院有不少醫生和工作人員都有鑰匙。就算不是醫務人員，想搞到停屍房的鑰匙也並非難事，只要去拿門衛室的鑰匙複製一下就行了……」

老趙說完，想把冰櫃抽屜推回去，可是推了半天也沒成功，像是使不上勁。最後我和陳爝合力幫了他一把。想不到這東西還挺沉。老趙說兩周前因爲搬運重物，不小心右手骨折，到現在還使不上勁呢。

「我這就去叫局裡的同事過來。」宋警官急急忙忙地走了出去。

「順便把法醫叫來。」陳爝對著他的背影喊了一句。

許月霞坐在地上哭泣，看來她是眞的沒想到戴小蘭會變成這樣。

「你怎麼知道凶手把屍體藏在這裡？」按捺不住好奇心，我再次問陳爝。

「很簡單，如果凶手是在吳茜的病房裡行凶，那麼殺人之後，如何處理屍體是個麻煩事。他不可能大搖大擺地把屍體搬運出去，因爲一樓還有保安睜眼盯著。所以，我就想到了停屍房。如果把屍體暫時存放在那兒，倒是一個不錯的選擇。」

「那裸體女屍你又是怎麼聯想到的呢？」

「凶手如果把戴小蘭的屍體拋在野外，會有什麼後果？警察會來調查，然後查出這具屍體的死因是謀殺，接著會從醫院展開調查。凶手如果想明哲保身，就不會這樣做。但是銷毀一具屍體太麻煩了，最好的辦法，就是從停屍房裡找一具相似的屍體，而且，這具屍體必須是自然死亡，這樣即便是被人找到，也不會聯想到殺人事件。如果是無名屍，沒有家屬來認領的話，那最好不過。所以我就想，如果凶手真這麼做，那麼上海某地一定會出現一具無名女屍，而且是從停屍房取出的，基本上不會穿衣服。」

「這個人似乎很了解醫院的事啊，連老趙十二點會出去吃夜宵都知道。」

「沒錯，恐怕凶手就是醫院裡的人。」

「我現在理一理思路。吳茜的加護病房是住院大樓二號樓的五樓，四樓則是普通病房區域。吳茜在十二月五日晚上發生車禍，開始神志不清，直到十二月七日夜裡，凶手潛入病房，殺害了正在照顧吳茜的護士戴小蘭。凶手殺死她之後，拖著戴小蘭的屍體，來到了停屍房，然後把戴小蘭的屍體放入冰櫃。這個時候，凶手並沒有取走無名女屍，也沒有調換屍體，而是直接離開了停屍房，對不對？」

「沒錯。」

「可是還有個問題啊。假如我們因爲一樓有保安，而斷定沒有閒雜人等進入二號樓，所以認爲凶手一定是醫院內部的人，就會有問題。你想，外來的凶手可以沿著牆外的水管，從廁所的窗戶爬進大樓啊。而且對醫院內部情況熟悉，也不能斷定就是內部人員所爲。」

「這點我早就注意到了。韓晉，放心吧，我有對策。現在趁市局的偵查員和法醫還沒來，我們先行動起來吧。」

「你打算去哪兒？」

「去找十二月七日夜裡値班的保安啊。」

決定後，我們來到了一樓大廳。詢問下來，非常不巧，十二月七日當天値班的保安李占東今天沒來上班，請了病假。看來我們的運氣不太好。保安領班剛才看到我們和宋警官走在一起，以爲我們是便衣警察，態度非常殷勤。

「一定是出什麼大事了吧！」那保安領班試探性地問道。

陳爝沒有回答他的問題，反而問道：「你認識戴小蘭嗎，她是這裡的護士？」

那保安領班歪著腦袋想了想，說道：「哦，我知道了，是那個笑起來甜甜的姑娘吧！對，她是叫戴小蘭。說起來，有好幾天沒見到她了啊。警察先生，不會是這女孩子犯了什麼事吧？人家可是個好姑娘，你們可別冤枉她。」

「她在醫院裡有仇家嗎？」陳爝又問。

「沒有吧，這姑娘人緣挺不錯呢。哦，她在咱們醫院還有個男朋友呢！」

「男朋友？是誰？我們有話問他。」我忙問道。

保安領班抬起手指著前方，大聲喊道：「喏，就是那個，胖胖的小夥子。喂，小楊，過來一下，有人找你。」

那個男人渾身清潔工打扮，右手拎著水桶，左手持拖把，看了我們一眼，露出十分不情願的表情。我們本以爲他會老老實實朝我們走來，誰知他驀地將水桶和拖把丟到一邊，撞開左右兩邊的行人，拔腿就往大樓外跑。

「抓住他！」我大喊一聲，趕忙追了上去。那水桶裡的水灑了一地，我跨步時用力太猛，一不留神踩中了水漬，腳下一滑，重重摔在了地上。

5

楊逸舟的運氣並不好，他前腳剛跨出二號樓的大門，迎面就撞上了比他體格更加健壯的宋警官。結果可想而知，不到二十秒，楊逸舟就被宋警官擒拿手制伏、狠狠地壓在了身下，動彈不得。宋警官手上只要稍稍用力，就可以讓他疼得齜牙咧嘴，叫苦不迭。

我剛才那跤摔得不輕，額頭腫了一塊包。陳嬙笑嘻嘻地把我從地上扶起來，看上去很是幸災樂禍。我用手捂著額頭，向他們走去。楊逸舟臉上充滿了恐懼，他似乎知道什麼。

「你跑什麼跑？」宋警官怒道，「是不是做賊心虛？」

「我……我沒有……我只是這裡的護工，我什麼都不知道。」楊逸舟有些語無倫次。

陳熠上前一步，問道：「你和戴小蘭是戀人關係吧？」

楊逸舟見瞞不下去，無奈點了點頭。

「她最近失蹤了，你知道嗎？」陳熠又問。

「我知道。可是，警察先生，戴小蘭失蹤真的和我無關啊！我雖然揚言要報復她，可是真的沒有綁架她！我知道醫院裡有人在我背後指指點點，說些風涼話，但我是清白的！你們要相信我。」楊逸舟的語氣很誠懇。

宋警官冷笑道：「清白不清白，我說了不算。走，跟我回警察局！」

楊逸舟哭喪著臉，被宋警官反剪雙手，押著走向警車。這時陳熠走了上去，在宋警官耳邊說了些話。可惜聲音太輕，我沒聽見。宋警官看著陳熠，臉上浮現出奇怪的神色，然後微微頷首，鬆開了楊逸舟。

陳熠說：「我有些話想問你，如果你不老實回答，這位警官可要把你送去警局了。到時候，我可就幫不了你了。」

「一定老實！一定老實！」

那楊逸舟像是重獲新生一般，感激之情溢於言表。

宋警官說還有事要辦，去了停屍房。我們三人在保安領班的幫助下，找到了一間無人的辦公室坐下。楊逸舟雖然人高馬大，個性卻十分懦弱。剛才被宋警官逮住，差點兒給送去警局，他直到現在還心有餘悸，身體瑟瑟發抖。在我看來，這樣的人實在不像是殺死戴小蘭的凶手。

「你幾時發現戴小蘭失蹤了？」陳爝開門見山地問。

「十二月八日上午，那天我沒有在醫院見到她，打電話也聯繫不到。」

「剛才你在二號樓門口大喊，你揚言要報復她，你們既然是情侶，爲什麼要報復她？」

陳爝的問題似乎戳到了楊逸舟的痛處。他沉默了很長一段時間，像是內心在做思想鬥爭，最後下定決心般，開口說道：「她提出要和我分手。」

「你們感情不好嗎？她爲什麼要和你分手？」

「我問過她，但是她不肯說原因。我想，或許是嫌棄我收入微薄，不足以給她優質而幸福的生活。女人果然都是愛錢的。」

「這只是你的揣測。你見到我們，爲什麼要逃？」

「我害怕啊。戴小蘭失蹤一週了，醫院裡都在傳我綁架了她，將她囚禁在某個地方。我怕被警察抓去，我不想坐牢啊。我不是變態，就算她硬要和我分手，我也不會傷害她的。」

「我還有個問題，十二月七日晚上，你在哪裡？」

「我值夜班，早上才離開。」

「那天你在住院部二號樓見到戴小蘭了嗎？」

「沒有，十一月中旬左右，她就開始躲著我了。不過我知道她那天也在二號樓裡。」

「十二月七日夜裡有沒有發生不尋常的事件？任何小事都可以。」

「沒有……哦，有一件，不過也算是很普通的小事。」

「請說。」

「大約是夜裡十二點吧，許月霞忽然來找我，讓我去打理一下五樓的女廁所。」

我看了陳爝一眼。住院部二號樓五樓，也就是吳茜所在的病房的樓層。

「許月霞就是那個護士長吧？她讓你去女廁所做什麼呢？」

「是的，就是許護士長。她說在五樓女廁所的地上，有許多玻璃碎片，不知道誰把玻璃瓶打碎了。因爲清潔工那時候都已經下班，所以讓我去打掃一下。說起來，那天四樓女廁所和五樓男廁所的水管出現問題，都停水了。所以原本在四樓工作的許月霞就上了五樓用廁所。」

「玻璃啊……」

「是的，不止如此，地上還都是水。玻璃碎片和水混合在一起，地上又滑，眞的是非常危險。要是有老人孩子不小心滑倒，後果不堪設想。我立刻取來垃圾袋，把地上的碎玻璃一塊一塊拾起。」

「那些玻璃碴兒還在嗎？」

「早丟了。」

「楊先生，你是醫院的護工對吧？我一直很好奇，護工平時做些什麼工作呢？」

「其實就是負責患者生活護理的人員啦，平時協助護士對患者進行日常生活的照顧。有時候病人沒有自理能力，我們就會幫他們清潔個人衛生，如洗臉、梳頭、口腔清潔、假牙護理、擦身、更衣等，如果是行動不方便的患者，他們上下床、坐輪椅也需要我們的幫助。」

「你剛才說更衣，你們會負責替患者換衣服對吧？」

「是啊。」

「病服都哪裡取的呢？」

「我們醫院專門設有患者更衣室啊，清洗乾淨的病服都在五樓的一個房間裡，按患者的名字編號，這樣不會搞錯。醫生、護士或者護工都配有專門的鑰匙。」

陳嬙若有所思地點了點頭。

「不過護工和清潔工專用的工具室，其他人是進不去的。」

「哦？裡面有些什麼呢？」

「也沒什麼啦，都是一些拖把水桶之類的清潔用具，還有清潔劑之類的東西。」

「我知道了。」

就這樣，又問了幾個無關痛癢的問題，我們才讓楊逸舟離開。

陳爝一言不發地坐在椅子上，我也不去打擾他。我知道，這個時候，他的大腦正飛速運轉，思考著各種可能性。百無聊賴，我取出記事本，用黑色的水筆在紙上記錄眼下已知的線索。除去外來犯罪的可能性（當然目前還不能排除），十二月七日晚上在住院部二號樓值班的人員，大致有如下幾人：被害者戴小蘭、主治醫生林浩、護士長許月霞、護工楊逸舟、保安李占東和停屍房管理員趙剛。五樓是加護病房區域，除了戴小蘭負責站崗巡視之外，其餘人都在四樓。把這些人名寫完後，我感到一陣失落。我們現在知道凶手曾趁著老趙離開的時候（當然也有可能凶手就是老趙本人）把被害人的屍體放入停屍房，除此之外沒有其他線索。即便是陳爝，僅靠這點線索，恐怕也無能為力吧。

大約過了半個小時，宋警官打來電話，告訴陳爝，戴小蘭的大致死亡時間已經確認，正如陳爝所說，是十二月七日的夜裡十一點至十二月八日凌晨一點之間。老趙是十二點去吃宵夜，假設他沒有說謊，那麼戴小蘭的死亡時間應該是十二月七日的十一點至十二點之間。

陳熘起身走出辦公室，我也跟著他離開。醫院走廊上瀰漫著消毒水的味道，這不由讓我想起童年時，父母送我去看病的情景。說來也巧，當我們走到門診大廳時，忽然聽到一陣哭鬧聲，定睛一看，正是探望吳茜時遇見過的那位年輕母親和她三歲的孩子。那孩子似乎不願意吃藥，母親蹲在他身邊，耐心地講著什麼。

「打擾了，我想請教一個問題。」

不知何時，陳熘竟然走到了那位母親身旁，用盡量溫和的口氣說道。

那母親雙眼流露出警覺的神色，把陳熘上下打量了一番，確定對她孩子沒有威脅後，才緩緩開口：「什麼問題？」

「你孩子是不是丟了一個魚缸？」

「沒錯，可是，你怎麼會知道的呢？」年輕的母親懷疑道。

「對不起，我不是偷魚缸的小偷，只是之前在走廊裡聽見你們的談話。請問魚缸是在哪裡丟的呢？是不是十二月七日丟的？」

年輕的母親想了一會兒，才說：「記得是周日，這樣看來是十二月七日沒錯。那時候我兒子正在住院部五樓的病房，他舅舅見他喜歡小金魚，特意買了一條，放在病房裡陪他。誰知早上魚缸就不見了，那條金魚就丟在病房的地上，也死了。不知是誰這樣缺德，連小孩子的東西都要偷！唉！」

聽完她的敘述，陳爝忽然哈哈大笑起來。突如其來的笑聲把那位母親嚇得不輕，忙帶著孩子走開，遠離這個瘋癲的男人。

「喂，你又犯毛病了嗎？」我對著陳爝大喊。

「去把宋警官叫來吧，我已經知道凶手的身分了。」

說完，陳爝打著哈欠，伸了個大大的懶腰。

6

宋伯雄警官在陳爝面前坐立不安。他似乎正耐著性子，靜待陳爝說出最後的答案，反觀陳爝，卻悠然自得地品嘗著手裡的熱茶。看著窗外天色漸暗，我也開始躁動起來。從陳爝讓我把宋警官叫到這間辦公室，已經過去了二十分鐘，他卻東拉西扯，令人不知所云。幸好宋警官和我都了解他的個性，換作他人早就崩潰了。

「你怎麼解開這個案子的？」宋警官訕訕地問道。對於他這樣一個性子急躁的人，二十分鐘已經是他的極限了。

陳爝放下手中的茶杯，直了直背脊，開始講述他的推理。

「不可否認，這個案子一開始確實有運氣的成分。韓晉，你經常嘲笑我破案靠的是想像力，我承認，但我想糾正一點。其實並非完全是依賴想像力，其中還有邏輯推理。從一開始注意到吳茜敘述中的一些異常，直到推測出醫院的屍體所在，你可以說是我運氣不錯。不過，最後一擊，亦即揪出凶手的推理，一定是符合邏輯的。我們來整理一下這次殺人事件的始末吧！從吳茜那次恐怖的地獄之旅體驗中，我推理出在她深度昏迷的情況下，在與她近在咫尺的地方，也就是吳茜的病房中，發生了一起殺人事件。而被害者就是十二月八日失蹤的護士戴小蘭。

「戴小蘭被殺後，凶手將屍體藏匿到了醫院的停屍房，然後又在後面幾天，把戴小蘭的屍體和一具無名女屍做了調換，然後在寶山區顧北東路附近拋屍。他這麼做的目的，就是為了讓人把戴小蘭的屍體誤以為是無名女屍。我們都知道，醫院內如果出現了無人認領屍體，是由醫院開具〈死亡醫學證明書〉，然後公安機關檢驗，再由市殯儀館接運屍體焚化。那具無名屍的證明書和檢驗都已完成，只要送去焚化即可。幸好我們早來一步，如果明天再來，恐怕戴小蘭的屍體就要被當成無名屍處理了。根據法醫檢驗結果，戴小蘭的死亡時間是十二月七日夜裡十一點之後，那麼凶手的範圍就大大縮小了。十二月七日在住院部二號樓值班的工作人員只有五位，像這種小型醫院，夜班醫務人員也不會太多。」

「等等，我打斷一下。」宋伯雄警官說，「你憑什麼認為殺死戴小蘭的凶手，就在醫院值班的五個人中呢？二號樓來來去去的病患和家屬也不少吧？雖然一樓保安處有登記，可也不能排除嫌疑吧？況且還有可能是外來犯罪。韓晉也提到過，如果沿著牆外的管道爬行，很容易就會從廁所進入住院大樓。」

「少安毋躁，我之後會解釋這個問題。爲什麼我會固執地認爲，凶手一定是醫院的工作人員呢？且不說凶手極其了解醫院地形結構，甚至連停屍房的位置都瞭若指掌這一點，我還有另一個佐證。不知你們是否還記得，在吳茜『瀕死體驗』的敘述中，曾經提到目擊野獸殺人後，有許多小鬼出現脫她的衣服。剛看到這裡的時候，我就非常在意，果然，在文章末尾，吳茜提到了她的病服。吳茜說，『穿著藍白條紋的病服，手腳都被石膏固定住了。』請注意，她醒來的時候，穿的是藍白色條紋的病服。可是當我問及吳茜的母親時，她卻說『之後護士給她換了件白色的病服，就推進了加護病房。直到第二天早上，人忽然就清醒過來，醫生都說是奇蹟』，你們注意到了嗎？明明護士給吳茜穿的是白色病服，爲什麼一覺醒來卻變成了藍白色？」拋出問題後，陳爝看著我和宋警官。

「有人替吳茜換過病服？」宋警官一字一字緩緩地問道。

「沒錯，有人替她換了病服。脫下了吳茜的病服，然後又替她換上一件新的。究竟是誰這麼做呢？唯一的可能就是，當時在病房裡的凶手。凶手在殺死戴小蘭後，不小心把血液濺到了吳茜的病服上。這下可讓他慌了神，如果衣服上有血跡，一定會招人懷疑。所以他必須換下吳茜身上有血跡的病服。如果是這樣，那麼換衣服的人，一定是可以拿到新病服的人，這點沒錯吧？那麼，有誰既能拿到病服，又有停屍房的鑰匙呢？」

我屏住呼吸，認眞地聽著陳爝接下去的推理。

「答案是醫院內部的人！只有這個可能！雖然三樓以上的監視器都在維修，可是一樓大廳的監視器是完好的。進出住院部二號樓的人都能看到，所以除去病患及病患家屬，如果有其他醫院工作人員進入這裡，一定會被發現。可是沒有，也就是說，我們完全有理由把嫌疑人的範圍縮小到當天値夜班的五個人身上。也就是醫生林浩、護士長許月霞、護工楊逸舟、保安李占東和停屍房管理員趙剛。

「鎖定嫌疑人的範圍之後，新的問題開始困擾我。直到我從楊逸舟那兒聽到了一件事，他說在十二月七日深夜，曾經被許月霞叫去五樓，清掃女廁所。因爲在女廁所的地上有一堆玻璃碎片。爲什麼會突然出現一堆玻璃碎片呢？我開始感到疑惑，然後從一位患者的母親那兒，聽說她兒子在十二月七日夜裡丟失了一個玻璃魚缸。湊巧的是，那位患者的病房正巧也在五樓。也就是說，有人從病患的房間裡偷出了那個玻璃魚缸，然後帶到女廁所砸碎。而且這個人，一定是醫院的工作人員，這樣進出病房才不會令人懷疑。」

「究竟誰會做這種奇怪的事？爲什麼要偷走魚缸然後去女廁所砸碎呢？」我提出疑問。

「這個世界上，除了瘋子，沒有人會做無謂的事。對於這個人來說，偷魚缸不僅不奇怪，反而非常必要，簡直不偷不行！」面對我的提問，陳爔笑著說道。

我的大腦，顯然已無法理解陳爔所說的話了。

陳爔像是看出了我的苦惱，耐心解釋道：「至於魚缸的用處，其實只要把它和殺人事件聯繫起來即可理解。回憶一下，剛才我說過，凶手為什麼要脫吳茜的病服，是因為病服上沾有血跡。那病服上會沾到血跡，病房的地上難道不會嗎？那如果凶手要清洗地上的血跡，卻又苦於沒有盛水的容器，他會怎麼做呢？」

原來如此！我恍然大悟！

「既然知道了凶手偷走玻璃魚缸的目的，我們就可以開始推理了。凶手先是在病房裡與戴小蘭發生爭執，一怒之下，用利刃殺死了她。戴小蘭的血液濺得到處都是，包括昏迷患者的病服上和病房的地上。慌張的凶手可能沒想到自己會這樣衝動，於是開始尋找盛水的容器來清洗地板，最終找到了隔壁病房的魚缸。凶手把魚缸裝滿水，開始清洗現場，把血跡擦掉。吳茜原本那件白色的病服，可能被凶手當成了抹布。清理完現場後，凶手開始計畫如何隱藏屍體。畢竟要藏住這樣一具成年人的屍體，談何容易？而在這個時候，凶手忽然心生一計，想到利用停屍房裡的無名屍來做交換。案發當天只須把戴小蘭的屍體藏進停屍房的冰櫃中，待過幾日後，再取出無名屍拋屍野外，神不知鬼不覺。計畫制訂完畢後，凶手趁著老趙不在（或者就是老趙本人）潛入停屍房……」

「我想知道凶手是誰。」宋警官插嘴道。

「根據以上線索，用邏輯推理可以立刻知道凶手的身分。首先，因爲凶手曾經爲患者換過病服，由此我們可以排除一樓大廳的保安李占東。因爲我聽護工楊逸舟說過，患者更衣室的鑰匙只有醫生、護士或者護工持有，身爲保安的李占東沒法在慌忙之下，找到一件合身的病服給吳茜換上。然後我們把目光投向玻璃魚缸。別小看這個玻璃魚缸，它可是我之後所有推理的依據。你看，如果凶手是護工楊逸舟，那麼他完全不需要魚缸，他可是有水桶的。身爲護工，他完全可以大搖大擺地從工具室裡取出水桶和拖把。而工具室醫生和護士是進不去的。因此我們可以排除楊逸舟的嫌疑。」

「凶手是不是停屍房的老趙？」我說出了心中的想法，「我一直覺得他可疑！」

「你爲什麼這樣說呢？」陳爝反問道。

「直覺……」

「不好意思，韓晉你猜錯了，凶手不是老趙。」陳爝說。

「爲什麼？」

「你搬過大魚缸嗎，特別是盛滿水的玻璃魚缸？」陳爝攤開雙手，對我說道，「盛滿水的魚缸是很重的，需要兩隻手來搬。可是，老趙兩周前因爲搬運重物，右手骨折了，根本使不上勁。他搬不動盛滿水的玻璃魚缸。」

「這樣啊……」

如果排除了保安李占東、護工楊逸舟和停屍房管理員老趙，那麼剩下的嫌疑人只有兩個了。醫生林浩和護士許月霞，究竟誰才是殺死戴小蘭的凶手呢？

「最後的疑點，就是女廁所地上的玻璃碎片。我始終想不明白，凶手爲何要在女廁所砸碎這個玻璃魚缸。如果是要消滅證據，直接帶走不是更方便嗎？況且砸碎玻璃，動靜一定很大，雖然是深夜，可是也會引起別人的注意。所以我認爲，凶手並不是故意砸碎魚缸，而是不小心的。可能因爲地滑，或者手滑，魚缸掉在了地上，碎了一地。那麼問題又來了，凶手何不把玻璃碎片帶走呢？畢竟玻璃作爲容器，曾經接觸過血液，用魯米諾試劑完全可以查出來。按理說應該帶走，可是凶手卻沒有帶走，這說明，凶手並不是不想把玻璃碎片帶走，而是無法帶走。爲什麼無法帶走呢？」

說到這裡，陳爚頓了頓，看了看我和宋警官。我們沒有說話。過了一會兒，他才繼續說下去。

「因爲，時間不夠。當凶手準備帶走玻璃碎片的時候，突然發現，竟然有人接近廁所。凶手無法在短時間內收拾這滿地的玻璃碎片。於是，凶手冒著風險，沿著窗外的管道爬了下去。請大家注意，這可是五樓，非常危險。凶手爲什麼不正大光明地走出廁所，反而要冒著生命危險沿著管道逃走呢？」

「爲……爲什麼……」我已經完全放棄思考了。

「因爲兇手是在女廁所。如果被人撞見，兇手就無法解釋。」

「你的意思，兇手是男性？」

「沒錯，兇手是男性。所以許月霞的嫌疑排除，殺死戴小蘭的兇手，就是林浩。」

好厲害。我無法形容自己的心情。陳熸太可怕了，這個男人，僅僅靠一堆玻璃碎片，竟然層層推理出了兇手的身分。

陳熸似乎意猶未盡，繼續解釋道：「如果兇手是許月霞，她完全可以帶走這些日後可能成爲證據的玻璃碎片，因爲喚來楊逸舟清理現場的人就是她。不知道你們還是否記得，楊逸舟曾說過，十二月七日那天，住院部二號樓的四樓女廁所和五樓男廁所的水管出現問題，沒有自來水供應。林浩如果在行兇之後要清理魚缸中的血跡並清洗魚缸，必須找到有水的地方。四樓太危險，五樓是加護病房區，相對安全，所以他沒有選擇下樓清洗魚缸，而是進了女廁所。令林浩沒想到的是，四樓的女廁也因水管問題停水，許月霞只得走上五樓，來到女廁所。聽到腳步聲的林浩非常恐慌，忙翻出窗戶，沿著窗邊的管道爬了下去。」

辦公室忽然安靜下來，只能聽見窗外雨滴拍打窗戶的聲音。

7

敞亮的咖啡店裡流淌著舒緩的古典音樂，空氣中瀰漫著咖啡豆的香氣。溫暖的陽光透過玻璃窗融化在我身上，非常舒適。在這裡，一天的時間好像被無限延長。往常，只要有時間，我一定會和陳爓來這家店坐一坐，各自看書，互不打擾，這樣過一個下午。可是今天卻是例外。五小時前，我絕對不會相信和我坐在這裡的竟會是吳茜。

發生在平涼路綜合醫院的殺人事件，已經過去了兩個多月，沒想到她會來找我。

「韓先生，謝謝你。」吳茜說。我發現她說話的時候很喜歡低頭，也許是習慣吧。

「謝我什麼？」我故意這麼說。

「如果不是你把醫院的殺人事件寫出來，恐怕我還會堅持自己去過地獄呢。說起來眞有點後怕，那個看上去溫文爾雅的林醫生，竟然是殺人凶手。」

「殺人凶手難道還寫在臉上？」我對這位林醫生原本就無好感。

「據說是因爲那個姓戴的女護士想和他結婚吧？奇怪，那林醫生跟我聊過，他是單身，爲什麼不接受她呢？」吳茜把方糖丟進咖啡中，然後用湯匙攪拌。

我笑道：「你有所不知。林浩從沒想到戴小蘭對他這樣認眞，甚至發展到拋棄男友想和他結婚的地步。林浩雖然在醫院宣稱單身，其實已有談婚論嫁的目標了，就是禾氏集團的千金小姐。你想，如果他和戴小蘭的事鬧得醫院人盡皆知，他和富家小姐的婚訊豈不泡湯了？按林浩自己的供詞，剛開始他只是想用金錢收買戴小蘭，誰知小護士不從，威脅他如果不與之結婚，就把林浩和她所有的醜事公之於眾。林浩一怒之下，就殺死了她。」

「哎，男人眞是可怕的動物……」

「對了，那個專門研究靈魂的郭泰麟教授還找過你嗎？」

「別提了，爲這事我還特別請他寫一篇文章還我淸白呢！自從他那篇〈地獄的風景〉發表出去後，不停地有媒體來採訪我，還有出版商出高額的版稅，讓我寫一本關於冥界地獄的書，都被我拒絕了……眞是麻煩死了……」吳茜右手扶著額頭，頗爲苦惱地說道。

「哈哈，如果出版自傳，我一定去買來支持！」

「你就別取笑我啦。對了，說說你的事。那位姓陳的教授是名偵探吧！一定破過很多恐怖的殺人事件，對不對？想想就刺激，你能不能說一點給我聽聽？你知道嗎，我最喜歡聽偵探故事了。」吳茜央求道。

面對美女的請求，我總是難以拒絕。我擺了擺手，說道：「破案的不是我啦，是陳爝。他是公安局的刑事案件顧問，自然會協助他們參與很多案件的偵破工作。我是最近才和他跑現場的，不過你要聽的話，我倒可以跟你說幾件。」

「不如寫下來吧！寫成福爾摩斯那樣的故事！」吳茜用她那雙淸澈的眼睛凝視著我。

「寫下來？」

我抬起頭，仰望著咖啡店的天花板，心裡已有了答案。

緘默之碁

1

在這個世界上，每個人的表達方式都有差異。遇到有趣的話題，有的人會滔滔不絕，也有人總是以沉默相對，而我的朋友陳熵卻無法簡單地用以上兩種形式來概括。碰到困難的案件，他可以沉寂數日一言不發，也會口若懸河地說上幾個小時。我承認他的思維跳躍，很多時候，我跟不上他的思考節奏。可是我寧願相信，語不驚人死不休是陳熵的惡趣味。他喜歡看到別人驚訝的表情，並以此為樂。當然，如果他看見這篇文章，一定會斷然否認，並用一些難以說服我的理由來試圖為自己的行為做一番牽強的解釋。

然而，讓我證實這一點並確定的，正是發生在今年三月份的這樁莫名其妙的事件。

至於為何我會將這次案件用「莫名其妙」四個字來形容，讀者諸君只要耐著性子看完這篇小說，自然會見分曉。

故事開始之前，先容我為讀者介紹一位大人物。

我稱這人為「大人物」，並無誇張之意。毫不誇張地說，在他的專業領域中，這個人簡直是神一般的存在。他，就是有中國「棋聖」之稱的馬海雲九段。

幼年時，我曾學過兩年圍棋，那時候就聽聞過馬海雲的大名。一九八〇年初，馬海雲便在中國圍棋錦標賽中連獲七次冠軍。他的巔峰歲月是八〇年代末，在中日圍棋擂台賽上，他連勝數位日本圍棋高手，震驚世界棋壇。一九九二年富士通杯決賽，馬海雲以八目半的優勢戰勝有「日本圍棋第一人」之稱的梅澤裕太，成爲世界冠軍。由於眼疾，馬海雲自一九九九年之後，再也沒打入過世界大賽，可是他的對日不敗傳說被傳頌至今，成爲一段圍棋佳話。之後，他又擔任了幾年中國圍棋國家隊總教練，二〇〇二年，爲表彰馬海雲對圍棋事業的傑出貢獻，國家體委和中國圍棋協會授予他「棋聖」稱號。

就是這位棋壇傳奇，竟然和陳爓相識已久，對我來說眞是如做夢一般。

馬海雲九段在上海金山區擁有一棟很大的豪宅，目前是一個人獨住。夫人去世後，他雇了一名女傭來替他打掃衛生，有時會做些飯。畢竟馬海雲年紀大了，而且老年病也多，什麼糖尿病、高血壓，一直困擾著他。這樣的獨居老人，必須有人來照顧。

陳爓在洛杉磯時，常與他書信來往，探討棋藝。當然，單論圍棋棋力，十個陳爓，恐怕也不是馬海雲九段的對手，圍棋只是陳爓空餘時間拿來鍛鍊頭腦的遊戲罷了。這天，也不知陳爓哪根筋搭錯了，非要去金山拜訪馬海雲。

「太冒失了吧？你去別人家做客，事先不打招呼嗎？」我表示反對。這樣做，於情於理都說不過去。只有像陳爓這種情商極低的人才會覺得沒有問題。

果然，他一臉無所謂的樣子，對我說：「馬老說我隨時可以去拜訪，沒問題。」

「那只是客氣，你懂嗎？」我沒好氣地說，「其實他並不這麼想。每個人都有自己的安排，你這樣魯莽的行爲，會給馬老師帶來困擾的！」

陳爋搖搖頭，說道：「他平時不太出門，偶爾會邀幾位棋手來家中做客，不會有安排的。你放心吧，我和馬老相識也不是一日兩日，對他我還是很了解的。」

凡是陳爋打定主意的事，世界上沒人可以改變，我也一樣，最後還是妥協了。

從鏡獄島回上海後，我們幾乎沒有出過家門。陳爋打電話問警局宋伯雄警官借了一輛馬自達轎車，我們就這麼上路了。天空中細雨濛濛，已經持續兩天了。如果沒記錯的話，從昨天下午起，這場雨就沒停過。

從市區到金山，行駛了兩個多小時。陳爋的車技很差，駕駛速度又慢，竟可以讓我這種從不暈車的乘客暈車，由此我懷疑他的運動細胞一定不怎麼樣。

路上百無聊賴，我翻開隨身攜帶的報紙，看見這樣一則新聞：

本報訊（記者戴智文）三月十五日晚，上海金山區一名十八歲張姓男青年失蹤，當地公安部門發動群眾連夜尋找，仍沒有發現張某蹤跡。張某的家人在警方協助下，通過監控發現了張某當天的行蹤，並將張某最後出現的地點，鎖定在金山區石化街道某條道路上。可惜，最後的搜索依舊沒有發現張某。據悉，張某是美術學院的在校生，平時愛好廣泛，這次蹤跡不明令家人十分費解，平日裡聽話的好學生爲何突然離家出走……

我把上面這則社會新聞念給了陳爝聽，他卻心不在焉。

「這種失蹤案每天都在發生。」陳爝打著方向盤，視線向前，「你是不是想考考我，僅憑報紙上的訊息，能否找到這個大學生？」

「怎麼樣？接受挑戰嗎？」我笑著問他。

「不可能。」陳爝搖頭，「只有這點線索，福爾摩斯再世也沒辦法。」

「就是認輸咯？」我哈哈大笑，「看來名偵探也有力不從心的時候。好啦，我再看看有沒有謎團可以讓你挑戰一下的。」很快，我又在報紙上找到一則新聞，是關於殺人案的。這則新聞吸引我的地方，是它的標題——〈驚現密室殺人！知名外科醫生慘死家中！〉。

本報訊（記者戴智文）二十一日中午，上海徐匯區一棟高檔公寓中發生殺人事件，死者係某醫院著名外科醫師宋某。記者從徐匯區公安局獲悉，二十一日下午三時許，該局接到一名快遞員報案，稱其從宋某房門門縫處看見血液流出，懷疑有人受傷。該局迅速組織民警趕赴案發現場。經查，死者死因係動脈破裂大出血，死亡時間約在當日十時至十二時，進入現場時房門從內上鎖，凶器仍插在死者胸口處。因爲刀刃刺入胸口過深，法醫認爲絕非死者自己所爲，可現場卻處於密室狀態，這令在場的警員紛紛感到不解。目前，該案仍在偵辦當中。

「這個怎麼樣？」我又讀了一則新聞給陳熠聽，「密室殺人啊！竟然在上海市區內發生了密室殺人！不可能犯罪可是你的強項啊，有沒有思路？」

「沒興趣。」陳熠只說了三個字。

我冷笑道：「不是吧？你竟然會對有著這樣謎面的案件沒興趣？」

「韓晉，你知道在這個世界上，每天會發生多少殺人事件嗎？我或許不應該浪費太多時間在這上面。」陳熠滿不在乎地說道。

「也是，還有好多世界級的數學難題等著你去解決呢。」我用略帶諷刺的口吻說道。

陳熠笑了笑，沒有接我的話。

馬海雲的住所地址，雖然只同陳熠說過一遍，但他記得很牢。陳熠對於數字，比如街邊的門牌號過目不忘。有時候我們去過的餐廳，我根本不會去注意它是什麼路幾號，但他每次都能夠準確無誤地回憶起來。

到達馬海雲家的時候，大約是下午兩點。把車停在路邊的停車位，我和陳熠穿過一條小徑，往他家走去。雖然雨已經停了，可是腳下的路依舊泥濘不堪，我新買的白球鞋底沾滿了淤泥，讓我心裡很不痛快。林間小徑留下了我和陳熠的腳印，遠遠看去像是一條蜿蜒在路上的大蜈蚣。

腳下的路有些濕滑，我每一步都踏得十分小心。小徑兩邊的樹木被雨水沖刷得很乾淨，路邊的小草青翠嫩綠，周圍的空氣裡，也帶著一股沁人心脾的草香味。和陳爝不同，我特別喜歡雨後的世界，好像所有的一切都煥然一新，顯得生機勃勃。我還有些奇怪的愛好，比如窗外暴雨如注，我則喜歡躺在沙發上，安靜地讀一本小說，對我來說，這眞是至高無上的享受。

走了五六分鐘，我們來到馬海雲豪宅的門口。

「好大的房子！」我忍不住讚歎道，「比我們住的地方還大呢！」

這是一棟用紅磚砌成的小樓。約三樓高，坐落在樹林中，頗有世外桃源的感覺，顯得別具一格。房屋的頂部由青色的瓦片組成，很正氣，和房屋本身的顏色很搭。這房子雖說不上金碧輝煌，卻也古色古香，優雅不俗。

陳熎沒有說什麼，面無表情地整了整衣領，然後輕輕地摁下了門鈴。

2

出來應門的是一位滿頭銀髮的老者，額頭的皺紋很重，但精神抖擻，特別是一雙炯炯有神的眼睛，閃爍著智慧的光芒，機敏中帶著些許狡黠。這人就是馬海雲九段吧，我心想。

他先是打量了我一番，然後把目光投射到陳熠身上，表情旋即舒展開來。
「小陳，是你啊！」馬海雲咧開嘴笑了起來。
「今天左右無事，想找馬老指教幾盤棋。不知道有沒有打擾到你？如果不方便的話，我下次再來。」陳熠客氣地說。
「哪裡有什麼事！」馬海雲朝陳熠擺了擺手，然後看著我笑道，「請問這位是……」
「是我的一位朋友，名字叫韓晉，一直很仰慕馬老，所以今天死皮賴臉求著我來見你。」陳熠這麼說，我也不方便反駁，只能呆呆地陪笑。
馬海雲和我握手，笑著說：「我老了，不中用了。現在的棋壇，是年輕人的天下。」
我忙搖頭道：「哪裡，您老是中國棋壇的傳奇，能見到您本人，眞是我三生有幸。」
他看上去比電視上個子還小，讓我想起了《西遊記》中的土地公公。
馬海雲說外面站著太涼，招呼我們進屋。他還說，女傭兩週前回老家，他一個人住，所以很多地方都沒有打掃，讓我們見諒。可在我看來，這棟房子的衛生工作，可是比我和陳熠住的地方好上幾百倍了。
他們家的沙發很軟，坐著非常舒服。只是隱隱約約，有一股類似汽油的味道，我想可能是從窗外飄進屋的吧，也沒有在意。
「喝點什麼吧？」馬海雲看著我們，「咖啡、紅酒，還是果汁？」

「果汁吧！」我提議道。

「請稍等。」馬海雲轉身走進了廚房，過了一會兒出來，遞給我和陳熘兩杯鮮橙汁。可能是因爲今天沒怎麼喝水，我拿到果汁後便一飲而盡，然後馬老又給我滿上一杯，這讓我略顯尷尬。

「小陳，你怎麼看人工智慧圍棋？」馬海雲突然冒出這麼一個問題。

看來，最近英國開發的人工智慧 AlphaGo 對戰韓國棋手李世石的新聞，也引起了馬海雲的注意。自從ＩＢＭ的「深藍」電腦首次擊敗國際象棋世界冠軍卡斯帕羅夫，成爲人工智慧戰勝人類棋手的第一個標誌性事件後，近二十年間，電腦在諸多領域的智力遊戲中都擊敗過人類。但在圍棋領域，人工智慧卻始終難以逾越人類棋手。

圍棋每一步的可能下法非常多，不同於象棋，即便最先進的電腦也難以窮盡所有可能性。但是 AlphaGo 是通過蒙地卡羅樹搜索演算法和兩個深度神經網路合作來完成下棋的，也就是說，並非單純的數據輸入，而是眞正的讓電腦在對局中，自己學習。

「眞是沒有想到。」馬海雲自顧自說道，「李世石竟然會輸。我曾預言，電腦要在圍棋上擊敗人腦，還要一百年。沒想到短短幾年，竟然能達到職業棋手的水準。小陳，你當年的預言是對的，人工智慧在某些領域，終有一天會把人類遠遠甩在身後。」

「我倒不這麼悲觀。」陳熘笑道，「無論怎麼說，人工智慧也是人類創造的，

AlphaGo擊敗李世石，不是它的勝利，而是全人類的勝利。對了，馬老，你是剛到家嗎？」

馬海雲怔了怔，然後緩緩點頭道：「是啊，你怎麼知道？我是昨天下午，從北京回上海的。」

陳爝指了指大門口，說道：「你的行李箱還沒收起來呢。」

「哈哈，真是老糊塗了！」馬海雲拍了拍腦袋，自己都覺得好笑。

接著，他們又開始談論棋壇最近的新聞。我把杯中的橙汁喝完，還想再來一杯。陳熵瞪了我一眼，說道：「你怎麼像個水桶？」

我反駁道：「早上就沒喝水，渴死了。」說完，我朝他晃了晃手中的空杯。

「橙汁沒了，喝蘋果汁吧？」馬海雲看著我的空杯，詢問道。

「不了，不了，連喝兩杯，我的肚子快要破了。」我忙搖手說道，「馬老師房子這麼大，不如讓我們參觀一下吧？」

「行啊！」馬海雲答應得很痛快，「看看就看看，不過也沒什麼可觀的東西。」

我們兩人跟在馬海雲身後，將一樓的房間逛了一圈。

首先引起我注意的是馬海雲供奉在客廳的佛像。兩尊二十五公分左右的銀鎏金佛像栩栩如生，莊嚴肅穆，我看在眼中，不由得雙手合十，朝佛像鞠躬。陳熵看著佛像，像是在思考什麼。我見他不說話，便拍了拍他的肩膀，故意考他：「據說你對佛學有過研究，這兩尊佛的名稱，想必你一定知道吧？」雖然嘴上這麼講，實際上我自己都喊不出名字。之所以專門問，其實就想逗逗陳熵而已。

誰知他卻很認眞地答道：「左邊的是觀世音菩薩，右邊的是阿彌陀佛。」

「你們在說什麼呢？來這兒看看吧！」見我和陳熵在佛像前止步，馬海雲便叫道。

「來了。」我推了一把陳熵，朝他走去。

客廳左邊的屋子是一間大書房，有四個大書櫃並排立著。馬海雲除了圍棋之外，還傾心國學，書架上盡是經史子集。除此之外，還有不少國外文學作品，一套精裝的《杜斯妥也夫斯基全集》，還有巴爾扎克的《人間喜劇》選集。書櫃對面放著棋盤，看來平日裡他會在這裡打譜練習。

「書可眞多！」我由衷讚歎道。

「哪裡哪裡，好多書買來都沒讀呢。論閱讀量，我可比不上小陳。」馬海雲謙遜地說。出了書房，右側是一面玻璃牆，牆中鑲嵌著一扇推拉門，而門外則是露天的私人游泳池，周圍有磚牆圍繞。馬海雲向我們介紹說，從前每天會游泳兩小時，現在年紀大了，也游不動了。因爲剛下過雨的關係，瓷磚很滑，我們看了一眼就離開了。

接著準備上二樓，陳熵突然問道：「馬老，你最近是不是關節又不舒服了？」

「關節？沒有啊，我關節一直很健康。」馬海雲瞪大了眼睛，表情有些莫名其妙。

陳爝指了指樓梯說：「沒事，我只是擔心你年紀大了，經常走樓梯是否吃得消。」

「這點你放心啦，我對關節的保養一直很注意的。」馬海雲的口氣略帶自豪，「前幾天，我的學生還送葡萄糖胺給我吃呢！葡萄糖胺你知道嗎，保護關節的？」

「保健品嘛，我知道。」陳爝點頭，「對了，馬老，今天除了我們，你還有其他訪客嗎？」

「沒有啦，就你們倆來。我這兒平日裡也沒什麼客人，冷清得很。」馬海雲說道。

相比一樓的書房，二樓的房間就略顯單調。大部分都是客房，陳爝經過每個房間，都會悄悄地把窗戶打開，伸進頭去探望片刻。我問他爲什麼這樣，他也不說，神神秘秘的。馬海雲的獎盃陳列室在三樓朝南的房間裡。說實話，踏入這個房間的時候，我震驚了。各種賽事的獎盃讓我目不暇接，金燦燦列成一排，訴說著馬海雲曾經的榮光。

馬海雲不厭其煩地給我們介紹他的戰績，每個獎盃的由來都講得清清楚楚。什麼賽事中擊敗某位名將，什麼情況下被他逆轉，在他口中說得有聲有色，恍如昨日般。我也聽得極其認真，畢竟像他這樣的傳奇人物，不是隨隨便便就能見到的。可是陳爝卻有些心不在焉，彷彿有心事。我問他，他也不說，我真是自討沒趣。

「現在下圍棋的人越來越少啦。」馬海雲不無感慨地說道，「所幸這次 AlphaGo 事件，讓世人重新認識了圍棋，讓很多小朋友開始學棋。這麼看來，AlphaGo 也算是功德無量了。」

「馬老師，你覺得人工智慧會替代人嗎？今後的圍棋界，是不是AlphaGo的天下了？」我問道。

「人工智慧圍棋，不能掩蓋圍棋深厚的文化內涵，哲學、戰略、謀略，這些才是圍棋最具魅力的東西。我不認爲AlphaGo可以替代人類，它只是一組程式而已，是沒有靈魂的。眞正的圍棋是有靈魂的，是精神上的東西。可能我說得有點玄乎，抱歉。」

「不，我也是這麼認爲的。」我用力點頭。

「咦，小陳，你怎麼不說話了？」就連馬海雲都注意到了陳爝反常的表現。看來這次不是我太過敏感。

「沒事。」陳爝撓了撓頭髮，「馬老，我們下一盤吧。」

「還要跟我下？不讓子？」馬海雲笑了，看來之前陳爝敗得很慘。

「不用讓子，我們光明正大地對決一次吧。」

陳爝看著馬海雲，口氣不像是在開玩笑。

3

陳嬙執黑，馬海雲執白。

剛開始，兩人下子很快，陳嬙第一著走星位，第二著走鄰角小目，是典型的中國流開局。馬海雲則以星位、飛卦來應對。雖然陳嬙表情嚴肅，可我知道這盤棋沒有懸念。業餘水準的陳嬙怎麼可能戰勝擁有「棋聖」稱號的馬海雲九段呢？簡直是無稽之談。反觀馬海雲，倒是表情輕鬆，儼然一副圍棋宗師的樣子。

我的棋力太弱，他們纏鬥中的玄機，我是看不明白的。不過我也是能分辨形勢的人，陳嬙開始沒多久，就選擇和馬老在右上角纏鬥，眼看就要死一大片，忙脫先，在一個無關緊要的地方下了一著。我完全不明白他的用意。

「你這個想法倒是有趣，不過太冒險了。」馬海雲對陳嬙剛才那一著，似乎讚譽有加。

「不然就完了，有時候必須冒險，不是嗎？」陳嬙沒有抬頭。

馬老表情微微變化，食指和中指夾起一顆白子，啪的一下「立」在陳嬙那顆黑子邊上。

——要開始拚了嗎？

陳嬙站起身來，對馬海雲說：「我要上個廁所。」

「在那邊，廚房那邊。」馬海雲用手指了指方向，陳嬙便過去了。

「有進步啊。」陳熠走了之後，馬海雲感歎道，「如果他沒有選擇念書這條路，而是跟著我下棋，成就恐怕不在我之下。」

「馬老師，你說的是陳熠？」

我沒想到棋壇第一人對陳熠的評價如此之高，我一直認爲陳熠只是個三流的圍棋愛好者而已，棋力至多只是下得過我罷了。

「很多事情都是這樣，講天分。」

「圍棋也需要天分嗎？不是練出來的？」我問道。

「練習固然重要，但是從我個人的角度來說，我更欣賞那些天才。是的，這個世界從來不公平。人生來智商就有高低，運動員跑步的速度、爆發力也是無法靠訓練改變的，棋感也是。像吳清源這樣的棋神，在其他孩子還在穿開襠褲的時候，就擁有一種別人無法企及的棋感，正是靠著這種類似直覺的東西，他才能以十一歲的年齡，接連戰勝段祺瑞門下的眾多圍棋高手，又以十九歲的年齡東渡日本，在十番棋擂台擊敗了當時日本國所有超一流高手，雄踞『天下第一』的王位。」

看來，馬海雲是一個堅定的天才論者。我並不是反對這種論調，只是覺得這種理論太令人絕望罷了。像我這樣平庸的人，難道就沒有活在世界上的意義了嗎？難道我的存在，僅僅是爲了突出天才的睿智？這是我永遠不願意去面對和承認的。

「不好意思，讓你們久等了。」陳熁坐下後，毫不猶豫地下了一著。
我想，他或許是躲廁所去思考對策了。
嗒——
嗒——
嗒——
落子的聲音交替著在我耳邊響起。
陳熁陷入了苦戰。
中盤幾乎全軍覆沒，如果他想不出更好的辦法，這盤棋幾乎可以認輸了。就連我這種不太會數子的人都能看出，差距太大了。
可是，從他的臉上看不出任何表情。
「還準備繼續掙扎嗎？」馬海雲忍不住，說了一句，「這盤棋，幾乎沒有生還的希望了吧？爲什麼你還這麼執著？」
「我覺得還有機會。」陳熁冷冷說道。
「沒必要進入官子了吧？你從第二十六手開始就出現了失誤，等會兒覆盤的時候我再和你講。大局觀比之前好了很多，可是還有不少昏著兒。」
馬海雲自顧自開始講解起來。

嗒——

陳爝沒有回應他，而是又下了一著，在天元！

竟然在白子環伺的腹地，下這麼一著孤立無援的棋，簡直莫名其妙！我完全蒙了！

「小陳，你在想什麼！」馬海雲也皺起了眉頭，口吻略有責備的意味，「你是在胡鬧嗎？」

「不，我很認眞。」陳爝說。

馬海雲搖了搖頭，顯得非常失望。他迅速地提起一顆白子，剛準備落下，可手卻在半空中停住了。時間像是凝固了一般，他夾著白子的手，騰在半空中，上也不是，下也不是。我能看見他的眼球在迅速轉動，眉心皺成了一團。

終於，他把白子放回了原處。

陳爝像是毫無意義的一步棋，竟然讓馬海雲陷入了沉思。可是以我的棋力，完全無法理解這步廢棋的意義。

「你爲什麼要這麼做？」

——什麼？

我望向陳爝，確定這句話是從他嘴裡說出來的。

馬海雲似乎也感覺到了異常，問道：「你剛才說什麼？你是說我剛才那步棋嗎？」

陳熸緩緩抬起了頭，看著馬海雲。

「馬老，你爲什麼要殺人？」

——他在胡說八道什麼？難道腦子壞了嗎？

被陳熸胡言亂語嚇到的不僅是我，還有馬海雲。他先是表情略微尷尬，接著勉強擠出了笑容，對陳熸說：「你在開玩笑吧，小陳？」

「我沒開玩笑。」

「陳熸，你瘋了吧！」我衝著他大喊，希望他能清醒一點。難道是因爲輸棋，所以把腦子急壞了嗎？

「我不明白你的意思。」也許是意識到陳熸並非和他鬧著玩，此刻的馬海雲也收起了笑容，直起身板。

「好吧，馬老，既然你聽不明白，那我就說得更清楚一些。」

陳熸頓了頓，接著吸了口氣，一字字說道：

「你，就是殺死宋醫生的凶手！」

4

房間裡的空氣彷彿凝結了。不僅如此，時間也停止了。

我的腦袋彷彿被閃電擊中般，開始嗡嗡作響，心臟也隨之更猛烈地跳動起來，就連胸腔都能感覺到它的震動！太意外了！簡直太意外了！為什麼陳爝突然說出這種話？完全沒有邏輯關係！宋醫生不就是那起密室殺人案的死者嗎？棋壇傳奇馬海雲為什麼是凶手？

「小陳，我還是聽不太懂。你說我殺了宋醫生，真是冤枉我啊！我連宋醫生是誰都不知道，怎麼去殺他呢？」馬海雲攤開雙手說道。

「你當然認識他。」陳爝斬釘截鐵地說。

「陳爝，難道你來拜訪馬老師，就是為了這個案子嗎？隱藏得可真好，我在車上把報紙給你看的時候，你還說沒空呢！」我抱怨道。

「不，韓晉，你錯了。」陳爝緩慢地搖了搖頭，「我也是進入這棟房子之後，才知道馬老是殺人凶手的！」

「怎麼可能……」

「我有必要撒謊嗎？」陳爝冷靜地說。

「好！」馬海雲雙手環抱在胸前，認真地說，「你既然說我是殺人凶手，一定有你的理由。我就來聽聽，你憑什麼這麼講！」

陳爝並不急於開始他的演講，而是伸出手掌，做了一個「請」的姿勢。我這才明白，他是想邀請馬海雲繼續下完這盤未完成的棋局。可是此刻的馬海雲哪裡還有心思，隨手拿了一顆白子，稍稍思考片刻，便啪的一聲，用力敲打在棋盤上。

「最初引起我懷疑的，是一杯橙汁。」陳爝拈起一顆棋子，慢條斯理地說。

「橙汁？」我想起了自己因爲口渴，在這裡喝了兩大杯橙汁。

「是的，韓晉，所以我說你的觀察力太差。馬老在廚房爲我們倒橙汁的時候，我看見了那瓶飲料，是市面上常見的果汁系列，也就是一點六升裝的大瓶。」

「那又怎麼樣呢？」我莫名道。

「馬老遞給我們的玻璃杯，和我們家的是同款，四百毫升的容量。怎麼樣，說到這裡，你應該明白了吧？」陳爝看了我一眼。

我對著他搖頭。

「我們進屋之後，馬老爲我倒了一杯橙汁，爲你倒了兩杯，也就是從一千六百毫升的瓶子裡倒出了一千二百毫升的飲料。」

「是啊，這有什麼問題？」

「可是，當你還要喝的時候，馬老卻說橙汁沒了，只有蘋果汁。」

我似乎明白了什麼，戰戰兢兢地說：「你的意思是，少了一杯橙汁？」

「嚴格來說，是少了四百毫升的橙汁。」陳爝補充道。

「會不會是馬老師自己喝的？」

「不可能，我之前說過，他有糖尿病，不能喝這種飲料。」

「那麼，會不會是女傭走之前喝的？」

「女傭是在兩週前走的，而我看到飲料的生產日期是在前兩天。所以不可能。」

「那你的意思是……」

「很簡單，這瓶一千六百毫升的橙汁是被打開過的，而且倒了一杯給某人。馬老剛從北京回來，從生產日期來看，應該是回上海時從超市帶回家的。自己不能喝，就是專門用來招待客人的。所以我的結論是，在我們來之前，有人曾經拜訪過馬老。」陳爝把視線移到馬海雲身上，「但是你卻說，除了我們，沒人來拜訪過。你在撒謊。」

說完這句話，陳爝又在棋盤上下了一著。

汗水從馬海雲額頭涔出來，他用袖口抹了一下，說道：「就算是有人來拜訪過我，我不想告訴你，這總可以吧？爲什麼你說我殺人了呢？小陳，你這根本是胡亂猜測嘛！」說完，馬海雲也下了一步棋。

「不是猜測，是靠邏輯推理。」陳爝解釋道，「馬老，你總算承認在我們來之前，有人曾拜訪過你了，這很好。我繼續。韓晉，你還記得我們來之前，雨剛剛停吧？據我所知，雨是從昨天下午三點下到今天下午一點，這點沒錯吧？不信的話可以去查天氣預報。可奇怪的是，我和韓晉來拜訪你的時候，通往你家的小徑上卻沒有任何腳印。如此泥濘的土地上，怎麼會不留下拜訪者的腳印呢？」

陳爝說到這裡，在馬海雲剛才下的白子邊上，下了一步，繼續道：「我還考慮過其他可能性，比如來訪者翻窗離開這棟房子。可是我打開了二樓幾乎所有的窗戶，一個腳印都見不到。這麼看來，答案就呼之欲出了。某個人來拜訪你，但是，他卻沒有離開。換句話說，他還在這棟房子裡。」

我想到馬海雲曾說，他昨天才從北京回到上海，回家後就沒出過門，所以小徑的路上也沒有他的腳印。

馬海雲低著頭看棋盤，我注意到他的肩膀微微顫抖。

「小陳，你的想像力眞的很好。可是很遺憾，我眞的沒有殺人，這棟房子裡，也沒有什麼來訪者。」他沒有抬頭，只是輕聲地說話。

「是啊，剛才馬老師帶我們參觀了所有房間，可是完全沒有見到你說的『來訪者』，這一點你又怎麼解釋呢？」我對陳爝的推理提出了質疑。

「韓晉，我們眞的看清楚所有房間了嗎？」陳爝大聲說道。

「難道還有漏看的地方嗎？」

「當然，那個地方太適合匿藏一個成年人了。」

「難道說……」我怔住了，突然明白了陳爝的意思，「游泳池？你是說游泳池裡藏著一個人？不，我們已經在這裡待了好幾個小時了，就算我們進屋的時候他是個人，現在也已經是一具屍體了吧……」

陳爝點了點頭。

嗒——

馬海雲貼著陳爝的黑子，下了一步。他說：「小陳，你是說躺在游泳池裡的，就是什麼宋醫生嗎？」

對哦，如果不是馬老師提醒，我還忘了陳爝最初說的話呢！明明宋醫生的屍體是躺在徐滙區的家中，爲什麼又出現在了馬老師的游泳池裡？我向陳爝提出了以上疑問，又多問了一句，如果馬海雲是凶手，那麼凶器又是什麼呢？

「我們一步一步來，別急。」陳爝說，「韓晉，你還記得那兩尊銀鎏金的佛像嗎？」

「當然記得，左邊的是觀世音菩薩，右邊的是阿彌陀佛。」我把陳爝對我說過的話，又重複了一遍。

「是啊，有觀世音菩薩，有阿彌陀佛，可是，還少了一尊。」

「少了一尊？」

「是的，這個位置原來放置的，應該是西方三聖[1]：中間是阿彌陀佛，左邊是觀世音菩薩，右邊爲大勢至菩薩。供奉佛祖的馬老不會連這點常識都不知道吧？可是，原本應該出現在最右側的大勢至菩薩卻不見了，阿彌陀佛佛像變成了右邊。那麼，馬老用沉甸甸的佛像幹了什麼，恐怕不需要我再贅言了吧？」陳爝自信滿滿地說道。

我把目光投向馬海雲，發現他一言不發，嘴唇在微微顫動。

5

「他把銅像捆綁在死者的屍體上？」我用舌頭舔了舔乾涸的嘴唇，不知爲何，好像又渴了。「馬海雲把雕像丟入裹屍袋中，增加了總體密度，好讓屍體沉入水底。」

這時，馬海雲開口道：「小陳，開玩笑也要有個限度。」

我注意到，馬海雲的表情起了變化，從一開始的尷尬，慢慢轉化爲憤怒的模樣。至於那盤未下完的棋，似乎被他拋諸腦後了。

「但是你還沒回答我剛才的疑問啊？爲什麼馬老師殺死了宋醫生，可是他的屍體卻出現在徐匯區的家宅中，而你卻又說被害者的屍體沉在池底，到底哪句話是眞的？」我試圖理清自己的思路。和陳熵對話，大腦總會被他那跳躍的思維搞亂。

「我說過宋醫生就是『來訪者』嗎？」陳熵反問道。

「可是你明明剛才說過馬老師是殺人兇手……」

我還未說完，便被陳熵搶去了話頭。

「韓晉，我看是你搞錯了。宋醫生和『來訪者』不是同一個人，而是兩個人。換句話說，馬老並不只殺死了一個人，而是兩個。」陳熵伸出了兩根手指，示意道。

「兩個……」我驚愕得說不出話。

「你是否還記得，我們拜訪馬老的路上，你讀過兩篇報導？其中一篇是講述宋醫生被殺案件，另一起是講述失蹤案？」

「我當然記得，失蹤的是一名美術專業的大學生。」我立刻回道。

「沒錯。」陳熵點了點頭，「報導怎麼說的，你還記得嗎？失蹤者張某最後一次出現，是在金山區，也就是這裡……」

「等等，我認爲你的推理有些牽強！」我打斷了他，「金山區多大你知道嗎？就因爲

1 西方三聖又稱阿彌陀三尊，由中間的阿彌陀佛，左邊的觀世音菩薩，右邊的大勢至菩薩組成（此處的左和右是指阿彌陀佛的左邊和右邊）。

在這裡失蹤，你就懷疑是馬老師下了毒手？動機呢？馬老師這種身分的人，何必去設局殺死一個無名小卒？」

陳爝並沒有因爲我打斷他的敘述而生氣，反而笑了。「當然，我不敢肯定，但是我有理由懷疑。」

「什麼理由！」

「沙發上的氣味，韓晉，難道你沒聞到嗎？」

確實有股奇怪的味道，進屋坐到沙發上時，我就聞到了。

「是松節油。」陳爝說。

「不好意思，我沒聽說過。」

「因爲你從不畫油畫，當然不會聽說。松節油經常用來洗畫筆，所以美術生會經常用到。因爲它的味道太大，並且價格昂貴，所以一般情況下，美術生都會用報紙來擦拭畫筆上的油畫顏料。但遇上擦拭不了的情況，就會用這種油來洗。」

「用油洗筆？好吧，你的意思是……失蹤的張某曾經坐過這張沙發，所以留下了氣味？」

「不，我認爲不是這樣的。因爲氣味不會殘留這麼久，沙發上的松節油，是馬老弄上去的。」

「為什麼？」

「因為美術生身上的顏料沾染到了沙發上，所以必須用油來清洗。如此一來，我們又可以推理了，為什麼顏料會沾到沙發上？我們知道油畫顏料不容易乾，但也不會持續太久。所以我們可以得出一個結論——美術生是在畫畫時，突然接到馬老的邀請，來到這棟房子的。」

「難道松節油只有這一個用途嗎？」

「當然不是。松節油是一種工業原料，還可以用於生產油漆、催乾劑、膠黏劑等工業製品，但都不符合現在的情況，這裡沒有裝修的痕跡。另外，松節油還可以用於緩解關節痛、神經痛等疾病，所以在上樓的時候，我特地詢問了一下馬老最近關節有沒有問題，他說沒有。」

說到這裡，陳爝又看了一眼馬海雲。

「可你還沒解釋，馬老師為何要殺死這位姓張的美術生啊？完全沒理由吧？」我還是不能接受這個結論。如果真是這樣，那也太巧合了吧？

「有啊，殺人當然有理由。」

「我想不明白！」我抱怨似的說。

「聽好了，韓晉，這個理由雖然有些奇怪，卻是唯一能夠解釋這一切的。」陳爝說這句話時，略微提高了音量，「馬老殺死這位年輕的學生，是因爲他需要一具屍體！」

需要一具屍體？這算什麼動機？

說完這句話，陳爝又拿起了一顆黑子，下到了白子的腹地。

等等，這一步是——脫骨！

所謂脫骨，是圍棋死活問題中一種獨特的棋形，在對方提掉自己的數子後，再反過來叫吃，擒住對方數子，是絕地求生的一種下法。我終於理解陳爝一開始爲什麼會胡亂下子了，原來他早就謀劃好了這一步棋！

白子被吃掉了一大片……

馬海雲也呆住了，不過我能看出，他的心思早就不在這盤棋上了。

「因爲馬老沒想到宋醫生的案件，會變成密室殺人！」

陳爝又說了一句莫名其妙的話。

「別再說了！」

馬海雲發出了與他性格不符的粗暴聲音。我被嚇了一跳，險些從沙發上摔下來。

「求求你了，小陳，不要再說了。」他用很低的聲音重複了一次。

陳爝不理會馬海雲的反抗，繼續說道：「以下是我的推測，如果有不符合的地方，請隨時指出。馬老殺死宋醫生後，害怕警察遲早會查到自己身上，所以必須製造一起意外

——在自己家游泳時，被淹死的意外。這是很常見的詭計，他回家的路上遇見了正在爲了藝術理想流浪的張某，或許這時張某正在作畫，身上被顏料塗得到處都是。馬老向張某提出了邀請，張某也認出了這位在棋壇德高望重的國手，於是欣然前往馬老的住宅。這位年輕的畫家一定想不到，等待他的，竟然是死神的召喚。來到馬老住宅後，馬老爲他倒上了一杯飲料，並且在飲料中下了藥。張某喝下飲料後昏睡不醒，此時，馬老用凶器擊打了他的頭部，然後將之沉入水底。馬老，今天或許你正打算外出，從這個世界消失，誰知我和韓晉竟然突然拜訪，打亂了你的計畫……」

不知從哪裡吹來的風，讓我起了一片雞皮疙瘩。眼前慈祥的老人，竟然是連續奪取兩條人命的冷血殺手，真是難以置信。

「什麼密室殺人……」沉默已久的馬海雲開口說話了，只是聲音還是很輕。

「其實，根本沒有密室這回事兒！」陳爝聳了聳肩，「警方搞錯了。宋醫生被你殺死的時候，其實沒有斷氣，是他自己關上了那扇門！」

是「內出血密室」！這五個字從我腦海中跳了出來。

「爲什麼……」馬海雲看上去蒼老了許多，像是在祈求一個答案。

「因爲愧疚。」陳爝也心痛般地閉上了眼。

「愧疚？」馬海雲低聲重複了一遍，露出了痛苦的表情。不知道是因爲被陳爝揭穿，還是由於棋盤上的失利，讓他陷入了深深的絕望之中。

「是對於你妻子的愧疚。」

陳熁往後仰躺在了沙發上，彷彿這句話耗盡了他所有的力氣。

6

此刻，我端坐在書桌前，馬海雲事件的種種畫面如同電影片段般在我眼前閃過，宛如昨日發生的一樣。

警方帶走馬海雲的時候，他顯得很平靜，似乎早就知道會有這樣的下場。他對陳熁說，原本是打算去國外的，然後長歎一聲，苦笑說，當初眞不應該讓我倆進門，自己果然沒有謀殺的天賦。陳熁點點頭，表示認同，說殺人和圍棋雖然看上去都是設局，終究還是不同的。又問他，爲什麼當時要開門呢？完全可以假裝沒人在家啊。

馬海雲聽了這個問題，笑著說：「因爲，我還想和你下一局。沒想到，我還是輸了。」

陳熁說：「是我勝之不武，否則我怎麼會是你的對手。」

這次的事件落幕後，陳熁好幾天都鬱鬱寡歡，終日不語。

有一天，爲了逗陳熁高興，我故意說道：「你都贏了圍棋世界冠軍，今後可以在棋友面前炫耀一番了吧？」

誰知陳熸卻搖了搖頭，苦笑道：「以我的水準，怎麼可能贏馬海雲呢？」

「雖然是因爲他心神不寧才輸掉了棋局，但也是輸了啊！」我大聲說道。

「馬老可沒那麼容易被打敗。」

「可是……」

「韓晉，你還不明白嗎？」陳熸看著我的眼睛，「他是故意輸的。」

「故意？爲什麼……」

「你還記得嗎？當時在馬海雲家，我們並沒有講到凶器在哪裡。」

「沒錯。」我回想了一下，確實如此。

「其實一開始，我也被騙了。直到最後被我『脫骨』成功，我才發現，馬老是故意要在中盤結束戰鬥。因爲如果到了官子階段，他的秘密就會暴露。」陳熸口氣很認眞。

「暴露什麼？」我不明道。

「圍棋的黑白子，各一百八十枚，總數三百六十枚。」陳熸說，「如果中盤投子認負，那麼並不需要將棋子下盡，就可以結束戰鬥。但如果下到官子階段，那麼就會出現一個問題，我手中的棋子數量會不對勁，最後會無子可下。」

「爲什麼會無子可下？你的意思是，馬海雲拿走了這些棋子？」

我突然明白了陳爝的意思。

「是的。」他點點頭，「馬海雲用了一些棋子裝進了袋中，當作凶器，襲擊了張敬浩。」

至於馬海雲的殺人動機，很晚才由唐警官告訴我們。

馬海雲的髮妻名叫李雪，因爲盲腸炎被送入醫院診療。誰知在手術開始前就死在了手術台上，是全身麻醉的時候出現了意外，導致死亡。而現場的麻醉師名叫宋碩，也就是宋醫生。李雪身體健康，並無藥物過敏，這次的事件讓馬海雲覺得有蹊蹺。他多次就此事詢問院方，但都沒有得到回應。他想去告醫院，可是自己在手術前簽署過風險協定，就算上了法庭贏面也不大。律師也勸他息事寧人。

無法承受喪妻之痛的馬海雲從起初的悲慟，慢慢轉化爲憤恨。他把一切都怪罪到了那位醫生，亦即宋碩身上。他籌畫好了一切，準備殺死宋碩後，再行自盡。他來到宋碩的公寓，冒充物業工作人員進入了宋碩的家中，趁其不備殺死了他，然後離開了現場。宋碩臨死之前認出了他，畢竟是名人，再怎麼掩飾都會露出破綻。但是宋碩並不恨他，甚至在最後用實際行動原諒了馬海雲——替他關上了門，並從內部反鎖。

這樣，現場就成了一個密室，警方會以自殺結案。至少宋碩當時是這麼想的。作爲麻醉師，那次事故可以說是他職業生涯的一個污點。意外發生後，宋碩可以說是天天受到良心的譴責，並質疑自己的職業水準。

殺死宋碩後，馬海雲準備回家，在路上，他遇到了名叫張敬浩的美術生。突然，他冒出了一個邪惡的念頭——何不讓這個小子當我的替死鬼呢？殺完人之後的馬海雲頭腦清醒了，他不想死，不想自殺，但又害怕警方順著復仇這條線，追查到他。唯一的辦法就是找一個替死鬼，讓世界上所有的人都以爲馬海雲死了。那麼，警方就會放棄追查。而這種四處流浪的小毛孩根本沒人會關心，多一個少一個，都不會有人注意。

當然了，兩個人年齡相差很大，想讓警方誤認屍體是很難的。事到如今，我不知道馬海雲殺死張敬浩時，究竟是怎麼盤算的，心裡又有著怎樣的感受。是內疚的、痛苦的、掙扎的，還是欣喜的、無所謂的？我寧願相信前者。雖然和他只有短短幾個小時的會晤，可是我認爲馬海雲內心深處，還是一個善良的人。因爲我始終相信，達到棋聖境界的人，一定是個仁者。只是他一時迷途，像是在棋盤上的一記昏著兒。馬海雲走錯了方向，導致滿盤皆輸，也毀了自己的一生。

窗外夕陽西沉，偶爾還會傳來微風。

我拿出了沉寂已久的棋盤，想換一種方式，來懷念這位只有一面之緣的前輩。

絞首魔奇譚

1

作爲曾經的加州大學洛杉磯分校數學系的副教授，同時又身兼洛杉磯警察局的「犯罪刑事顧問」的陳爝，回國之後，還協助上海警方偵破了不少惡性案件。身爲他的室友兼推理小說家，我也經常和他一起參與辦案，並且把許多案件記錄下來。在驚歎陳爝超群推理能力的同時，也被一些離奇之極的事件震撼心神，久久不能忘記。特別是罪犯在現場做出的一些古怪行爲，令我難以釋懷。

在那麼多案件中，最讓我感到恐懼的，莫過於那起震驚社會、被媒體爭相報導，世人稱之爲「絞首魔事件」的連環殺人案了。我翻開手邊的記事本，查看了一下，案件發生的時間應該是去年九月。然而，回想起那個夏天，我至今都會感覺到一陣涼意。

我還記得，那天唐薇匆忙地推開我們家的門，滿面愁容的樣子。她手裡帶著最新發生的案件資料，泫然欲泣地看著我和陳爝。

自從上次鏡獄島回來後，只要有讓警方爲難的案件，她都會來找陳爝幫忙[1]。其實在她來之前，這個案件我們已經了解過了。茶几上攤著一份剛送來的報紙，社會新聞頭版上赫然寫著這麼一行大字——再見連環殺手絞首魔，第三個受害者出現！

「目前爲止，已經第三個了。」唐薇有氣無力地說道。

對於這起案件，警方絲毫沒有頭緒，甚至連嫌疑人都沒辦法鎖定。

陳爝接過唐薇遞給他的案件資料，坐在沙發上，沉默地翻閱著。

二〇一五年八月十三日，上海市長寧區遵義路虹橋假日廣場附近的綠化帶中，發現了一具女屍。根據屍檢的結果，發現死者季雅萍（女性，漢族，二十三周歲）死亡時間爲凌晨一點至兩點之間，死因爲機械性窒息，勒死死者的凶器沒有在現場找到，很明顯是被凶手帶走了。除此之外，被害人在死亡之後受到了凶手的性侵犯。

從現場勘查的情況來看，草皮很整潔，沒有被翻弄過的痕跡，而在被害人的雙手手腕部位有多處擦傷，右手拇指指甲撕裂，這說明被害人曾與凶手展開過激烈的搏鬥，所以綠化帶應該不是第一現場，被害人是被移屍至此的。局裡爲此成立了專案組，由唐薇負責偵辦此案。

可是過了一個星期，案件沒有任何進展。

一波未平一波又起，正當警方焦頭爛額之際，他們又接到了一起報案。

案件發生地離第一起案子的現場不遠，是在長寧區的芙蓉江路靠近仁恆河濱花園附近，屍體是在一個偏僻小路的拐角處被發現的。死者趙瓊（女性，漢族，二十六周歲）的

---

1 詳情見《鏡獄島事件》。

死亡時間爲淩晨兩點至三點之間，死因和之前的案子一模一樣，也是死亡之後兇手對死者進行了性侵。最重要的是，警方在現場發現了一件物品——鑲有藍寶石的十字架項鍊。

這個式樣的十字架和第一起案件留在現場的十字架項鍊是同一款式，除了十字架中鑲的寶石顏色不同，第一起案件留下的是紫色的寶石項鍊。所以我們認爲這兩起案件是同一兇手所爲，這是一起連環姦殺案。

而鑲有寶石的十字架，就是「絞首魔」的標識，藉此正式向警方宣戰！

然而又過了一個星期，警方依然毫無頭緒。就在這個時候，一位清晨打掃街道的清潔工在古北路申淩大廈附近，又發現了第三具女屍。死者汪豔（女性，漢族，二十一周歲）的死因和現場情況與之前兩起案件簡直一模一樣，最重要的是，我們在現場找到了兇手留下的那條十字架項鍊——藍寶石十字架項鍊。

顯然，這是對警方的嘲諷和愚弄，可對此他們毫無辦法。

陳熠看完後，把那沓資料往茶几上一扔，然後伸了一個懶腰。

「你有什麼看法？」唐薇急忙問道，「你認爲兇手有什麼特徵？或者說，有什麼可以幫助我們警方縮小範圍的線索？」

「兇手是個強壯的男性，而且是個左撇子。」陳熠語氣緩慢地說道。

「就這些？」

「就這些。」陳熵朝她點點頭，然後拿起了茶几上的一罐咖啡。

「這不像平時的你啊！一般遇到這種情況你不是可以滔滔不絕地推理上好幾個小時嗎？爲什麼現在才給唐薇這點線索？」我故意嘲諷了他一下，藉此挫挫他的銳氣。

但我知道，陳熵並不是故意的。很明顯，這次凶手留下的線索實在太少了，可見他是一個小心翼翼的傢伙。

「那你給我說說，爲什麼說凶手是個左撇子？關於凶手很強壯這一點從瞬間勒殺死者可以看出來，但左撇子從何說起？」我又追問了一句。

「很明顯，從勒痕和現場情況來看，凶手是採用背後勒殺的方式結束被害人生命的。而且被害人雙手的手腕有擦傷，說明在被勒殺的過程中進行過激烈的抵抗。但由於凶手站在被害人身後，死者至多能接觸到的地方就是凶手的雙手。你看，被害人右手拇指的指甲撕裂，很明顯是由於和凶手的雙手接觸造成的。人的肌膚頂多可以讓指甲翻掉，不可能撕裂指甲，所以只有一個可能——凶手是個戴金屬手錶的人。那問題來了，被害人是被凶手從背後勒殺的，那她掙扎的時候右手應該緊抓著凶手的右手，左手緊抓著凶手的左手，這個邏輯沒錯吧？」陳熵看了看我和唐薇。

我們倆不約而同地朝他點了點頭。

他繼續推理道：「那就奇怪了，死者右手大拇指的指甲撕裂，那麼這就意味著，凶手的手表是戴在右手手腕上的了。和普通人相反，像你的手表就戴在你的左手上，那麼從這點可以看出，凶手是一個左撇子。」

聽完陳爝的推理，雖然有一定的道理，但我依然覺得他說了等於沒說。

唐薇急了，脫口說道：「別說中國了，光是上海這座城市就有一千多萬人口，左撇子更是數不勝數，如果以這個標準來排查絞首魔的話，那無疑是大海撈針。」

陳爝放下那罐還沒喝過一口的咖啡，從那沓資料中抽出了幾張照片。那是一些案發現場的照片，他一邊看著照片一邊對我們說：「之前和你所說的，關於凶手很強壯這一點，從瞬間勒殺死者可以看出來，我不同意。只要是男性，無論身體強壯與否，在背後勒殺一個女人應該都不是什麼難事。我判斷凶手身體強壯的原因是，這三起謀殺案發現屍體的地方都不是第一現場，移屍是個體力活，沒有強壯的身體可不行。」

「不是第一現場嗎？你怎麼判斷的？」唐薇不解道。

陳爝沒有立刻回答唐薇的問題，而是突然停下了手上的動作，視線死死地盯著一張照片。那是一張關於凶手留在現場的三條十字架項鍊的照片。

「怎麼了？」我把頭伸了過去，照片上似乎沒有什麼值得我注意的地方。

「這裡有點奇怪。」陳爝微微皺了皺眉頭。

正當我想繼續追問的時候，唐薇的手機鈴聲驟然響了起來。

「喂……什麼……你再說一遍……你在開玩笑吧……我明白了……我立刻過來……現場要保持原樣……我立刻來！」說完，唐薇就掛斷了電話，對我們說，「真是福無雙至，禍不單行啊！這句話現在用在我的身上，實在是再貼切不過了。」

陳熵瞟了一眼唐薇，問道：「怎麼？又有案子了？」

「是啊，這次你必須陪我一起去現場。再這麼折騰下去，我都快瘋了！這起案子還沒結束，又來了個更奇怪的案子！」唐薇大聲抱怨道。

「我昨晚上一夜沒睡，在研究一個很複雜的數學問題，所以感覺身體很疲倦，需要好好休息一下……」說到這，陳熵還故意打了個哈欠，「你看，我現在眼皮都快闔上了。」

「你昨晚不是在打新買的遊戲嗎？」我殘酷地揭穿了他，「而且八點就睡了，今早十點起床訂早餐，抱怨外賣的早餐店油條套餐配的豆花竟然是甜的，簡直是犯罪，還說要去投訴人家。」

「韓晉，你這個忘恩負義的傢伙，明天就給我搬走！」陳熵惱羞成怒地罵道。

但是我已經習慣了，無論他怎麼罵我，只要我不理他，他也不能拿我怎麼樣。陳熵還不依不饒，對我進行人格和智力上的羞辱。

「好啦，你們別吵了！」唐薇大喊道，「小張告訴我，這個案子很奇怪。整個殺人現場房間裡的物品，都是顛倒過來的，無論是沙發、桌子還是床！甚至連屍體也被倒吊在房間的中央，這種奇怪的案子，恐怕你一輩子都沒有遇到過吧！」
聽到這裡，陳熠停止了和我的爭執，慢慢抬起了頭。

2

我們坐著唐薇駕駛的警車，很快趕到了案發現場。
然而剛走進房間之後，我立刻就傻了眼。不單單是我，就連平日裡處變不驚的陳熠，臉上也露出了驚訝的神色！
偌大的房間裡，所有的東西都被倒置了——衣櫃、書櫥、電腦台、沙發等一些大型家具，甚至連電視機、電腦、檯燈等家電也被整個兒倒了過來。牆壁上的海報和一些油畫也頭朝下地掛在牆上，茶杯和碗都被倒扣在茶几的背面，就連書也被一本本倒置著塞在書櫥裡。
整個房間亂糟糟的，一片狼藉。這一切彷彿是神的惡作劇，所有東西都被倒了過來，又或許是哪個魔鬼對人類開的一個玩笑。無論如何，這都不像是個正常人會做的事，我寧可相信這一切是因爲時空扭曲而造成的，也不信這是人類所爲。
唐薇也呆住了，她睜大了雙眼，一言不發。在她的警察生涯中，恐怕從未見過比這更詭異的現場了吧！

房間內充滿了詭異的氣氛，彷彿是一雙巨手搗亂了這房間裡的一切，然後消失在空氣中。

除此之外，更讓人毛骨悚然的是，房間中央是一具被倒吊著的女屍。

「這……這是魔鬼幹的嗎？」站在陳熁身邊的唐薇，用顫抖的聲音問道。陳熁沒有說話，他只是死死地盯著這違背常理的房間，試圖搞清楚，這裡曾經發生了什麼。

死者名叫王佳璐，女，二十八歲，係安圖中學英語教師。經過法醫鑒定，死因爲勒殺，死亡時間應該是在昨晚十一點至今天凌晨兩點之間。發現屍體的時候，死者雙腿併攏頭朝下倒吊在房間中央的吊燈上，腳踝處的尼龍繩勒痕非常清晰。死者身穿著一條白色的棉質T恤衫，下身穿著一條牛仔褲，經鑒定無性侵犯痕跡。

房間裡的門鎖經查都沒有入室盜竊的痕跡，但是廚房那邊的窗戶卻沒有關緊，凶手很可能是從窗外爬進被害人家裡的。被害人的房間位於公寓的三樓，攀爬起來也不是非常困難，所以凶手極有可能是一個小偷。但如果是小偷的話，那又爲何沒帶走死者身上諸如鉑金項鍊等值錢的東西呢？而且還把房間裡的家具全部倒置，難道是精神病？這顯然說不過去。

陳熁走到現場勘查的驗屍官身邊，蹲下身子，掀開了蓋在屍體上的白布單。

躺在地上的，是一位五官精緻的超級美女，從她那筆挺的鼻梁以及之深凹的眉骨不難看出，她有歐洲白人的血統。

「王佳璐是個混血兒，中國和匈牙利的混血。」一旁姓張的青年刑警翻開了手中的筆記本，對唐薇進行彙報，「她的父親是中國人，母親是匈牙利人。十年前母親因車禍去世，所以王佳璐就跟著父親回到了中國。」

「她父親現在在哪裡？」我隨口問道。

「我們已經通知了她的父親，我想他應該不久就會趕過來吧。」張刑警說。

「眞可惜，這麼漂亮的女孩子。」我歎息道，「這個凶手實在是太可惡了！一點也不知道憐香惜玉！王佳璐小姐，你放心！雖然你現在已經離開了我們，不過我絕對不會放過這個喪心病狂的殺人魔！他竟然殺死如此美麗的小姐，我實在是太憤怒了！」

我越說越激動，情不自禁地握緊了拳頭。

「不如你和她結婚吧？」陳嫺朝我眨了眨眼。

「可是她已經死了啊。」我不明白陳嫺想說什麼，隨口道，「不然的話，這麼出色的美女，我倒是想和她認識一下呢。」

「沒事，就算她不在人世了，也可以和你結婚啊。」

「怎麼結？」我問。

「冥婚啊！我可以把你們倆一起埋起來。這個主意不錯吧！」

直到這時，我才意識到陳熇在拿我開玩笑，不禁心中有氣，別過頭不再和他說話。陳熇見我不搭理他，就站起身來，自顧自地在房間四周走動。

我看著彷彿被時空扭曲過的房間，心想這事情若眞是人類幹的，那這傢伙一定是個瘋子，除此以外沒有其他任何解釋了。話說回來，如果凶手不是瘋子的話，那他爲什麼要費那麼大的勁把房間弄成顚倒的樣子呢？這實在是令人費解。

「你們看這裡。」法醫指著屍體說道，「凶手應該是先將死者制伏，然後將她倒吊在房間內，再將其掐死的。」

「是掐死的？用手嗎？」我蹲在屍體的旁邊。

年輕的法醫點了點頭，然後又指著死者的頸部，認眞說道：「你看，這是凶手留在被害人脖子上的印記。喏，這是兩個大拇指的印子。從這麼看來，凶手應該是將被害人倒吊起來之後，再掐死她的。」

我又問道：「凶手爲什麼要這麼做呢？把所有東西都倒置過來，然後再將被害人倒吊著掐死，凶手這麼做的理由是什麼呢？」

法醫拱了拱肩，無奈道：「天曉得他想做什麼。」

唐薇像是突然想到了什麼，快步走到我們身邊，聲音低沉地問道：「你們有沒有讀過艾勒里·昆恩的小說？」

「什麼？什麼愛什麼虧？我聽都沒聽說過！」陳爝撓著頭道。

作爲推理小說家，我當然知道誰是艾勒里·昆恩，他的作品我幾乎都讀過。

「昆恩是一對表兄弟共用的筆名，是美國最知名的推理作家，黃金時代三巨頭之一。在他眾多作品中，有一部名叫《中國橘子之謎》的推理小說。這本推理小說中發生謀殺案的場景，幾乎和這間房子一模一樣，所有的東西都是倒置的。」唐薇替陳爝解釋道。

「你說什麼！」法醫驚呼起來，「會不會是凶手模仿推理小說中的情節殺人？那這本書解釋了爲什麼凶手要顛倒房間了嗎？理由是什麼？」

「爲了隱藏死者的身分。」唐薇語速緩慢地說，「可這個解釋不能用於這個案子，因爲死者的身分我們已經知道了。所以這個案子的問題就在於——凶手爲什麼要顛倒房間裡的東西呢？要抓住凶手，必須要解決這個問題。」

「我都快崩潰了！」我嘟囔了一句，隨後又抱怨道，「那個連環姦殺案我們還沒解決，現在又來了一個房間顛倒的案子。你說殺人就殺人吧，凶手還搞那麼多花樣出來幹什麼？我眞搞不懂那些傢伙腦子裡在想什麼！」

陳爝彷彿沒聽見我的話一般，眼睛死死地盯著書櫥邊上的牆壁。我隨著他的視線望去，看見了一張掛在牆壁上的國旗。

如果沒有看錯，這是一面匈牙利國旗。

「沒有顛倒！」陳爝興奮地對我說道，「韓晉，你看這面匈牙利國旗，竟然沒有顛倒！」他像發現新大陸一般興奮地向國旗跑了過去。

「大概是凶手粗心大意，沒有注意到吧？」

我找了個理由想搪塞過去。在我看來，這根本沒有什麼大不了的，和案子無關。

陳爝似乎沒有聽進我所說的話，只是獨自站在國旗前，喃喃自語著什麼。他考慮問題的時候經常會這樣，毫不顧及周圍人的感受，即使你和他說話他也充耳不聞，只關心自己的推理合理與否。

「爲什麼房間顛倒而國旗不顛倒……凶手這麼做必然有他的理由……」

陳爝緊緊皺起了眉頭，然後閉上眼，陷入了沉思。

不過幾秒鐘，他又突然睜開了眼睛。

「唐警官……」

聽到陳爝在呼喚她，唐薇便轉過頭問他：「什麼事？」

「給我看十字架。」

「什麼？」唐薇一定感覺莫名其妙，不知道他想表達什麼。

「連環凶殺案的資料，那些留在死者身邊的十字架項鍊的照片，快給我！快！」陳爝的表情非常認真，不像是在開玩笑。

無奈，唐薇只能從案件資料中，翻出了那幾張項鍊的照片，遞給了陳熘。

陳熘手裡拿著那些照片，目不轉睛地翻閱著，嘴裡念念有詞，不知道在說什麼。過了好一會兒，他才露出了滿意的表情，把手裡的照片還給唐薇。

「我想我知道一些事了。」陳熘興奮地搓著手。

正當我想問陳熘究竟是怎麼回事時，那位姓張的青年刑警卻走進了房間，對唐薇說道：「老大，被害人的父親已經到局裡了，我們先回去吧。」

「也好，先回警局調查一下死者生前的情況。因爲根據我多年辦案經驗，通常凶手都是死者身邊的人，動機也無非就是爲了金錢或者情殺。」唐薇點頭道。

我和陳熘表示願意和他們一起去一次警局，協助調查。這讓唐薇喜出望外。雖然她嘴上不承認，但我肯定，她依然期待著陳熘的表現。畢竟在過去的一些案件當中，我們若不是依靠著陳熘的推理能力，破案也不會那麼迅速。

坐上警車後，我們向警局呼嘯而去。

3

死者的父親此刻正坐在我們的面前。他的名字叫王從軍，今年五十八歲。外表看上去沒有實際年齡那麼老，臉上的皺紋並不是很多。從五官的輪廓來看，依稀可以看出他與死者是血親關係。

「是誰殺了我的女兒？」劈頭問道，這是他看見我們的第一句話。

「我們正在調查。老先生，請您相信我們，一定會抓住殺人凶手的。」坐在我身邊的張刑警立刻打圓場。他應該很熟悉這樣的場景吧。

「相信？就算抓住又怎麼樣？我的女兒沒了，永遠沒了……」老爺子彎下腰，雙手掩面而泣，「我什麼都沒了，我的希望也沒了……」

「但是你可以得到一筆可觀的保險金。」陳熵冷冷說道。

王從軍原本抖動的肩膀，突然停了下來，然後抬起了頭，怒視陳熵。我知道大事不妙，正當我思考應該說些什麼的時候，王從軍突然怒吼了起來：「保險金？怎麼，你認爲是我親手殺死了我自己的女兒？我的女兒都死了！我要這筆錢做什麼？啊！」

「王先生，請您不要動怒，我的同事不是這個意思。他只不過想安慰安慰您而已，只不過這人嘴笨，平時就這樣，請您別往心裡去。」唐薇站起來連連道歉。

陳熷這傢伙就是整天一副陰陽怪氣的樣子，我看這輩子他是改不了這個壞毛病了。

「你們這群警察眞是廢物！天天在這裡懷疑這個懷疑那個，但是眞正的犯人卻一個都抓不到！眞是沒用的東西！」

這算什麼話？因爲顧及他的喪女之痛，我才強壓住心中的怒火，不然，一定動手給他點顏色看看！

唐薇卻陪笑道：「王先生，請您配合我們的調查。我們也想盡快地抓住殺死您女兒的凶手，請您相信我們有這個能力。」

或許王從軍被她誠懇的態度打動了，說道：「你要問什麼就問吧。我知道的一定會告訴你們的。」

「那謝謝您了。您有沒有聽說過，您女兒有什麼仇家？」唐薇問道。

「仇家？這完全不可能！我女兒爲人和善，這點我比誰都清楚。她小時候就從來不和別人吵架，即使是別人欺負了她，她自己吃了虧也絕對不會和別人爭吵的。這點很像她媽媽……」說到這裡，王從軍又嗚咽起來，「可惜她們都沒了，都沒了……」

「那王小姐有沒有比較親密的朋友？」

「你指的是男朋友嗎？」

「也可以這麼說。」

「有是有，但是名字我記不清了……我也只見過一次，是在路口碰巧看到的。她和我說過，那個男的好像是一個電腦公司的職員，長得挺帥的。名字叫什麼來著……叫張……」

「張健。」唐薇看著她手裡的筆記本說道。

「對，就是叫這個名字。」王從軍點了點頭。

「老先生，謝謝您。如果我們還有問題會再登門拜訪的，也請您節哀順變。」說完，我們便起身準備離開。

王從軍點了點頭，也站了起來。

唐薇又吩咐小張開車送王老先生回家，囑咐他路上注意安全。實際上，從王從軍那張老淚縱橫的臉上，我讀出的是悲傷。雖然他有動機殺死自己的女兒——為了那筆龐大的保險金，可我依然願意相信他不是凶手，不是那種為了金錢可以出賣靈魂的人。

「接下來去找張健？」陳爝問唐薇。

「嗯，直接去他家拜訪他。」唐薇拿起了桌子上的車鑰匙。

張健的家離警局不遠，有十幾分鐘的路程。他的家住在靠近四平路的蓮花社區內，按照小張給的地址，我們找到了他家。

開門的是張健的母親，她一看見唐薇身上的警察制服，表情一下子變得緊張起來。

這個時候，張健從他的房間裡走了出來。他安撫了一下母親，讓她先回房間裡休息一下，而我們也向她說明，只是來調查一下王佳璐生前的情況而已，她才放心。張健讓我們在客廳裡先坐會兒，又給我們泡了兩杯茶。當他把杯子遞給我們的時候，我發現他用的是左手。

「你和王佳璐交往多久了？」唐薇開門見山地問道。

「兩年。」張健回答得很乾脆。從外表上來看，他屬於那種斯文型的男性，戴著一副黑框眼鏡，身上穿著一條紅白相間的格子襯衫，給人非常精神的感覺。

「你們是怎麼認識的？」唐薇一邊問一邊做著筆記。

「是朋友介紹的。」

「哪個朋友？」

「是我的大學同學，名叫吳曉雯。她現在在安圖中學做語文老師，王佳璐就是她介紹給我認識的。」張健說話的聲音有點輕，但我基本上還是能聽清楚。

唐薇在筆記本上記上了「吳曉雯」三個字，繼續問道：「你和王佳璐交往到現在，知不知道她有什麼仇家，或者和她起過衝突的人？」

張健搖頭道：「王佳璐的爲人我很清楚，她不可能與其他人起衝突。她在做人方面簡直是完美無缺的，即使是別人先惹到她，她也不會與之爭吵。屬於息事寧人的類型吧，從某種意義上來說，應該是性格比較懦弱。所以警官你說王佳璐會不會得罪了什麼人，讓人起了殺她的念頭，我覺得不太可能。」

「你覺得這幾天，王佳璐有什麼不對勁的地方嗎？」

「完全沒有。」張健很肯定地說道，「就在兩天前，我們還一起去過一次公園。是共青森林公園，我帶她去看了老虎、獅子等動物。那天她興致特別好，我們晚餐就是在森林公園裡吃的燒烤。對了，那天她還拍了好多照片呢。」

「案發當晚，你在哪裡？」我直截了當地問道。

「那天晚上，王佳璐本和我約好一起去看午夜場電影的。可沒想到已經出門的她，突然感到頭暈，說是有點感冒了。那我就讓她在家好好休息，自己就和一些朋友去打撞球了。」

「在二十三點至凌晨兩點之間，你有沒有不在場證明？」

「讓我想想……我們打撞球從二十三點打到凌晨一點，然後去吃宵夜，一直吃到凌晨三點我才回去的。我想我是有不在場證明的。」張健說話的樣子很鎮定，看起來不像是裝出來的。「如果你需要我那些朋友的聯繫方式，我可以抄給你。」他也似乎很清楚唐薇想要什麼。

「那實在是太感謝了。」

張健拿出了他的手機，把四個手機號碼分別報給了唐薇。

唐薇記了一下他朋友的姓名和號碼，最後把筆記本合上。

「非常感謝你的配合，張先生。」唐薇朝他點了點頭。張健朝我們微笑了一下，可以看出是強顏歡笑。

「警察小姐。」正當我們準備離開的時候，張健叫住了唐薇。我們轉過頭看著他，發現他眼中噙著淚水，聲音也有些顫抖。「請你一定要抓住殺死王佳璐的凶手，一定！」

「一定。」

唐薇對他說道，這句話又彷彿是對她自己說的。

離開了張健的家，已經是傍晚了。夕陽把我們三個人的影子拉得長長的，看上去特別落寞。上車之後，唐薇拿出了張健給的四個號碼，然後給小張打了個電話，讓他去確認一下張健的不在場證明。之後我建議唐薇先去吃點什麼，陳熺也表示同意。

從中午到現在，我連一口水都沒來得及喝上。至於安圖中學，我們商量之後決定明天再去拜訪。一方面現在時間已經快五點了，學校很可能已經放學，老師也下班了；另外一方面，今天奔波了一整天，實在是感覺筋疲力盡了。

我們挑了一間日本料理店，隨便吃了點東西，吃飯的時候陳熺基本上沒有說話，我們問他對這兩起案子有什麼看法，他只說了一句：「明天就知道了。」然後他又開始嘲諷我，在唐薇面前丟我的臉，就是不提案子的事。我比誰都了解陳熺的脾氣，這時無論怎麼問他都沒用。

吃過飯唐薇開車送我們回了家，並約好明天一起去一次安圖中學。

4

翌日早晨，我和陳爝很早就起床吃了早餐，用電話和唐薇約了時間，然後打車來到了安圖中學。問了保安教師辦公室的具體位置後，我們又花了好多時間才找到。在路癡屬性上，陳熳和我差不多，都屬於那種會把自己走迷路的人。

吳曉雯看上去三十歲左右，相貌平平，不過皮膚倒是很白皙。她穿著一條白色的連衣裙，端坐在我們對面的沙發上，看上去非常憂鬱。「前兩天還好好的，我們還說好一起去逛街的……怎麼突然就……」吳曉雯顯然還是不能接受王佳璐被殺的事實，低下頭用右手擦掉了眼角的淚水。

「請節哀。」唐薇安慰道，「吳老師，如果現在方便的話，我想問你幾個問題。你也知道，這和破案有著重大的關係，我們也是爲了盡早抓住這個喪心病狂的凶手，所以……有得罪之處還請見諒。」

「哪裡哪裡，配合警方的調查是我們公民應盡的義務。更何況王佳璐是我最要好的姊妹，無論如何也請你們要早日將凶手繩之以法。」吳曉雯抬起頭，語氣變得堅定起來。

「那我們開始吧。」唐薇打開了手上的筆記本，「我想請問一下，你知不知道王佳璐最近有沒有得罪過什麼人或者說與誰結仇？」這個問題對我來說非常重要。假使所有人都沒有與王佳璐結仇，那殺她的動機又是什麼呢？房間內值錢的東西都沒被帶走，行凶的目的一定不是劫財。但若是說沒有動機的謀殺，這是怎麼也說不過去的。

「沒有。」吳曉雯說得很堅決，「絕對不可能。」

這是我們最不想聽見的答案。

如果說王佳璐身邊沒有人想殺死她的話，那她是被誰殺死的？難道眞是無差別殺人案嗎？就算是無差別殺人，殺完人就可以了，何必要將現場布置成推理小說《中國橘子之謎》裡的場景呢？陳爝說得對，這個問題不想通的話，案子就無法解決。

「爲什麼你那麼肯定王佳璐不會得罪別人呢？會不會是學生呢？例如學生考試作弊，老師將他的考卷沒收，或者是回家作業沒有完成，老師讓學生把家長叫來之類的？」唐薇把所有可能的情況都舉例了一遍。我念高中的時候，經常碰見這類情況。

「王佳璐老師對學生非常體貼。警察同志，你說的那些情況若是放在我身上倒是可能，但王佳璐老師絕對不會這麼做。我前面已經說了，學生們最喜歡的老師就是王老師了，甚至有時候學生作弊她都只是耐心勸導，從來不沒收他們的試卷。這點我是做不到的。」

吳曉雯表情非常認真地說。

唐薇無奈地點點頭，然後轉頭看了看坐在我身邊的陳熺。

他自始至終沒有說過一句話，也沒有提過一個問題，就那麼呆坐在一邊。今天早晨我問過他，你知道兇手爲什麼要把現場布置成這樣嗎？他說不知道。我又問他，你知道兇手的身分了嗎？他搖了搖頭說還是不知道。

以我對他的了解，他一定是掌握了破案的關鍵線索，但是目前還沒證據。

陳熺擅長穩中求勝，絕不是一個喜歡冒險的人。

「對了，吳老師，王老師最近有沒有表現異常的地方？」我插嘴問道。

「表現異常嗎？」吳曉雯微微抬起頭，一副思考的樣子，「沒有什麼異常。哦，對了，她那天很興奮地跟我說，她和張健一起去森林公園玩了一次，拍了好多動物呢，像什麼非洲獅啊、美洲豹啊、梅花鹿和天山馬鹿什麼的，還說下次要帶來給我看看。不過我想，這不算什麼異常的事情吧？」

——這當然不算。

看來這次又是白跑一趟，關於王佳璐一點有用的線索都沒有。看來這個案子得暫時放一放，先全心撲在連環殺人案上了，解決一件再說。

正當我們要走的時候，辦公室裡又走進來了一位男老師。

「王佳璐的事吧，哎，我感到非常難過……」男老師坐在了沙發上，然後對我們說道，「我叫林自強，是這個學校的數學老師。沒想到善良的王老師，竟然會遇上這種事情，真是人算不如天算啊……對了，凶手找到了嗎？」

我仔細打量著前眼這個男人，他身高在一七八左右，身材偏瘦，看上去三十幾歲模樣。

「還沒呢，對了，林老師能提供點什麼線索嗎？」唐薇接著問道，「如果是一個辦公室同事的話，那平時關係應該還不錯吧？」

「是很不錯。」林自強朝唐薇點了點頭，我注意到他運動鞋上有不少灰塵。

「鞋子髒了。」我提醒道。

「沒關係。」林自強大大咧咧地笑了起來，「剛和幾個同學打打籃球，運動一下身體。」

「看不出林老師還會打籃球啊，真是了不起。」

我現在才三十歲左右，體力方面已經遠遠不及當年二十出頭的時候了。

站在一邊的吳曉雯見我恭維林自強，也笑吟吟地補了一句：「何止呢，林老師年輕的時候還練過雜技呢。」

「那可真了不起啊！」我順水推舟地說道。

林自強邊笑邊擺手：「不說這個了，我們還是說說關於王佳璐案子的事情吧。凶手還沒找到嗎？實在是太可憐了！兩天前還好好的……」

「是啊……」吳曉雯在一旁插嘴道，「林老師你還記不記得，那天王佳璐還說要給我們看她和張健一起去森林公園拍的動物呢！我記得你剛一進辦公室她就跑過去跟你說什麼，『我拍了好多梅花鹿的有趣照片哦』，對吧！」

「沒錯，這麼可愛又漂亮的女孩子，眞是太讓人難過了。」林自強用手撐住額頭，露出難過的表情。

上課鈴聲響了起來。

「哎呀，不好意思，我還有課。」吳曉雯急忙拿起了桌上的課本，臨走時還不忘對我們說，「實在不好意思。如果還有什麼問題沒問清楚的話，你們就問林老師吧。基本上我知道的事情林老師也都知道。」說完就去上課了。

「要不我們換個地方談吧。」林自強提議道，「這裡老師和警察談話，被學生看見了影響不太好。」

——看來又是一個死要面子的傢伙！

按照林自強的要求，我們來到了離學校不遠的一家甜品店。唐薇要了港式奶茶，我則叫了一杯蘋果味汽水，陳嬸和林自強都要了俄羅斯紅茶。

「請問，你知不知道王佳璐最近有沒有得罪什麼人？」這個問題唐薇已經問了無數遍了，幾乎每個回答都一樣。這次果然不出我所料，林自強也是這麼說的——王老師為人很優秀，根本不可能與什麼人結仇，絕對不可能。

既然如此，我們也沒什麼好說的了。唐薇正準備把筆記本塞進包裡的時候，那沓連環殺人案的資料不小心掉了出來，一張照片飄在了林自強的身上。

那是張第三個被害人腳踝上腳鏈的照片。

「實在不好意思。」唐薇邊打招呼邊收拾起地上的那些資料，林自強微笑著把那張照片還給了我。林自強並不知道這其實不是王佳璐這件案子的資料，他疑惑地問道：「我從來沒見過王老師戴這種腳鏈啊？」

「不好意思，這不是王老師這起案子的資料。」唐薇連忙解釋道。

「原來是這樣啊。」林自強點了點頭。

這個時候，服務員小姐把我們的飲料送了過來。林自強很有風度地起身幫服務員端茶。他拿著我的蘋果味的汽水，問服務員：「這是……」我連忙舉手笑道：「這是我的！」林自強點點頭，把飲料遞給了我，然後把一杯紅茶遞給了陳熘。

「看來這個案子非常困難啊，基本上所有人都沒有動機。」我喝了口蘋果汽水。

林自強的表情有點尷尬，過了好一會兒他才像是下了決心似的對我開了口：「這件事情……我不知道該不該說。」

「什麼事？」唐薇來了興趣。

「這個……」

「我希望你配合我們警方，這可是人命關天的大案啊！」我特意加重了語氣，希望能給他點壓力。

「好像是兩天前，我聽見王佳璐在和她男朋友張健吵架。」

「怎麼說的？」

「就是說什麼『你根本不在乎我！我們分手吧』之類的話。他們之間經常這樣，所以我也不知道是不是該說，說了對你們有沒有幫助我就更不知道了。這個是我在辦公室外聽見的，警察同志，我不是偷聽啊，是不小心聽到的。」林自強的表情略帶羞愧。

「謝謝你為我提供了線索。」在一邊沒有說過話的陳熠突然站了起來，臉上露出了一抹不易察覺的微笑，「唐警官，一切線索都穿成一條線了！我終於搞清楚它們之間的關係了！」

什麼跟什麼啊？我完全不明白陳熠的意思。

「你在說什麼瘋話呢？什麼穿成一條線了，難不成你已經知道是誰殺死了王佳璐？」

陳熠點點頭，壓低聲音，像是在宣布什麼似的說道：「是的，並且我還知道凶手為什麼要把現場布置成那個樣子，還有『絞首魔』的真面目，我也已經知道了！」

5

和往常一樣，陳熵讓唐薇通知了一些此案的相關人士，齊聚到王佳璐的家中。

他準備在這間顛倒的房間內，揭露這次殺人事件的眞相。這是陳熵長期以來的習慣。唐薇很快聯繫了這起案子的一些嫌疑人，包括王佳璐的父親王從軍、她的男朋友張健、同事兼閨蜜吳曉雯，以及數學教師林自強。就在我們拜訪吳曉雯的第二天中午，唐薇把他們都叫到了王佳璐的房間裡。

王從軍看上去很憔悴，眼神渙散地站在房間門口。相比之下，張健的精神狀態就好多了，他在王從軍的身邊，和他並排站在了一起。吳曉雯和林自強分別向學校請了假。唐薇說，昨天打電話聯繫他的時候，可以感覺到林自強不太願意答應我們的請求，可唐薇再三保證，這是最後一次麻煩他們協助調查。經過考慮，他還是同意了。現在，房間裡除了他們四個之外，還有我與唐薇，以及那個自負的陳熵。

所有人都到齊之後，陳熵輕輕地把門關上，然後安靜地走到了房間中央。

「直到現在，」陳熵開始了他的演講，「房間裡所有的東西還都是顛倒的，無論是家具還是電器，甚至連被害人都是被倒吊著的。那凶手爲什麼要這麼做？這麼做的理由是什麼？我想我已經知道了，並且我可以很負責任地告訴大家。殺死王佳璐小姐的凶手，以及最近犯下連環殺人罪行的『絞首魔』，就在我們之中。」

大家臉上的表情都發生了變化，最激動的就屬王佳璐的父親王從軍了。

「你在胡說什麼？你有證據這麼說嗎？」

「請聽他說完。」唐薇伸手制止了憤怒的王從軍。王從軍不服氣地閉上了嘴，眼神挑釁地看著陳熘。

「我不認爲凶手是一個瘋子。如果凶手是瘋子的話，爲什麼現場沒有留下任何指紋？因爲所有的線索都被凶手清理掉了。既然凶手不是瘋子，那把整個房間顛倒過來的理由只有一個——凶手必須那麼做！」陳熘說到這裡，頓了頓，然後繼續說了下去，「我曾經和唐警官討論過這個問題，美國偵探小說家艾勒里·昆恩有一部名爲《中國橘子之謎》的推理小說，小說裡的場景和王佳璐的房間狀況簡直一模一樣。小說中，凶手爲了掩飾死者的身分，不顧一切地將房間所有的東西顛倒。那我們來看，這個案子呢？顯然不是爲了掩飾死者的身分。那麼只有一個理由可以解釋這一切，那就是——凶手爲了掩飾自己留下的痕跡，必須把房內的一切顛倒過來！」

房間裡一片寂靜，沒有任何人說話，所有人都全神貫注地聽著陳熘的推理。

「爲了掩飾什麼呢？剛開始我並不清楚。然後我注意到了王佳璐的屍體，屍體是被倒吊著掐死的。」陳熘繼續說道，「這個時候我就覺得奇怪了，爲什麼凶手必須要把屍體倒吊著再掐死呢？難道只是單純地配合這個顚倒的房間嗎？想到這裡，我突然豁然開朗！我們所有人都中了凶手設下的陷阱——先入爲主的陷阱。我們走進這個房間，看到所有的東西都顚倒了，那我們自然而然地會認爲屍體是被倒吊再被掐死的，但實際上並不是如此，王佳璐其實是被倒吊之前，就被凶手掐死了！

「不可能！」我立刻打斷了陳爓，「你忘記法醫說的話了嗎？被害人脖子上的掐痕從兩個拇指的位置來判斷，是反過來的，也就是說很明顯屍體是被倒吊著殺死的！」

「倒吊的那個人，不是王佳璐，而是凶手。」陳爓冷冷地說道。

我腦子突然一片空白，似乎理解了陳爓的意思。

「沒錯，實際上王佳璐並不是先被倒吊之後才被掐死，而是被掐死之後才被凶手倒掛在吊燈上的！凶手爲了掩蓋自己倒著掐死王佳璐的事實，不惜把整個房間倒置過來，來掩蓋自己倒吊在房間吊燈上，掐死王佳璐的事實！其實你們可以自己試試，如果在正常位置掐死被害人的話，那被害人脖子上的拇指印應該是向上的痕跡，但如果凶手倒吊在燈上垂下雙手掐死死者的話，那拇指的痕跡就是向下的。所以如果屍體不是被吊著掐死的話，那只有一個可能性，就是吊在燈上的那個人其實是凶手！」陳爓聲音響亮地宣布。

「倒吊著殺人……這也太……」我都不知道該說些什麼，腦子裡一片混亂。

「所以凶手只能是一個可以倒吊在吊燈上的人。林老師，上次在辦公室裡的時候，我聽吳老師提到過，你年輕的時候練過雜技吧？況且這些年你經常和學生打籃球什麼的，體能應該保持得還不錯吧？」陳熷直視林自強。

林自強的臉色開始變得非常難看，他稍微調整了一下情緒，然後回瞪陳熷：「你憑什麼說是我殺死王佳璐的？難道就因爲我練過雜技嗎？你這個推理也太牽強了吧！」

「是啊，陳熷，你這個推理很不合理。就算是你說的這樣，那凶手何必要倒吊著殺人，而且還花很大的精力將房間布置成倒置的模樣，直接站著掐死被害人不就好了嗎？這樣也不必把房間弄成現在這個樣子了！」唐薇也覺得陳熷這麼說太武斷了。

陳熷沒有因爲我們的質疑而動搖自己的觀點，反問我：「那如果凶手當初並沒有打算殺死王佳璐呢？」

「你的意思是……」

「凶手當初潛入王佳璐的房間，並沒有打算殺死她，只不過想去她家拿一些東西而已。可沒想到的是，本已出門的王佳璐竟然因爲身體不適的關係從外面折返回家！聽到開門聲後，由於房間太小，凶手情急之下爬上了吊燈，暫時躲了起來。王佳璐走進房間後，隨手打開了房間上的吊燈，可她卻覺得光線比平時暗了不少。然後她站在吊燈下抬頭往上看——你們也應該知道發生什麼了吧！沒錯，王佳璐看見了倒吊在燈上的凶手！凶手突然之間沒有了主意，他看見王佳璐正準備尖叫，無奈之下伸出了雙手！」

「就憑這些你就說我是凶手？這無論如何也說不過去！你別想栽贓我！」林自強失控般地朝陳熠吼道。

「當然不止這些！」陳熠轉過頭來看我，「你還記不記得那面匈牙利國旗？」

「記得，你當時說只有這面國旗沒有被顛倒，所以你覺得很奇怪。」唐薇說著，然後指了指身後的那面牆，「你看，那面國旗不是還掛著嘛！」

「沒錯，匈牙利國旗是由三條顏色組成，從上至下分別是紅白綠三種顏色。可凶手為什麼不將這面國旗顛倒呢？是不是因爲他忽略了呢？不可能！這面國旗那麼大，正常人不可能看不見，那只有一種可能——凶手無法將這面國旗顛倒！」陳熠的語氣非常堅定。

「無法顛倒？」

「是的，因爲在凶手眼中，這面國旗倒置與否都是一樣的！現在你們明白了吧，因爲凶手是一個紅綠色盲，所以在他眼中這面國旗的紅色部分與綠色部分都是一種顏色，所以沒有必要將它顛倒！」

——原來是這樣！

「那天我們在甜品店喝東西的時候，韓晉點了一杯蘋果味汽水，而我和林自強要的都是紅茶。但當服務員把飲料送過來的時候，你卻拿著蘋果汽水問服務員是什麼。無論誰看一眼都知道綠色的是蘋果汽水，而紅色的是紅茶吧？所以在那個時候我就知道，林自強是一個色盲！加之你練過雜技，所以我肯定，兇手就是你！」

林自強像是放棄了掙扎似的看了看我，然後冷笑道：「你們還眞厲害啊……這都被你看出來了……」

「你這個傢伙！爲什麼要殺死我女兒！爲什麼！」站在一邊的王從軍有些控制不住情緒，幸好身邊的張健及時制止了他，不然王從軍一定會衝上去給林自強一拳。

「別急，還沒完呢。」陳熷又說道。

「什麼？」

「事情還沒完。林自強，你不只是殺死王佳璐的兇手，而且還是在長寧區姦殺三名女性的連環殺手——絞首魔！」

——怎麼可能！

「你們怎麼可以這樣。沒錯，我承認是我殺死了王佳璐，但你怎麼可以把連環殺人的罪名也栽贓到我身上！你有什麼證據嗎？你別誣陷我！」

陳熷表情誇張地說道：「誣陷？我從來不做這種事。其實我一直在想，兇手進入被害人的房間，到底爲了偷什麼呢？錢財？不可能，王佳璐脖子上的鉑金項鍊和皮包裡的現金都沒有被拿走。兇手冒著危險潛入這裡，到底要拿什麼呢？這個問題，直到昨天拜訪了安圖中學，我才搞清楚。」說完，陳熷看著吳曉雯問道：「吳老師，我記得你說過，王佳璐跟你提起過，曾和張健一起去了共青森林公園，還拍了很多動物的照片是吧？」

「沒錯。」

「然後林自強這時候進了辦公室，王佳璐很興奮地跑到他面前對他說，她拍了好多梅花鹿的有趣照片，對吧？可你卻聽錯了，王佳璐那時候說的並不是梅花鹿，而是天山馬鹿！」

吳曉雯恍然大悟般點了點頭，反問道：「你怎麼知道？」

「因為這句話雖然在我們聽來很正常，但聽在連環殺人案的凶手——絞首魔耳中，卻是另一番滋味！王佳璐原本的意思是，『我拍了好多天山馬鹿的有趣照片哦』，被凶手聽成了『我拍了好多天山馬路的有趣照片哦』。天山馬路即天山路，也就是長寧區的天山路！連環殺人案現場分別為——遵義路、芙蓉江路和古北路，稍微翻一翻上海地圖你就會知道，這幾條馬路全是在天山路附近的！王佳璐這隨口一說的話，被絞首魔聽成了威脅！絞首魔認為王佳璐拍到了一些自己作案情況的照片，不然不會這麼對自己說。所以他必須親自去王佳璐家確認一下，可惜他還沒找到照相機的時候，王佳璐就回來了。」

講到這裡，陳爝頓了頓，又繼續說了下去。

「還有讓我覺得奇怪的是，連環殺人凶手放在現場的十字架項鍊。第一起案件是紫色寶石，而第二和第三起案子卻是藍色寶石，這又是為什麼呢？當我在王佳璐房間裡看到匈牙利國旗的時候，我突然想通了！連環殺人犯很可能也是個色盲——紅綠色盲！紅綠色盲又被稱爲第一色盲。患者主要是不能分辨紅色，對紅色與深綠色、藍色與紫紅色以及紫色不能分辨。這個時候我就在想，殺死王佳璐的凶手，會不會就是犯下三起連環姦殺案的絞首魔呢？」

「就因爲我是色盲，你就認定我是連環殺人犯，太可笑了！」林自強大笑起來，「你這種推理在法庭上可以作爲證據嗎？」

「是你自己親口承認，你就是長寧絞首魔的！」陳嫿厲聲道。

「你開什麼玩笑？我怎麼會自己承認？」

「在甜品店的時候，唐薇警官不小心把包裡連環殺人事件的資料掉在了地上。其中，有一張腳鏈的照片掉落到了你的身上。這時候，你說了一句話。你說，『我從來沒見過王老師戴這種腳鏈』。我沒說錯吧？」

「那又怎麼樣？」

「你怎麼會知道那是腳鏈？」

「這個……」林自強張大嘴巴，卻發不出聲音。

「照片上就是一條鏈子而已，爲什麼你那麼肯定那是腳鏈呢？只有凶手才知道那是一條腳鏈！因爲他看見過被害人把它戴在腳踝上！關於這點你準備怎麼解釋？請你別說什麼只是隨口說說罷了，警方根本不會信。所以，在甜品店的時候，我就已經確定你是連環姦殺案的凶手了！」陳熘表情嚴肅地說道，「如果你還想狡辯的話，我另有證據！你當時潛入王佳璐家中的時候，並沒有打算殺死她，所以沒有帶任何殺人工具。王佳璐一個女孩子，家裡不可能有這種尼龍繩——就是將她倒吊在吊燈上的繩子。所以我認爲是凶手帶來的，你掐死王佳璐之後，要把她倒吊起來，就拿出了隨身攜帶的尼龍繩。唐警官，你不是說連環殺人案現場找不到凶器嗎？我想這條繩子應該就是勒殺三名女性的凶器，只要回警察局裡做個鑒定，就可以知道林自強是不是在長寧區犯下三起殺人案的絞首魔了！」

林自強萬念俱灰地靠在牆壁上，深深歎了口氣，再也沒有說過話。

6

案子完結後的第五天，唐薇再次拜訪我們的住處。

「宋隊讓我好好謝你們，要不我請你們吃飯？」破案之後的唐薇心情總是特別好。

「免了，你隔三岔五來找我，我也吃不消。」

陳熘擺了擺手，謝絕她的好意。

「可不是我要來的，是我奉領導宋隊長之命來的，你知道，他可喜歡你了。下次我可不當你們的信鴿了，你面子大，我讓他自己來。」

「快坐，別聽陳熠瞎說，你來了，他不知道有多高興。」我忙道，「你要喝點什麼？」

「隨意。」

「好嘞！」我去廚房給唐薇倒了一杯黑咖啡，然後隨口問道，「對了，絞首魔的案件，進展得如何？」

「我正要說這事呢！」唐薇接過我遞去的咖啡，接著道，「關於那兩個案子，林自強都認罪了。這個變態已經三十多歲了，竟然從沒有談過戀愛……啊，陳熠教授，我不是針對你啊，你不是變態……我繼續，第一起案子那天晚上，他喝了點酒，那位倒楣的小姐又恰巧在深夜被他盯上了，於是林自強一路暗中尾隨她……唉，人間悲劇啊！」

「真可憐，都是二十出頭的女孩……」我惋惜道。

唐薇端起桌上咖啡杯的時候，突然想到了一個問題，於是問道：「陳熠啊，你說凶手是雙腿倒吊在吊燈上犯罪的，可那吊燈真能承受得了一個成年男子的體重嗎，況且那時候被害人還在掙扎呢？」

「沒問題的。在施工隊搭建頂棚的時候，曾經對其做過承重能力測試，其重量大約可承受住三個成年男性的體重。別說一個林自強吊在上面可行，三個都沒問題。」

「好吧……」

「對了，我也有個問題。」這次換陳熷提問了。

「什麼？」

「林自強是不是左撇子？」

唐薇忽然大笑，道：「你也注意到了吧。其實他並不是左撇子，第一起案子的被害人右手拇指指甲撕裂並不是掙扎時候發生的，而是在上班的時候和同事打鬧不小心弄傷的。那個女孩子準備回家之後再處理一下，沒想到在回家的路上被林自強給盯上了……怎麼樣，福爾摩斯先生，沒想到你也有失算的時候啊？」

「所以當時在甜品店的時候我就覺得奇怪，林自強是用右手把飲料遞給我的。當時我還以爲他在假裝，可最後在我揭露他就是凶手之後，他竟然還是用右手來擦額頭的汗水，我就知道我第一個推理有誤。」說完，他便懊惱地閉上了眼睛。

看來就算是陳熷，也有栽跟頭的時候。

想到這裡，我的心情又好了起來。

推理櫥窗

《中國橘子之謎》 艾勒里・昆恩 著

某日，在唐納德・柯克先生外出時一位陌生男子來訪，助理將他引至接待室裡稍待，待柯克先生回來之後，偕同友人、助理前往接待室。一行人在房前，發現門竟從裡面反鎖上了！他們穿過走廊，跑到接待室對面的門，一打開，眼前居然躺著一具屍體，而整個房間如巨大骰盅被搖晃過一般，所有家具擺設皆顛倒放置，一片狼藉……

●此書屬艾勒里・昆恩的「國名系列」，故事中使用了機械密室的設計，被譽為是經典十大密室設計之一。

維納斯的喪鐘

1

這兩天，秦永明覺得很煩躁。

此刻，他正坐在一家咖啡店中，從內向門外望著。門縫中吹進來的風使得他不由自主地微微顫抖。奇怪，明明已經五月，爲什麼寒風還是如此徹骨。

這是一間安靜的咖啡屋。

走進咖啡屋，就聞到了空氣中瀰漫著淡淡的咖啡豆的香氣。這家店的門面不太顯眼，是一家兩層樓面的小樓，曼哈頓風格，有些像歐洲小鎮裡的咖啡館。一樓是一屋子的書籍和電影碟片，屋頂是用舊英文報紙糊的，而桌子、沙發、檯燈也都是老闆從各地淘來的老款式，不大的空間布置得也很舒適，抬頭會看見淺色調的天花板，懸在上面的鐵絲糾結的吊燈，看來也別具匠心。

耳邊的音樂，是帕海貝爾的《D大調卡農》。據說這是作者忍受著愛妻孩子死於鼠疫的巨大痛苦，創作出的一組不朽的音樂，以紀念往逝的死者。婉轉的曲調如同雨後天空般一塵不染，帶著一絲義大利式的憂傷，甜蜜寧靜的憂傷。

秦永明等了三十分鐘左右，正準備起身離去的時候，他看到了劉依君。

沒想到她眞的會來。

「要喝點什麼嗎？」

說話的時候，秦永明覺得自己的表情有點僵硬。

劉依君眼圈有些發紅，搖了搖頭，說道：「不用了，我喝不下。」

秦永明有點不自在，因爲在這麼尷尬的情況下，無論說什麼都是錯。

「我看了你發給我的微信。」劉依君抬起頭，忽地瞪大了那雙曾經令秦永明魂牽夢繞的明眸，口氣彷彿是在乞求一般，「你眞的要和我分手嗎？我們在一起兩年，你就一點都不珍惜？爲什麼要這樣對我！」

秦永明移開視線，不去看她，沒有說話。

劉依君略頓了一頓，又道：「她是不是很漂亮？」

「小君……」

「你就回答我，是或不是！」劉依君怨恨地瞪著他。

「是……」

劉依君雙手掩著臉，哇的一聲哭了起來。她嘴裡還不停地在說：「秦永明，你爲什麼這樣對我！你和李曉蕾做出那些齷齪事的時候，我原諒了你！沒想到，最後你還是背叛了我！你就是人渣！你不配做男人！」

秦永明伸出手，將劉依君掩住臉的手，拉了下來：「對不起，小君。我……我也不知道爲什麼，自從見到安娜那一刻，我知道，我的心裡就再也容不下別人了。等大學一畢業，我就會和她結婚。小君，你是個好女孩，可是對不起，我們不合適。是的，我不配做男人，我更配不上你這麼好的女孩。」

「這種話，你究竟和多少女人說過！」劉依君掙開秦永明的手，站了起來。

「聽我解釋，小君……」

「我不要聽！」

「安娜是我的女神，我眞的很愛她。請你原諒我，對不起……」

「你會後悔的……」劉依君的表情起了變化，惡狠狠地直視秦永明，「你會爲你所做的事情，付出代價！」丟下這句話，她便離開了。

秦永明坐在椅子上，看著眼前早已涼了的咖啡，深深歎了一口氣。他心想，新的生活就要開始了，而告別過去，則是邁入新生活的第一步。剛才的事並沒有對秦永明的心情產生什麼影響，他在座位上伸了個懶腰，然後招呼服務員買單。

離開咖啡店，秦永明又接到了一個電話。大學裡的一位前輩邀請他參加一個飯局。秦永明卻之不恭，只得赴約。他給王安娜發去一條微信，沒等她回覆，便把手機塞入外衣口袋中，然後叫了一輛計程車，趕往約會地點。

三個小時的飯局讓秦永明感到非常無趣。

和學長們吃過晚飯，秦永明帶著幾分醉意，晃晃悠悠地離開了飯店。

坐車回家的路上，他忽然想起了方才劉依君提到的一個名字——李曉蕾。

那根本是個意外！

他搖著頭，試圖把李曉蕾的樣子驅散。

就在昨天晚上，李曉蕾還在秦永明的宿舍樓下等他。秦永明從窗外看見了她，嚇得魂飛魄散。一時糊塗，難道要付出一輩子的代價？開什麼玩笑！他越想越氣，索性關上了窗，拉上窗簾。眼不見為淨。

公車行駛得很慢，離到家還有五站。

不過，稱之為家或許還不合適。那裡只不過是秦永明和王安娜新租的一套兩室一廳的房子而已。秦永明拿出自己在酒吧打工的錢租來的。這件事，雙方的父母都不知道。

「我回來了。」走到出租屋門口，秦永明用手拍了拍門。

往常，王安娜一定會蹦蹦跳跳地跑來開門，並且給秦永明一個溫暖的擁抱。

可是今天沒有。

「寶貝，我回來了，你在嗎？」秦永明又拍了兩下，還是沒人回應。

他皺起眉頭，伸手在口袋裡找鑰匙。

難道在洗澡？也不像。這個點王安娜是不會洗澡的。還是出門了？可她去哪裡了呢？

車上打開手機，並沒有收到過她的短信，而平時，無論做什麼，王安娜都會先徵詢秦永明的意見。就連出門見朋友，都要先得到他的首肯。

——咔嚓。

鑰匙插入門鎖，然後轉動。

客廳裡一片狼藉，原本整齊的物品散落一地。秦永明感到刹那間，氣溫彷彿低了很多，他的身體在發抖。他勉強使自己鎮定下來，脫下鞋，往裡走去。可是，之後等待他的卻是更令人絕望的畫面。

大廳中央懸掛著一具女屍。

不幸的是，那具屍體，就是秦永明心中的女神——王安娜。

2

命案現場是位於九龍路一個老式居民區裡一套兩室一廳的住房。

房間整體面積大約有七十平方公尺，雖然算不上大，但兩個人住綽綽有餘。唐薇站立在原地，心想什麼時候能夠自己買一套這樣的房子就好了，把那間一居室的小公寓賣了，付個首付，然後再貸款換套大房子。

眼前的這個房間頗爲雜亂。唐薇看著房間裡忙忙碌碌的調查人員和法醫，又看了看坐在房間角落裡心神恍惚的秦永明，心裡非常不是滋味。雖然還未結婚，但也是一段刻骨銘心的感情，他也沒有想到自己的女友竟會在家中上吊自殺。驗屍官正跪在屍體邊上取樣調查，過了一會兒，才轉頭對唐薇說道：「唐警官，我想她是窒息而死的，這點毫無疑問。」

「死亡時間是什麼時候？」

「我想應該是下午五點到六點左右吧，具體時間還要把遺體運回去做進一步檢驗。」

「辛苦了，先把屍體帶走吧。屍檢報告出來之後，通知我們。」

「好的。」

唐薇走近放在牆邊的書架。書架上都是最新出版的推理小說，大部分都是日本推理作家的作品。她看了一眼後，戴上手套，小心翼翼地抽出了其中一本。那是她熟識的一位作家寫的小說。書名叫作《骷髏莊事件》，作者的名字叫韓晉。

「喲，這不是韓晉老師的小說嘛！」

刑警隊長宋伯雄走到唐薇身邊，語氣中帶著一絲驚愕。

「是啊，沒想到在這裡還能看見他的小說。」唐薇把書放回原處，又問了一句，「兩個人都是在校大學生吧？」

「嗯，現在的小孩眞不得了。年紀輕輕就同居了。在我年輕的時候，完全無法想像。」

「時代在進步嘛。」

「這個案子，你怎麼看？」

唐薇聳了聳肩，苦笑著說：「可能還要再觀察一下現場才有結論吧。」唐薇一直喜歡在其他同事的勘查結束之後，再開始自己的調查，大抵這樣更能讓她專注吧。

她回過頭去看身後的客廳。

灰色的布藝沙發上，放著兩個紅色的抱枕，沙發前置著一張玻璃茶几。茶几上，倒著一罐打翻的橙汁，濺出來的橙汁把牆壁也染黃了，位於茶几後的沙發也未能倖免。唐薇把目光投向沙發後的牆壁。可能他們搬進來時重新刷過牆漆，牆壁顯得很白很亮，牆上貼滿了死者和秦永明的照片：旅行的合影、在餐館吃飯的合影、參加別人婚禮時的合影，還有他們二人在學校的合影。

「咦？這是什麼？」

唐薇彎下腰，從地上撿起一張被揉成一團的相片。她輕輕地展開了這團照片，然後用手掌將其撫平。原來，有人將這張相片一撕為二，再將其捏成團丟棄在地板上。一看便知，這是秦永明和王安娜的合影。她取出證物袋，把相片放入其中。這時，她發現相片上竟然也沾有不少橙汁。

唐薇心想，是不是這個秦永明做了對不起王安娜的事，讓她憤怒地撕碎兩人的相片，然後投繯自盡？

「唐警官，來這邊看一下。」同事在廚房喊她，「果汁應該是從冰箱裡取出的。」

唐薇應了一聲，然後走到了廚房。她打開冰箱，朝裡望了一眼。非常整潔，這是唐薇的第一印象，可樂、啤酒、果汁、蔬菜都各歸其位。當然，也有一瓶可樂被放置到果汁的區域，不過這無傷大雅。接著，唐薇轉頭對著冰箱左邊的桌子觀察起來——餐桌上放著一份中間一圈有些皺皺的新聞早報，還有一些柳丁之類的水果。沒什麼特別值得注意的事，她心裡這麼想。

再次回到客廳後，宋伯雄指著地板對唐薇說道：「你發現沒有，這地上有許多小珠子。」說完，他便蹲下撿起一顆，仔細端詳起來。見狀，唐薇也學著他的樣子，從地上拿起了一顆小珠子。

這是一顆紫水晶珠，應該屬於平時戴在手腕上的水晶手串。地上還有許多，唐薇把證物袋拿出來，將地上所有的紫水晶珠一顆一顆都撿了起來。

最先到現場勘查的小張完成調查工作後，便跑來向宋伯雄彙報情況。死者名叫王安娜，今年二十歲，死因係機械性窒息。身上無明顯傷痕，自殺可能性極大。自殺動機有可能是因爲發現男友秦永明與過去的女友還有往來，導致王安娜對生活感到絕望所致。最先發現屍體的是王安娜的男友秦永明。

「秦永明之前的女友，叫什麼名字？」唐薇問道。

「劉依君。」小張翻了幾頁記事本，壓低聲音說道，「不過和秦永明有染的，不僅僅只有這個女的。這個秦永明女人緣不錯，到處拈花惹草，普通女人哪裡受得了他！」

這樣看來，這起案件應該是自殺案無疑了。自殺動機也成立，唯一的遺憾就是死者沒有留下遺書。唐薇看著牆上的照片，他們兩人笑得多燦爛，可惜再也沒有機會了。

秦永明還是神情木然地坐在角落裡，一動不動。

宋伯雄走過去，拍了拍他的肩膀，對他說：「節哀順變。」秦永明朝他點點頭，說道：「我明白，只是……」話還未說完，他把頭埋進了手掌裡，兀自哭泣起來。

這時，唐薇突然發現地上散落了許多書籍。這些書籍，淹沒在其他雜亂物品中，所以顯得不是特別突兀。

「這是不是她自殺時墊腳用的？」唐薇忙問身邊的小張。

「是啊，周圍也沒有椅子，只能用這些書來墊腳。恐怕是她投繯之後，再一腳把疊起來的書籍踢翻的吧！」

唐薇走過去，把地上散落的書籍一本一本收好，然後，慢慢疊了起來。這些書籍都有一個共同點——開本極大，幾乎都是十六開或者大三十二開的尺寸。完成工作後，這些摞起的書籍就可以被當作小凳子來使用。唐薇脫下鞋子，然後赤腳踩在書上，比了一下位置。

繩環對她來說太低了。

唐薇淨身高有一七二公分，看來死者要比她矮上不少。

「王安娜的身高是多少？」她站在書堆上問小張。

「應該是一五〇左右。」小張查閱著手中的記事本，認眞地回答道。

「不對勁！」

「王莉，你來一下！」唐薇招呼身邊那位皮膚有些黝黑的女警，「你把鞋子脫了，來試試看！我覺得這個繩圈的高低有問題。」那位叫王莉的女警站上書堆，然後用下巴比了一下位置，接著朝唐薇點了點頭。

「你多高？」唐薇忙問王莉。

「不穿鞋的話，一六〇左右吧。」

「這是怎麼回事？」站在一旁的小張也看出了問題。

「如果這根繩圈是爲王安娜準備的話，那麼，它的高度就不對。對於身高只有一五〇的王安娜來說，這個位置太高了，但書籍卻只有這些，厚度不會增加。」唐薇衝著眾人，大聲宣布她得出的結論。

秦永明撥開眾人，走到唐薇面前，用顫抖的聲音問道：「你說什麼？」

唐薇直視秦永明的眼睛，一字字道：「王安娜踩著這堆書，下巴也夠不到繩圈的高度，她無法完成自殺的動作。換句話說，王安娜根本不是自殺，而是被人謀殺的！」

「這……這怎麼可能……」秦永明完全僵住了。

「而且……」唐薇的眼神變得凌厲起來，「秦先生，你的嫌疑最大。」

3

記得是五月中旬的某天，我和出版社的朋友吃過午飯，踱步回到了位於思南路的住所。

才推開門，我便聽見有人在屋內爭論的聲音。通常與陳爝爭執不下的人都是我，今天難道來客人了？懷著好奇的心情，我快步走進了客廳。

「我完全不同意你的觀點，你這樣只會耽誤人家！」我看見唐薇警官扠著腰站在陳爝面前，對他大聲喊道，「你知道女孩子的青春只有幾年嗎？」

反觀陳爝，則是一副愛理不理的樣子，整個人躺在沙發上。

「唐警官，什麼風把你給吹來啦？」我放下手中的公事包，然後把外套掛在衣架上。

「我和你的陳教授正在討論愛情的問題！完全聊不到一起！」唐薇氣鼓鼓地說。

「愛情問題？」我怔了一怔，驚呼道，「難不成你們兩個戀愛了？恭喜啊！」

唐薇冷笑一聲，說道：「鬼才會喜歡他這樣的人。我和陳教授在討論，晚婚和早婚哪個危害更大！他認爲越晚結婚，婚姻的品質才越高。這個觀點我無法苟同。」

「我可沒胡說，這是一個數學問題。」陳熷懶洋洋地說。

「愛情和數學有什麼關係？」唐薇毫不示弱，「你就是在狡辯！」

陳熷站起身，彎腰給自己倒上了一杯紅酒，嘴上說道：「是否存在一種擇偶的博弈方法，能使自己可以有最佳的機會，尋找到自己最中意的伴侶，是吧？」他說到這裡，頓了頓，然後指著茶几，續道，「假設茶几上有一堆卡片，每張卡片上都有一個數字。但是卡片面朝下，你無法得知卡片的數字是多少。雖然你知道卡片有多少張，但你不知道卡片上寫著什麼數字。這些數字可能很大，也可能很小，你的目標是選擇最大數字的那張，這時你該怎麼辦？」

「愛情和卡片有什麼關係？這樣類比合適嗎？」唐薇不屑地說。

「只能看運氣了吧！」我答道。

「這時，你必須選取現有卡片中一定比例的卡片，作爲一個進行比較順序用的資料庫。我簡單說吧，那些滿足你們標準的配偶，就像高數值的卡片，而不滿足的則是低數值，你們永遠不會知道卡片上的數值最大會是多少。唯一說得準的，是知道你們會用於約會的時間應該有多長。假設，從二十歲一直約會到四十五歲，但在那之後你遇見配偶的可能性會減少，你最佳約會時間的長度，可以比作茶几上卡片的數量，而用於比較的資料庫大小……」

說實話，我完全不明白陳熵在說什麼，一點也聽不明白。我忍不住道：「你能不能說得簡單明白一點？」

陳熵顯得有些不耐煩，於是放下手中的酒杯，走到身後的黑板前，用白色粉筆寫下了一串數字，口中道：「用 1/e（e=2.71828……即自然對數的底）乘以一生的黃金約會時間，所以 1/e 是大約三十七％，如果你現在是二十歲，黃金時間持續到四十五歲，那麼二十五的三十七％就是九年多一點。所以，你可以約會到二十九歲，之後一旦遇到比二十到二十九歲之間約會過的任何人更中意的對象，就可以決定結婚了。就好比買房子，了解更多可供選擇的房子，才能看出哪些房子是最優秀的！」

我眞服了陳熵，他可以用最複雜的語言，來闡述一件顯而易見的事。

正當唐薇繼續和他辯論的時候，我發現茶几上放著一沓案件資料。我伸手拿起來，翻看了兩頁，是近期發生的一宗僞裝自殺的案件。我大約花了十五分鐘，把案件的大略情況了解了一下：一位名叫王安娜的女大學生，在出租屋自縊而亡，但是警方發現了一個疑點，從而推翻死者自殺的結論，定性爲謀殺案。

如此看來，唐薇來找陳熵，並不是爲了討論什麼「愛情問題」，而是爲了這個案子。

唐薇見我翻閱案件資料，湊過來說：「韓晉，你怎麼看？」

我指著嫌疑人資料上的照片，說道：「你說得對，這個秦永明確實嫌疑很大，要好好調查一下。」

見我們討論得熱烈，陳爝卻在我們身邊冷笑起來。這笑聲聽起來格外刺耳。

我悻然道：「你有什麼高見？」

「我倒認爲，這個秦永明是無辜的。」陳爝揚起單邊眉毛，語氣中還帶有一絲挑釁。

「喔？爲什麼？」

「如果我是秦永明，絕對不會犯這種低級錯誤。」陳爝不容置喙道，「在這個世界上，除了死者的父母，恐怕沒有人比他更了解死者了。畢竟他們是戀人，又同居在一起。」

我立時反問道：「什麼意思？」

陳爝大聲道：「韓晉，你怎麼還是那麼遲鈍啊！如果你是秦永明，僞裝自殺的時候連墊腳用的書籍都考慮到了，會不去考慮高度嗎？」

「你的意思是……凶手是不知道王安娜身高的人？」

「不，不是這樣。」陳爝搖頭否定道，「凶手如果不知道王安娜的身高，那他應該會更謹愼地布置現場，或許會做一下測量工作，然後再做計算，調整書籍的數量。但是凶手沒有，很自信地認爲，王安娜的身高，就是一六〇。」

「這說明什麼？」我還是不明白。

「簡單來說，就是凶手見過一六〇的王安娜，卻沒有見過一五〇的王安娜。」

越聽越糊塗了。

陳爝從案件資料中，取出一張警方在出租屋拍下的照片，指著其中一張說道：「這個鞋櫃裡，你們發現了什麼？你們看，這個藍色的塊狀物，其實就是增高鞋墊。只要把這種東西放入特定的鞋子裡，就可以從外觀改變身高！」

此時，別說我，就連唐薇的臉上，都現出了一種極其驚訝的神色來。

「簡而言之，凶手一定符合兩個條件。」說到這裡，陳爝頓了頓，右手伸出了兩根手指，「第一，在戶外見過王安娜；第二，在室內沒見過王安娜。如果從這點來看，秦永明當然不是凶手，他比任何人都清楚王安娜的眞實身高。」

唐薇忙問道：「那我們現在該怎麼辦？」

「找秦永明談一談。」陳爝搖晃著手中的紅酒杯，意味深長地說。

4

我們倆跟著唐薇回到警局時，秦永明正坐在審訊室的沙發上。小張在詢問他的不在場證明。可能是因爲心理壓力過大，他的精神狀態極差，整個人看上去糟透了。

小張問道：「關於你提供的證詞，需要再問一次。這是例行公事，請見諒。案發當日，下午五點至六點的時候，你在哪裡？」

「在和朋友吃飯。」秦永明答得很乾脆。

「關於這一點，你的兩位學長異口同聲說確實約過你。可是他們醉酒之後有些神志不清，也難保你是不是在灌醉他們之後離開的。」

「飯店的服務員應該能夠做證吧？」

「我們去問過，可是他們似乎對你沒有什麼印象。」

「監視器呢？」秦永明有些焦急，「那東西總會有吧？」

「我們會去調查的。秦先生，想請教一下，王安娜小姐最近有沒有得罪什麼人，或者與什麼人結仇？」

「應該沒有吧。她平時待人處世都不錯，和鄰居的關係也搞得很好。」

小張快速地把秦永明說過的話寫在記事本上。

「這個……我知道了。那請你回憶一下，王小姐最後一次和你見面的時候，說了些什麼？」

「她說這次過年，準備帶我回她家見見父母。我們想畢業之後就結婚。」

唐薇走近小張，俯身在他耳邊說了幾句。小張點了點頭，然後起身離開了審訊室。

「打開天窗說亮話吧，秦先生，我們認爲凶手不是你。」唐薇盯著他看，神情十分誠懇，「可是我們需要你協助調查。你要配合我們，回答一些問題……」

「自從我進警局，就一直在回答問題。」

「那些都是廢話。」唐薇說，「沒有任何意義。」

「那什麼問題有意義？」秦永明反問道。

唐薇把剛才在陳熶家中的推理，又向秦永明複述了一遍。順便也介紹了一下我和陳熶。他聽見我名字的時候，忽然兩眼放光，非常激動地要站起來。原來，王安娜是我的忠實讀者，聽秦永明說，她還一度以爲陳熶這個人物，是我爲了故事需求而虛構的。

「如果眞按你們所說的話，確實有兩個人，符合這兩個條件……」秦永明若有所思道。

「喔？是否方便告訴我們名字，或者聯繫方式呢？」唐薇拿出記事本道。

「一個叫劉依君，也是我的同學，在學校裡和王安娜見過幾次。她是我的前女友，案發那天還來找過我。」

「找你做什麼？」

「我提出分手，她可能覺得難以接受，說是要見一面。」

「所以你們就見面了？然後發生了什麼？」

「我告訴她，王安娜是我的女神，沒有人可以替代。劉依君聽了，覺得難以接受，所以就……就威脅了我……」秦永明低下了頭，「其實，原本我不想說的。畢竟她是我的前女友，買賣不成情義在，我也不想她出事。」

「另一個呢？」唐薇催問道。

「李曉蕾，她……她一直纏著我。我拒絕過她，我跟她是不可能的！可她就是不聽，我有什麼辦法？」

「你們是怎麼認識的？」

「我在酒吧打工，她在酒吧駐唱，我們就認識了。說起來，她還比我大好幾歲呢。其實和她好是一場意外。那天晚上，我喝醉了，根本不記得發生了什麼，就是早上醒來的時候，看見她睡在我身邊。但是她一直讓我負責！你們說，我一個學生，能負什麼責？」秦永明說話的時候愁容滿面，像是要把悶在胸中的惡氣盡數吐出。

「看來還是你吃虧了。」陳熌在一旁看不過去，冷言冷語地諷刺他。

秦永明不理陳熌，繼續說道：「總之我和她現在毫無瓜葛，她將來是死是活，和我無關。」

唐薇把兩位女性的聯繫方式記錄下來後，就讓他回去了。

秦永明走後，我們立刻驅車趕往飯店，抽調監控錄影，調查他的不在場證明。根據法醫給我們的驗屍報告，王安娜準確的死亡時間應該是五點半至六點之間。也就是說，如果秦永明在這段時間內有確切的不在場證明，那他一定不是殺死王安娜的凶手。

運氣不錯，那天監視器確實有記錄，把秦永明從犯罪嫌疑人的名單上劃去。

在確認過秦永明的不在場證明後，我們又回到了車上。我問陳爝接下來我們去哪兒，先找女學生劉依君，還是酒吧女李曉蕾。陳爝說晚飯還沒吃，不如先找個地方吃飯吧。被他這麼一說，我也感覺一陣飢餓感來襲。於是我們三人找了家速食店，胡亂吃了些東西。

「對了，上次那幾顆紫水晶珠上面，檢測出指紋了沒有？」吃飯的時候，陳爝問唐薇。

「很可惜，沒有指紋。」唐薇喝著可樂，回答道。

「好的，明白了。」陳爝一直低著頭，沒有繼續說話。

吃過飯後，我們先到劉依君就讀的大學，找到了她。

學校畢竟不太方便，我們約在了離宿舍區比較近的一家茶樓。

「今天我們來找你，就是想問問你王安娜的事。」我一坐下便開門見山地說道。

「我知道你們一定會來找我的。說實話，我也沒想到她會搞成這樣。」

劉依君素面朝天，看上去像高中生，比實際年齡還小幾歲。

「你們見過嗎？」

「學校裡見過，她中文系，我學新聞的，抬頭不見低頭見。」

「你是不是很氣王安娜？」

「是的，她搶走我的男朋友，所以我恨她。」劉依君毫不諱言。

「怎麼不說是秦永明濫情呢？據我所知，他交過的女朋友，兩隻手都數不過來吧？」唐薇直言道。

「你知道秦永明很花心吧？」

「總之我不喜歡這個女人。」

「知道。」

「那你爲什麼還和他好？」

「因爲我以爲，他和外面那些女人只是玩玩的，他心裡最愛的只有我。」

眞夠蠢的，我心想。不是有人說過，戀愛中的人智商都是負數嗎，陳爒有次拿這句話來嘲笑我，說如果眞的是這樣，那韓晉你是天天在戀愛咯？眞是太可惡了！

「王安娜出事那天，下午五點半至六點，請問你在哪裡？」

「你問的是不在場證明吧。我那天下午五點多的時候在宿舍睡覺，室友都出去玩了，所以沒有不在場證明。」劉依君如實說道。

之後，我們又隨便聊了幾句。陳爒可能是覺得無聊，很快就站起來，很紳士地向劉依君伸出右手。

「謝謝你協助我們調查。」

這時劉依君忽然怒氣勃勃，罵道：「少跟我來這套！你們別以為我不知道你們在想什麼，是不是認為我就是殺死王安娜的凶手？我為什麼要殺她？雖然她搶走了我的男朋友，可我也沒必要殺死她啊！」

這時氣氛有一些尷尬，我忙出來打圓場，說道：「你誤會了，他們只不過是執行一下程序而已。」劉依君看了我一眼，歎道：「對不起，是我脾氣不好。如果沒有什麼事的話我先走了。」說完，便站起身來，左手提著拎包走開了。

我和唐薇相視一笑，心照不宣——陳熗也會有碰釘子的時候！

接著，我們按照地址，又找到了李曉蕾工作的酒吧。

李曉蕾的形象，和我想像的差不多——穿著性感，臉上化濃妝，似乎對什麼都不屑一顧。很難相信這樣的女孩，竟然也是個癡情女子。

「你們知道什麼是愛嗎？」李曉蕾從包裡取出一盒菸。

她這句話，我們都不知道怎麼接，所以都沒說話。陳熗見她要抽菸，從口袋中取出一個銀色的打火機，遞給了她。

李曉蕾給自己點了支菸，然後把菸盒遞給我們。我們三人同時朝她擺了擺手，示意並不抽菸。她冷笑一聲，自顧自吞雲吐霧：「愛，就是願意為他死。愛，就是沒了他，我活不了。你們不懂。」

酒吧的音樂很吵，需要很大聲才能聽見對方說話。

唐薇喊著問她：「所以你一直糾纏秦永明？可他還是個孩子啊。」

「孩子？哼，我可沒見過哪個孩子像他那麼……」李曉蕾把菸灰隨意彈在地上，「跟你們說實話吧！是他先來招惹我的。他來撩我，你們懂嗎？糾纏？他就是這麼跟你們說的？我跟他的時候可是第一次！你們見我天天混這種場子，覺得我很賤是吧？哼哼……」

她有點說不下去了，把臉別了過去。也許在忍住快要流下的眼淚。

「我也才二十出頭，我家裡窮，父母又沒文化，讀不了書，很早就出來打工了。」李曉蕾的眼神輪流掃視著我們，「你們是不是特別看不起我？」

「對不起，我們是來查案子的，不是來聽你講故事的。」唐薇面無表情地說，「請告訴我案發當日你的行蹤，五點半到六點身在何處，有沒有人能夠證明？」

李曉蕾嘴裡叼著菸，對著唐薇搖頭。

「好，今天麻煩你提供線索。」這時候，陳爝突然很奇怪地伸出右手，想和李曉蕾握手。

我和唐薇都驚呆了，明明詢問才剛開始，爲什麼陳爝突然說出這種話？

李曉蕾也大方地和陳爝握手，笑著說：「你長得挺帥的嘛，也是警察？」

「你的手指甲很漂亮。」

陳熁鬆開了手，對她表示了讚美。我也看見，她手指上塗抹了一層粉紅色的指甲油。

「眞有眼光啊，我託朋友從法國給我買的，中國還沒有呢。」李曉蕾笑得很高興，看來每個女人都喜歡別人誇她美麗，無一例外。

我們快要離開的時候，李曉蕾像是突然想起了什麼，忽然對陳熁說：「對了，打火機還給你。謝謝你！」陳熁接過之後，朝她笑了笑。

「看不出來嘛，陳教授很會泡妞啊，平時經常出來玩吧？」剛離開酒吧，唐薇就揶揄起陳熁來，「裝得倒是一本正經的樣子，果然人不可貌相。」

陳熁瞥了她一眼，把口袋中的銀色的打火機丟給了唐薇。

「查一下。」他說。

5

天色漸漸暗了下來，黑夜開始籠罩整個城市。

由於連日降雨，空氣中瀰漫著一種潮濕的氣味。通常這種天氣，我都會和陳熁窩在家附近的酒吧「Next Time」喝點小酒。這家酒吧的老闆娘叫宋宇，是我多年的好友。她從美國留學回上海後，就自己投資開了這家店。

她除了能幹之外，人也長得非常漂亮，雖然有些年紀，但風韻猶存，魅力不輸給年輕女孩。而且她還是陳爝的頭號粉絲，經常纏著我給她講陳爝的事蹟。

「只要你帶陳教授來，一律免單！」有一次，她竟然這樣對我說。

從那以後，我沒事就會帶陳爝來這裡坐坐。當然酒水錢照付，這可不能占人家便宜。不過這天卻不同以往——竟然是陳爝提出要來這裡，而且還主動打電話叫上了唐薇。這可是非常少見的情況。

「眞是太陽打西邊出來了。」唐薇剛坐下，就開始調侃陳爝。昏暗的燈光下，我勉強能夠看清她露出的笑容。

陳爝喝了一口啤酒後，猶豫片刻，才輕聲說道：「眞抱歉，前兩天我回了一次洛杉磯，把這邊的事耽擱了。手上有了那麼多線索，原本我以爲警方已經解決了，誰知還在進行偵查。看來我太高估警方了。另外，你發我的微信我也是今天上午剛收到。」

「你是說王安娜的案子吧？」唐薇生氣道，「我以爲你忘了呢！你讓我查的事，我也早就短信給你了，你都不回我！」

「抱歉，我去時太匆忙，連韓晉都沒通知。」陳爝舉起手，又要了一瓶海尼根。

「你去美國做什麼？」

「洛杉磯發生了一起連環殺人案。我在網上看了相關的報導，然後聯繫了之前警察廳的熟人。」陳爝說著，用手指推了一下桌上的玻璃燭台，「我覺得被害人被殺害的日期非常古怪，仔細一看才發現，原來凶手是按照『費氏數列』的順序殺人。於是我去了洛杉磯，協助他們抓住了這個連環殺手。」

「案子破了嗎？」唐薇好奇地問。

「花了我兩天時間。」陳爝語氣有些沮喪。啤酒來了，他接過之後，一口氣喝了半瓶。「美國的事以後再談，這次約你出來，主要是說說王安娜的案子。」

我和唐薇都沒有說話，只是看著坐在我們面前的陳爝。這種情形太熟悉了，之前數十次謎案，都是在陳爝娓娓道來的語調中，就輕鬆解決了。

「其實只要仔細觀察，不難發現這次案件的凶手到底是誰。這一切都很簡單。」陳爝放下酒瓶，開始敘述事件的眞相，「王安娜被人勒死後，凶手將現場布置成了自殺。一切看似很完美，死者的自殺動機也很有說服力，可是凶手卻忽略了死者腳下那堆墊腳的書籍，而且搞錯了死者的身高，這讓所有計畫前功盡棄。」

我一邊聽著陳爝的敘述，一邊回憶前幾天所遭遇的一切。

「現在，我們要依靠現場的證物來進行推理，找出眞相。首先引起我注意的是冰箱邊上的那張報紙，這個先按下不表。當我看了唐薇所提供的案發現場的冰箱照片，就更確定了我的看法。冰箱裡易開罐的次序很整齊，果汁歸果汁，可樂歸可樂。我想這一切應該都是王安娜所爲，因爲我聽秦永明說過，他從不做家務，又怎麼會去整理冰箱、在乎冰箱中食品的順序呢？但是我仔細看過現場照片後，卻發覺了一件奇怪的事情——有一罐可樂放在了果汁的位置上。這說明了什麼呢？我想這罐可樂一定不是王安娜放進去的，她不會這麼粗心。直到這裡，大家都同意我的觀點吧？」

陳嬙說到這裡，用眼神掃了一遍我們。我和唐薇紛紛點頭，他才肯繼續說下去。

「既然可樂罐不是王安娜放進冰箱的，那一定是凶手放的。爲什麼呢？因爲凶手不想讓別人知道他來過。現在，一切都清楚了。王安娜爲了某人，從冰箱中替他拿了罐冰可樂，也爲自己拿了罐果汁，其中一罐果汁被打翻在茶几上，這是後話。可那凶手並沒有喝這罐可樂，並把這罐可樂原封不動地放回了冰箱。爲什麼要凶手親自把可樂放進冰箱？這說明當時王安娜已經失去了行動能力，很有可能已經死了。」

我倒吸一口涼氣，感覺心臟怦怦怦在猛跳，好緊張。

陳嬙續道：「不知道你們有沒有注意到這張現場照片——在冰箱左邊的桌子上，有一張新聞晚報，而晚報中間，有一圈圓形的皺痕。那時候我就很在意，這是什麼造成的呢？我之後還特別詢問過現場勘查人員，確定是和易開罐底部形狀大小一致。也就是說，有人將冰凍的易開罐放在了報紙上造成的。那爲什麼要把易開罐放在報紙上呢？其實很簡單，我們模擬一下當時的場景就明白了。凶手拿著一罐易開罐可樂來到冰箱前，一隻手拉開冰箱的門，將可樂放進冰箱內——大家注意了沒有，這一系列動作中，凶手並不需要將冰可樂罐放在桌子的報紙上。」

「凶手為什麼要做這個動作？」我迫不及待地問道。

「那只有一個可能，凶手不得不這麼做！我們再來模擬一下，你單手拿著易開罐，走到冰箱前，然後將易開罐放在報紙上，再用單手將冰箱門拉開，把可樂放進去——要完成以上這一系列動作的前提是——你，有一隻手不能用！」

我聽見身邊的唐薇忽然低聲驚呼起來。確實如陳爝的推理，如果我只能用一隻手，那麼單手也只有一個用處，不可能既拿著易開罐，還打開冰箱的門。

「現在，一切都很明顯了。凶手是一個只能用一隻手做事的人——所以，我們也可以這麼看，凶手在勒殺王安娜的時候扭傷了自己的手臂，而且非常嚴重！嚴重到甚至不能把手抬起來的地步！而這個人，就是劉依君！」

「你怎麼知道劉依君的右手受傷了？」唐薇疑惑地問。

「各位是否還記得，那天我們去茶樓見劉依君，臨走之前，我去和她握手？」

「你是在試探她！」我大聲道。

「沒錯，但是她卻沒有抬起手來，而是莫名其妙衝我發火。她就是想掩蓋自己右手受傷的事實。不過這沒有用，有人看見她在案發後第二天，曾經偷偷去過醫院，我想警方去那家醫院調一下病歷，應該不是什麼難事。」

「眞沒想到，看上去文靜的女學生，竟然是個殺人凶手！」我用拳頭敲著自己的額角，感覺這個世界太瘋狂。

「我可沒說劉依君是殺人凶手。」陳熣淡淡地說。

「什麼？」我驚叫起來，「明明是你自己剛才說的！怎麼還抵賴！」

「我只是說，劉依君因爲勒殺王安娜，而使得自己肩膀手臂受傷。但是眞正殺死王安娜的，並不是劉依君。」此刻，陳熣的眼神變得異常銳利，「因爲報紙上的濕痕，讓我們推理出凶手是一個只能用單手的人。可那張被揉成一團的照片，卻讓我改變了想法。」

「照片？」我努力回憶當時現場的資料。

「所以，這張照片上沾有黃顏色的果汁痕跡，一定是罐裝橙汁打翻後，且在照片被凶手揉成一團之前濺上去的，這個順序，沒有問題吧？不然的話照片中間也不會有橙汁的痕跡了。」陳熣揚眉道。

我和唐薇一起點頭。

「橙汁會打翻，一定是死者被凶手勒殺時掙扎所致，那橙汁一定是王安娜被殺那刻濺到照片上的，這也沒錯吧？」

我們還是點頭。

「好，既然如此，那照片一定是在王安娜被殺後才揉成團的。」陳�說到這裡，故意停頓了一下，才道，「現在問題又來了，照片是從中間被一撕爲二的吧？你們大家可以試一下這個動作，要完成這個動作的首要條件就是——兩隻手！用兩隻手的食指和拇指捏住照片，然後從中間撕開。」陳爝還拿起桌上的紙巾，親手爲我們示範。

接著，他繼續說了下去。

「現在明白了吧！撕毀這張相片，並把它揉成一團的人，一定是兩隻手都能自由活動的人，而這個人，絕對不會是劉依君。因爲按照順序來看，相片被撕毀應該發生在王安娜被勒殺之後。但劉依君卻是在勒殺王安娜的過程中，扭傷了胳膊，因此，只有單手能活動的劉依君，無法將相片撕成兩半。」

「也就是說，劉依君殺王安娜之後，還出現了另一個人要殺她？難道在場的有兩個凶手？」唐薇也有點跟不上陳爝的思路。

「關於這個問題，之後我自然會解釋。接下來引起我注意的是滿地的紫水晶珠子。首先，這些珠子一定是凶手在行凶時刻，死者掙扎時扯下，散落在地面的。有兩種可能，一，紫水晶手串是王安娜的；二，紫水晶手串是凶手的。我們先來看第一條，這明顯不可能。這條紫水晶手串有二十顆珠子，若串成手串戴在王安娜的手腕上，尺寸不合適，太大了，所以不可能是她的。那麼，只能是凶手留下的。可奇怪的是，幾乎每顆水晶珠上都沒有指紋，這到底是怎麼回事兒呢？難道是凶手彎下腰，一顆一顆去擦乾淨的嗎？如果凶手有這閒工夫的話，爲何不將地上的水晶珠子全都帶走？」

說到這裡，陳熠看了一眼我們。

「或許他覺得自己的手指沒碰到珠子，所以就不清理了吧？」我給出了自己的想法。

但陳熠完全不理會，自顧自說道：「錯，因爲凶手沒有時間清理，他剛殺了人，所以必須馬上離開！」

「好吧……我也是這麼認爲的。」我附和道。

「除了水晶珠，警方發現竟然連照片上都沒有指紋。難不成凶手戴了手套？不，如果凶手戴了手套，那他無法將貼在牆上的照片撕下來——因爲那是用玻璃膠黏上去的，很牢固，很難撕，必須要用指甲去摳才行。難道凶手是脫掉手套，將膠帶撕下後再將手套戴上？也不可能，因爲就連膠帶上都沒有一點指紋痕跡，這簡直不可思議！難道是凶手用其他工具，慢慢地將膠帶扯弄下來？更不可能！凶手必須爭分奪秒，有這個時間，還不如將地上的水晶珠子一顆顆撿起呢！那凶手到底用了什麼魔法，讓自己的指紋消失呢？這個問題，直到唐薇替我檢驗過那只銀色打火機後，我才徹底明白。」

唐薇從口袋中拿出了那只封在證物袋裡的打火機。

陳熥拿起打火機，說道：「打火機上有我和李曉蕾的指紋，奇怪的是，李曉蕾的指紋嚴重損壞，變得很淺，還有破損的痕跡，韓晉，你知道這是爲什麼嗎？」

我搖了搖頭。這個時候，我除了搖頭眞不知該做什麼了。

「因爲，她曾經用某種方式，破壞過自己的指紋。」陳熥提高了音量，「那時我和她握手，並讚美了她的指甲油，這時候，一個詭計在我腦中形成了。沒錯，李曉蕾把指甲油反向操作——塗抹在了自己的指腹上，從而可以讓自己的指紋暫時消失！之後，只要用洗甲水清洗就可以了。可是李曉蕾用的是進口指甲油，成分有些特殊，所以國內洗甲油並沒能完全去除指腹的殘留，所以她才用了鋒利的刀片去刮，才會有了指紋損傷的痕跡。」

竟然還可以這樣，我對李曉蕾的智慧感到五體投地。

「現在，就由我來說一遍整個事件的發展順序。當天三點左右，秦永明和劉依君相約在咖啡店，商量分手的事，與此同時，李曉蕾敲響了王安娜的家門，並走了進去。她們一進門可能就坐下來，所以李曉蕾並沒有太在意王安娜的身高。王安娜並不認識李曉蕾，以爲是秦永明的朋友，便取出可樂來招待她，誰知她並沒有開罐，只是放著。四點左右，秦永明接到學長電話，於是赴約，劉依君則越想越氣，帶著繩索就去了王安娜家。從貓眼看見來的是男友的前任，爲了避免尷尬，王安娜讓李曉蕾先躲進臥房，然後自己去開門。一進門，劉依君便拿出繩索，趁王安娜沒有防備的情況下，勒住了她的脖子——直到她不再掙扎。在這個過程中，她踢翻了茶几上的果汁，濺到了牆壁上和照片上。殺完人的劉依君突然害怕起來，迅速離開了現場，走之前還將那罐可樂放進了冰箱——她以爲是王安娜給她準備的。而且，她不能讓別人看出來王安娜生前招待過客人，必須要給人入室搶劫的假象。爲此，劉依君很有可能還翻亂了家裡的東西，讓這看起來更像是一次入室搶劫殺人案。」

「太可怕了！」我不敢相信這是眞的，「她的心思竟然細緻到了這一步。」

陳爝冷笑道：「可諷刺的是，王安娜並沒有死，只不過暈過去而已。躲在暗處的李曉蕾目睹了這一切，她探了探王安娜的鼻息，發覺她並沒有死。此刻的李曉蕾想起王安娜才是秦永明的最愛，有她在一天，秦永明根本不會喜歡自己。想到這裡，李曉蕾又收緊了繩索，送了王安娜一程。她還將現場布置成自殺的樣子，不然警察遲早會調查到自己的身上。在抱起屍體僞裝上吊的時候，她戴在手腕上的手串不小心被扯斷，散了一地。可她管不了這麼多，反正準備行凶之前，她已經把自己的指紋用指甲油僞裝了起來。接著，爲了讓戲演得更加生動，她把牆壁上那張情侶合照撕成兩半，揉成一團後丟在地上。使別人認爲是王安娜因爲對秦永明絕望而自殺。」

「可是，即便你的推理都是眞的，證據呢？我們還是無法將殺人的李曉蕾定罪啊！」

唐薇露出了爲難的表情。確實，雖然推理合情合理，可是到了法庭，只講證據。

「證據就在繩索上。」陳熷一副胸有成竹的樣子，「多虧李曉蕾用的是特殊成分的進口指甲油。我相信在她第二次勒殺王安娜時，指腹摩擦麻繩表面，一定會留下殘餘。所以我幾個小時前給宋伯雄隊長打了電話，運氣很好，確實檢測到了——李曉蕾所用法國品牌的指甲油，鄰苯二甲酸酯指數與國內同類品牌完全不同。這就能證明，當時她確實在現場！」

唐薇竟忍不住鼓起掌來，激動之情溢於言表。「眞有你的！陳熷！」她連喝的都沒點，直接拿了包就往門外跑，「回頭請你喝東西！」

陳熷可能是話說太多，口渴了。他拿起了桌上的啤酒，一口飲盡。

我想，警方應該會以謀殺未遂的罪名起訴劉依君，用故意殺人罪起訴李曉蕾吧？想來也眞是可笑，三位如此出色的女孩，竟然都毀在了一個男人手裡。

秦永明，不知道他獲悉眞相之後會做何感想。他今後的路，又會怎麼走呢？還會坑害更多無知的少女嗎？我不敢去想。

我寧願那天被勒殺的人，不是王安娜，而是秦永明。

J的悲劇

1

通常我會將和陳爝一起辦理過的案件粗略地記錄下來，然後附上當時的新聞報導，整理成冊，按時間順序來排列，放置在書架上。閒置時間，我會隨手翻閱這些案件紀錄，挑選最離奇的案件寫成文章發表。雖然我和陳爝合租在一起的時間並不長，但關於刑事案件的紀錄卻已經有了厚厚兩大本。因爲本職工作忙碌，我唯有靠睡前一兩小時來進行寫作，是以發文速度較爲緩慢，敬請各位諒解。

最近手頭工作基本處理完畢，陳爝受舊友委託，離開了上海，去洛杉磯辦案。左右無事，我便信手取出書架上的黑色資料本，開始翻閱。看看是否能找到一些有趣的案子，擴展成文，以饗讀者。

忽然，一塊淺藍色的手帕，從資料本中飄落下來。

我彎腰撿起手帕，看了一眼，忽然，一股悲涼的情緒，從我心底緩慢地擴散出來。

——陳曉敏。

原本以爲，這個名字會隨著時間流逝，讓我越來越陌生。可如今看見信物，那種思念的情緒又回來了。我始終沒能忘記這個美麗的短髮女孩。

如果，我們能有進一步深入交流的機會；如果，我們可以徹夜長談不知東方既白；如果，我們相互傾訴心底最隱秘的私語；如果……可惜，已經沒有如果，這一切的畫面，只能存在於我的想像之中。

與其躲避，不如面對。畢竟她曾經路過我的人生，並在我的生命軌跡中，留下了深深的烙印，我想，即便是終我一生，都無法將這個印記抹去。雖然我們並不算相識相知，但我還是很想念她，不會忘記她。

所以我決定把我和陳曉敏的故事寫下來，這個，只屬於我一個人的悲情故事。

根據資料記載，這個名爲「衡山美院殺人事件」的故事，發生在「平涼路綜合醫院殺人事件」後一個月。那時我接受了吳茜的建議，開始把現實中的案件改編成小說發表，也受到了不少讀者的歡迎。那時候我信心倍增，日以繼夜地寫故事，冷落了陳爝。不過他倒顯得無所謂，整日把自己關在房間裡，繼續著他那永無止境的數學研究工作。

記得那是情人節的前一周，那天上午八點半左右，我把〈瀕死的女人〉這篇小說改稿完畢，用郵件發送給了雜誌社的責編。完工後，我開始尋覓早餐。

下樓的時候，我發現陳爝早早坐在沙發上看書。

「今天這麼早起床，太陽打西邊出來啦！」我說。

「昨天半夜和原來學校的教授討論一些問題，聊了通宵，早上反倒睡不著了。」

陳爝和我說話的時候，視線也沒有離開書本。

「你早飯吃過了嗎？」我問。

「嗯，我在廚房做了吐司和炒蛋，還剩一些咖啡。如果你……」

「免了，我還是出去吃吧！」

我謝絕了陳爝的邀請，然後開始披外衣。

也許是早年留學和長期住在美國的關係，陳爝的飲食習慣和我非常不同。就拿早餐來說，他偏好歐陸式的早餐，而我卻吃不慣，還是豆漿油條更適合我的胃。我曾經聽說這是因爲胃中的蛋白酶，長期習慣消化一種類型的食物的關係。

我剛推開門，就發現今天運氣背到了極點。空中滴滴答答開始下雨，不一會兒雨勢變大。我無趣地關上門，脫下外套，往廚房走去。

「我說韓晉，別悶悶不樂的。明天我帶你去看我朋友的畫展吧！身爲知名作家，想必你對當代藝術也有一套自己的看法吧？」

陳爝的口氣與其說是在安慰，不如說是在嘲諷。

「對不起，我對藝術毫無興趣！」

我打開冰箱，取出一盒冰牛奶，然後倒進了玻璃杯。

在我的印象中，陳爝曾經學過一段時間繪畫，雖然不能算職業畫家，可水準在我這個門外漢看來是相當不錯。

「不懂藝術的男人啊，難怪你追不到女孩。」

「你在看什麼書？」我喝著牛奶，走到他身邊。可惜是一本英文書，勉強可以看懂The Renaissance這個單詞。「是關於文藝復興的書？」

「是啊。」陳熸用單手把書合上，「身為歷史教師，對於這段歷史應該不陌生吧？」

「那當然！達文西可是我偶像呢！而且，但丁的《神曲》也是我最喜歡的文學作品之一，不愧是文藝復興第一人！」我感慨道。

「你認為但丁是文藝復興第一人，恐怕考慮的是文藝復興在藝術上的成就吧？」陳熸皺起眉頭，顯然對我的回答不甚滿意，「如果說文藝復興時期的藝術家群是一棵棵參天大樹，那首先需要有肥沃的土壤來滋養他們。從這個角度來看，聖方濟各和腓特烈二世恐怕更有資格稱為文藝復興的先驅吧？」

「你說腓特烈二世也就罷了，可聖方濟各怎麼說也是宗教人士吧？要知道，文藝復興的特點之一就是非宗教性的！」

「韓晉，所以我說你是一根筋！聽好了，聖方濟各雖然是神職人員，可在當時絕對是個異類！他所提倡的基督教教義，可不是前人那種嚴酷的教義，而是充滿了愛的教義！換言之，聖方濟各帶給基督教會的革命，改變了基督教原來的模樣。聖方濟各修道院對於那些平民沒有過分的要求，從事世俗工作和遵守基督教的規定沒有衝突，他的偉大之處在於尊重窮人的精神，這種堅持爲之後文藝復興在藝術領域取得的成就鋪平了道路。」

「雖然有一定道理，可是……」

「我再舉一個例子吧！在聖方濟各之前，教堂爲了讓目不識丁的平民了解《聖經》，都是利用鑲嵌工藝把《聖經》中的故事以圖解的形式繪於牆壁上。但是這種工藝製作費高昂，而且過分華麗。聖方濟各提出教堂是人神相會的地方，不宜華麗，於是壁畫出現了！壁畫成本低且製作效率也高，又能給人質樸的印象，效果非常好。所以，沒有聖方濟各，壁畫藝術就不可能復興，文藝復興時期大部分壁畫傑作，都是在聖方濟各宗派的教堂裡，這就是證據。」

「好吧，總之這種論調我是頭一次聽說。」

我無奈地聳了聳肩，表現出毫無興趣的樣子。陳爝也沒理我，繼續低頭看書。

可能是起得太早，頓時困意襲來，讓我連打了好幾個哈欠。我上樓回房，打算再小睡一會兒。躺上床後，也不知睡了多久，忽地聽見陳爝在樓下喊我。不知是不是幻聽，最近年歲日增，各種奇怪的毛病都開始慢慢顯現了。我先是應了一聲，接著翻身起床。剛推開房門，就看見陳爝已站在門外了。

「剛才宋伯雄隊長來電話，在衡山美術學院的學生慘遭殺害。遺體被布置成了世界名畫的模樣，死狀很不尋常。韓晉，你有沒有興趣和我走一趟？」

2

命案現場位於徐匯區衡山路的衡山美院，靠近徐家匯公園附近，地段也屬繁華鬧市區。該校成立於一九八〇年，此後衡山美院規模漸大，聲譽漸盛，蓬勃發展，成爲上海知名的藝術院校。不少當代優秀的藝術家都出自衡山美院，特別是該校的繪畫系，其師資力量放眼國內也數一數二。

慘遭殺害的學生被發現陳屍於三號樓的油畫教室。整棟灰色教學樓外牆斑駁的痕跡，令它看上去頗有些歲月。禁止進入的黃色封條外，還站著許多不明所以的學生，他們交頭接耳討論著什麼。因爲四周太吵鬧，我也沒能聽清楚。此外，還有部分媒體記者也聞風而至，翹首期盼著警方的負責人能給他們一些值得報導的新聞。

「借過一下。」我和陳爝擠過人群，跨過黃色警戒封條，進入教學樓。在這個時候，我特意抬手看了表，十點四十分。

我們兩個拾級而上，現場在三樓。宋伯雄警官正站在樓梯拐角處等我們。

「你們來啦。」宋伯雄警官朝我和陳爝點了點頭，表情爲難地說，「這次的凶手簡直是個瘋子。總之，先來看看現場吧！」

我們跟在宋伯雄警官身後往前走。殺人現場是在走廊盡頭右側的教室，教室裡包括刑警與法醫共七人，正在進行現場勘查。

「看來凶手是個藝術家啊！」陳爗興奮地撓著腦袋。

可見了殺人現場，我卻抑制不住地想吐。

地板上有個男人，一絲不掛地躺在地上。身體被擺弄成奇怪的造型，男人的手臂筆直地伸向一方，腦袋卻無力地垂在了一邊。他身體邊上被紅色的血液包圍著，像是一幅畫作，我在腦中搜索著這幅畫作的名字——創世記！

沒錯，屍體的造型，竟然是米開朗基羅的〈創世記〉中「創造亞當」的那部分！此刻學生的屍體扮演著畫作中亞當的角色，身體四周被用血液組成的畫作包圍。

「凶……凶手爲什麼要這麼做！」雖然協助陳爗偵辦過不少殺人事件，可是像這麼有衝擊力的殺人現場，我恐怕是頭一次見到。

對我的詢問，宋伯雄警官搖了搖頭，答道：「現在還不清楚，不過可以肯定的是，凶手這麼做一定有他的理由。不然沒道理要如此大費周章地畫這麼一幅東西。」

用屍體作畫？想想也覺得恐怖。

「你們看這邊。」

我們順著宋伯雄所指示的地方看了過去。在屍體頭頂的右側地面上，有人用鮮血寫著一組英文單詞。

JOHN THE BAPTIST

教室內突然靜下來，沒人開口說話，只有勘查人員來回走動的腳步聲。

「死者名叫李智傑，男性，是這所學校繪畫系的學生。死因是後腦被鈍器所傷，導致顱內出血。地板上的紅色痕跡經過檢測爲水粉顏料，並不是死者的血液。不過看上去還挺像這麼一回事兒的呢。」站在宋伯雄警官身邊的青年刑警姓張，此時，他正在認眞地向宋伯雄彙報調查結果。

「有時候啊，我還眞想知道這些殺人狂的腦袋瓜裡，到底裝的是什麼呢！既然殺了人，爲何還在屍體邊上畫這麼一幅莫名其妙的畫？」宋伯雄警官微微皺起了眉頭，「從這幅『血畫』的手筆來看，凶手的美術技巧無疑是很高超的。看來也是個藝術家。不是有人說過嗎，藝術家都是瘋子，看來這句話也不是沒有道理。」

刑警小張繼續說道：「經過法醫初步鑑定，死者的死亡時間應該是在今天上午八點半到九點半之間。最早發現屍體的是這個學院的學生許麗娜和馬洪文。根據他們的證詞，兩人應該是十點左右進的畫室，然後發現了屍體。現場保護得很好，沒有被破壞的痕跡。」

聽到這裡，宋伯雄瞇起了眼睛，這使眼睛邊上的魚尾紋更加深刻。這時，被害人李智傑的屍體已經被警方運走，只留下了一圈用粉筆畫出的人形，地上撒滿了許多支油畫顏料和裝顏料的帆布袋，看起來是死者被襲擊時掉落在地上的，還有滿地的紅色顏料。

「這兒有個水桶，裡面裝滿了水。」現場的一位刑警衝著宋伯雄喊道。

我們走近一看，發現水桶裡的水也已經被染成了紅色，凶手應該是用這桶水來調色的。在水桶邊上，有張被捲成一團的紙巾安靜地躺在那兒。宋伯雄用戴著手套的手拿起了那張紙巾，然後輕輕地展開。

——綠色的油畫顏料。

那張雪白的紙巾上，有被人擦拭過的痕跡——應該被用來擦拭過綠色的油畫顏料。陳熷像是看穿了宋伯雄的心事般，用手指了指門口，說道：「顏料恐怕在那邊。」房間門口的地上，確實有一支被踩扁的綠色顏料。

宋伯雄走了過去，發現那支綠色馬利牌顏料的蓋子已經不翼而飛，一坨糊狀的顏料從開口處流了出來——確切地說是被踩出來的。更有意思的是，那團被踩出來的顏料邊上有被擦拭過的痕跡。宋伯雄滿意地點了點頭，然後直起身體，對刑警小張說：「把那兩個學生給我帶過來，我有些事情想問問他們。」小張點了點頭，然後離開了現場。

「你看出端倪了沒？」宋伯雄衝著陳熷眨了眨眼睛，看上去心情不錯。

陳熘攤開雙手，苦笑道：「恐怕要令您失望了，我什麼都沒有發現。」

宋伯雄哈哈一笑，道：「看來這一次，我要領先你了。」說完自顧自哼起了小曲。

不一會兒，兩個學生就被帶到了畫室邊上的辦公室。那邊被警方改成了臨時審訊室。我和陳熘一起走了進去，挨著宋伯雄警官和小張坐。長桌對面是兩位學生，叫馬洪文的男生身材瘦長，一臉膽顫心驚，反觀那位女生許麗娜，倒是一副天不怕地不怕的模樣，雙眼直視宋伯雄。氣氛很糟糕。這很正常，誰遇到了殺人案不愁眉苦臉才奇怪呢。

「最先發現屍體的是你？」宋伯雄看著許麗娜。

「是的。」

「沒有動過現場吧，或者你們腳上誰踩到過顏料嗎？」宋伯雄特意看了一眼馬洪文。

「絕對沒有。」馬洪文的聲音有些顫抖。

「好吧。」宋伯雄似乎從馬洪文眼睛裡看到了什麼。「你的手受傷了嗎？」

「是的。是前幾天打籃球的時候弄傷的，骨折。」馬洪文似乎感覺到了什麼，「如果不相信，我立刻可以把手上的石膏卸下來給你看，我絕對沒有假裝。」

「這倒不用。」宋伯雄表情略帶微笑，「你去醫院綁的石膏嗎？」

「不，是在學校裡綁的。」馬洪文回答道。

「學校的醫務室吧？好，那讓我問一個……可能會冒犯你的問題吧，今天的八點半到九點半這段時間裡，你在做什麼？」宋伯雄將頭稍稍前傾，彷彿想看透馬洪文的內心世界。

「警察先生，你難道是在懷疑我嗎？八點半到九點這段時間，我正在學校後面的跑道上晨跑，沒有人可以證明。九點之後我就回到了寢室，這點我的室友是可以證明的。」馬洪文的聲音有些發抖，看起來非常激動，「我根本沒有殺死李智傑這個渾蛋！」

「渾蛋？看來你認識死者？你們是什麼關係？」宋伯雄眼睛閃耀著光芒。這時，我發現許麗娜的表情非常複雜，像是什麼被揭穿一樣，惴惴不安。

馬洪文毫不介意地說道：「這傢伙曾經追求過許麗娜，可是被拒絕了。但是他依然糾纏著她，我曾經教訓過這個渾蛋。可他就是屢教不改！前幾天還在教室門口糾纏許麗娜。」

「所以你就殺了他？」

「不……警察先生，請你相信我……我沒有殺他……」馬洪文有些心虛地說。

「少亂說！不要隨便把別人當凶手！」一直沒有說話的許麗娜突然開口道，「沒憑沒據地誣賴馬洪文殺了李智傑，根本是信口開河！」

看來這位許麗娜同學脾氣不小，甚至可以說相當火爆。被她這麼一罵，宋伯雄的表情顯得有些尷尬。他苦笑道：「既然如此，那就沒辦法了。」說完，便慢慢站了起來，接著用下巴示意大家隨他重回剛才的教室。

宋伯雄警官的樣子很自負，像是已經掌握了馬洪文犯罪的證據一般。

教務處主任程子良也趕到了現場，和他同來的是繪畫系的兩位女教師——蔣姍姍和陳曉敏。前者相貌醜陋，身材臃腫，後者則是位留著亞麻色短髮，長相甜美的女孩。如果不是程子良介紹，恐怕在場的人都會以為她是學生，而不是教師。

「既然如此。」宋伯雄將在場的教師和學生都叫到了命案現場，「我就來告訴你們，為什麼我認定殺死李智傑的凶手就是馬洪文。我可以很明確地告訴大家，發覺你是殺人凶手並不是我亂猜的，這一切都是靠邏輯推理！」

這話怎麼像陳爝說的？感覺宋伯雄連說話的手勢都在模仿陳爝。我側過臉去看陳爝，發現他竟雙手抱胸，面帶笑意地看著宋警官。

「我的天哪！」長相醜陋的蔣姍姍老師尖叫起來，「我們學校竟然出了這麼一個喪心病狂的學生。太恐怖了！這是教育的失敗！程子良老師，這都是你的責任啊，對學生的管教太過放任才導致今天的局面。」

「這怎麼能怪我。」教務處主任一臉無辜地嘟噥著嘴。陳曉敏則不發一言地看著警察，看來她是真的被這場謀殺案嚇壞了。

「接下來請大家安靜一些，我想說說我對此案的看法。」宋伯雄滿懷自信地用眼神掃視了一遍畫室裡的眾人，接著說道，「我幾乎可以肯定，此案的凶手是個擁有極高智慧和極高繪畫水準的人。絕對不是一個瘋子，不然怎麼會連一個指紋都不留給我們？所以既然如此，我認定凶手所做的一切都是有意義的，包括用紅色水粉顏料在地上創造出一幅〈創世記〉！你們也不會單純地認爲，凶手只是一個米開朗基羅的追隨者吧！既然如此，用紅色顏料在屍體邊上畫一圈畫的目的究竟是什麼呢？因爲凶手想透露給我們一個信息——凶手是一個手腳自如的人！一個可以用右手畫畫的人！不然凶手就無法完成這幅畫作！這是一個凶手留給我們的心理誤導，所以凶手必定是右手不能自如活動的馬洪文！」

不得不承認，宋伯雄警官的洞察力還是很敏銳的。聽了他的推理，我都想鼓掌了。可我卻聽見了陳熻在竊笑。

「太荒謬了！」馬洪文憤怒道，「你說的話裡有矛盾！既然我的右手是骨折的，那如此龐大複雜的畫作，我怎麼可能完成！我現在就可以讓你檢查，我的手是否眞的骨折。」

「這點並不難解釋。你完全可以先到學校醫務室綁好石膏，而實際上，你的右手根本沒有受傷，一切都是你裝出來的。在你殺死死者並且完成畫作之後，再自己將右手打斷，然後套上石膏！這樣就算讓我檢查，也只能證明你的手是受傷的。」

許麗娜立刻反駁道：「可九點之後馬洪文回到寢室了呀，如此複雜的畫作，沒有四十分鐘的時間，任憑水準再高的畫家都是完成不了的！照你前面那麼說，馬洪文即便是八點半將死者殺害，在九點立刻回到寢室這點上也是完全不可能的！」

「不要急，我話還沒說完。」宋伯雄又笑了起來，一臉運籌帷幄的表情，「我並沒有說地上這幅〈創世記〉也是馬洪文畫的。考慮到時間因素，我又將我的推理稍微調整了一下。按照現場的情況，我現在很自信所推理出來的事情一定是眞相。」

他頓了頓，又繼續道：「我們回到原點，來思考一下凶手爲什麼要創作出這麼一幅血畫？其實除了我前面給出的那個理由外，還有一個凶手必須畫出〈創世記〉的理由！那就是要爲自己製造不在場證明！凶手先將李智傑敲死，然後把他衣服脫光，擺在畫室地板的中央。直到這裡，眞凶的任務就已經完成了。接下來就要靠幫凶來替他實施——完成這幅〈創世記〉，以此來爲他爭取三十分鐘的時間！而替凶手完成這幅藝術品的，就是馬洪文的女朋友許麗娜同學！」

「你血口噴人！」聽見殺人事件殃及許麗娜，懦弱的馬洪文也忍不住大喊起來，「你以上所有說的，全都是你自己的想像而已！根本沒有證據！」

「我可以再重複一遍，我所說的一切都是邏輯推理，並不是像你所說的想像。我可以當場給你解釋一下，爲什麼我知道許麗娜同學是你的幫凶。」宋伯雄突然正色道，「在畫室的門口，有一支綠色的馬利牌油畫顏料，經過比對，我們肯定它是死者攜帶在身邊的顏料，應該是被凶手毆打時掉到畫室門口的。也就是說，凶手和被害人進入房間的時候，那支顏料並不在那裡，這點沒錯吧？」

教務處主任帶頭點了點頭。

「非常好，我繼續推理。緊接著，凶手用鈍器敲打了李智傑的腦袋，導致了他的死亡，這個時候那支綠色顏料，自然而然地滾到了畫室門口。注意了，那個時候顏料還是好好的，身子並沒有被人踩扁。凶手完成畫作之後，離開了畫室，經過門口的時候他不小心踩到了那支綠色油畫顏料，導致顏料管扁了下去——那坨糊狀的綠色顏料從開口處被擠壓了出來。到這裡都很正常是吧，可我剛才觀察的時候卻發現，那團被擠壓出來的顏料邊上有被擦拭的痕跡！這說明一個很嚴重的問題——這支顏料被踩過兩次！」

聽到這裡，我簡直要鼓掌了！宋伯雄不愧是市局刑偵隊的隊長，只在現場觀察了短短幾分鐘，任何細微的線索，竟然都能熟記於心。

「無可救藥的矛盾！凶手不可能離開的時候兩隻腳都踩在顏料上，這是不現實的！所以這說明在凶手離開之後，又有另一個人來過這個畫室，並且用紙巾擦拭了自己的鞋子！」宋伯雄驕傲地把那個裝有紙巾的證物袋拿了出來，「在水桶邊上我發現了這張紙巾！雪白的紙巾上有擦拭過綠色油畫顏料的痕跡，這就是凶手擦拭過鞋子的證據！怎麼樣？在證據和動機齊全的情況下，馬洪文和許麗娜同學。你們是不是還想抵賴呢？」

教室裡寂靜無聲，大家彷彿都聽得到自己的心跳。

「眞的……不是我幹的。」馬洪文說話的聲音越來越輕，他覺得，自己在這個老警察的推理面前，任何辯駁都像是在爲犯罪找藉口。程子良一臉無奈地看著他，語重心長地說：「你怎麼可以殺人呢！孩子，這可是犯法的！」許麗娜咬著嘴唇，憤怒地看著宋伯雄，可淚水還是忍不住往下流淌。

啪！啪！啪！

「非常精采的推理！宋隊長，你的推理能力又進步了呢！」陳熘一邊拍手，一邊笑著說。

「過獎過獎，只是……」

「可惜是錯的。」

陳熘的這句話，像是丟入平靜水面的一顆石子，讓原本安靜的教室再起波瀾。

「錯的？怎麼可能……」宋伯雄面露慍色。我也覺得陳熘此舉甚不妥當，即便宋警官的推理有誤，你也不該在眾人面前讓他下不來台。

「自相矛盾的邏輯論證……」

「爲什麼？」宋伯雄還是不死心。

「我不想說太多，只需要一個推理，就可以將你那一大段邏輯推翻！」

「請說……」

「關於那支顏料的推理，簡直到了可笑的地步。姑且不論爲什麼顏料沒有蓋子這個問題，我相信你肯定沒有考慮過，爲什麼找遍現場都找不到的蓋子去哪兒了？我就談談你那段顏料的推理。按照宋隊長的意思，馬洪文殺完人後，離開現場時不小心踩到了那支顏料從而使綠色顏料溢出。然後許麗娜進畫室的時候又踩了一腳在溢出的綠色顏料上，接著她拿了張紙巾擦拭了腳上的顏料，然後隨手一扔，開始在地上作畫。直到這裡，沒有問題吧？」陳爝把問題丟給了宋伯雄。

「沒問題。」

「那張紙巾是在水桶邊上撿到的，也就是說當時被許麗娜扔在水桶邊上的，也沒有問題是吧？錯了！有很嚴重的問題！因爲水粉顏料是需要水來調節的，凶手在水桶邊上濺出了水花，在地板上有大塊紅色的痕跡！可那張紙巾卻如此雪白！紙巾是很能吸水的，但爲什麼上面卻除了綠色顏料外一點紅色痕跡都沒有？這在邏輯上說不通啊。只有一個可能性，就是紙巾是在紅色顏料的痕跡乾了之後，才放上去的。所以你之前所說的推理都是紙上談兵！這一切的線索都是凶手用來誤導警方的伎倆！」

宋伯雄瞪大了雙眼，看著陳爝，身體也有些微微發抖。這個漏洞太致命了，恐怕連他自己都沒有發現！差點兒冤枉了一個好人。他忙向馬洪文道歉，說是自己的失誤。

「後期昆恩問題！」我驚愕道，「凶手竟然心思細密到如此程度！」

「什麼昆恩？」提出問題的，是我身後的女教師陳曉敏。

「其實，後期昆恩問題是推理小說中的一個概念，這個名詞最早是日本評論家提出的。美國推理作家艾勒里·昆恩的小說裡，經常會出現這樣的場景，偵探召集所有嫌疑人和案件關係人，然後開始推理案情。但是，這時候通常會出現新線索，之前的推理就作廢了。這種情況在昆恩的後期作品中比較常見。」我忙解釋道。

「聽不懂，好像很複雜呢。」陳曉敏皺眉道。

「用一句話簡單概括，就是『名偵探也無法確認線索的眞僞，所以會影響到推理的正確性』！不過我認爲，這個問題在陳熷這裡不會出現。因爲在案件中只要有細微的矛盾，他就會立刻發現問題所在，就像現在這樣。」

「陳熷？難道你是推理作家韓晉老師？」陳曉敏瞪大了雙眼，「沒想到能在這裡見到您！」

「你……是我的讀者嗎？」

「不，我媽媽是你的讀者！你寫的那本《超能力偵探事務所》眞好看！」

「那不是我的書……」

「對不起，對不起，是我記錯了！您別放在心上！」

我們倆同時陷入了尷尬。

3

「在《聖經．新約》中，施洗約翰是祭司撒迦利亞的兒子，因爲受到聖靈感召開始布道，在耶路撒冷或約旦一帶曠野裡呼喚人們悔改並且接受他的洗禮，以使眾人的罪孽得到赦免。當時有許多人都來跟從聖約翰，在他的面前承認罪過。」

陳熸將身子深埋於客廳的沙發，雙手交臂，爲我解釋施洗者聖約翰的來歷。經過一天的折騰，警察暫時封鎖了現場。宋伯雄灰頭土臉地走了，臨走時還不忘告訴學校工作人員，如果有什麼線索，請盡快與他聯繫。

我問道：「那《聖經》裡的這個約翰，殺人嗎？」

陳熸搖頭苦笑道：「怎麼可能……施洗約翰以理服人，甚至有許多人猜測他便是救世主基督，怎麼可能會害人呢。即使對那些十惡不赦的傢伙，他也不會傷害他們的。」

「那這次的事件，凶手爲什麼在完成『血畫』之後，又在屍體邊上寫上施洗約翰的名字呢？」

「關於這點我也不太明白。或許是想讓自己代替施洗約翰，用另一種方法對世人進行洗禮吧。比如施洗約翰是用水來替眾人洗禮罪過，而他則是用血來洗禮。」

陳熸起身去廚房，給自己倒了一杯紅茶，加了兩塊方糖。

「這件事太可怕了，差點就把無辜的學生給捲了進去。希望宋警官能夠早點兒抓住眞凶，不然搞得學校裡人心惶惶的，學生還怎麼學習，你說是不是？」

「你是在擔心學生，還是擔心老師？」陳嬸話中有話。

「當然是學生啦！」

「難道不是陳老師？」陳嬸冷笑道，「現場的時候，你的眼神可一刻都沒離開過她。」

「別胡說！我只是在想……這事眞的就這麼完了嗎？會不會……」我忙扯開話題，不然陳嬸一定會拿這件事嘲笑我一整天，「會不會是連環殺手？」

「如果眞是連環殺手的話，我目前只希望他不要是地理穩定型的連環殺人犯。」陳嬸喝了一口紅茶，然後又用銀勺攪拌了幾下，「這種人只在同一個地點進行凶殺活動。從當時地上的畫作水準來看，凶手的美術技巧極高，很有可能就是隱藏在學校中的教師或者學生。如果是這樣的話，恐怕情況不太樂觀……」

「總之，希望這件殺人事件到此爲止。」

「希望吧……」陳嬸又喝了一口紅茶，可表情卻像是在喝苦咖啡，微微皺眉。

正如陳嬸所擔心的那樣，事情正向越來越壞的方向發展。第二天中午，宋伯雄警官風風火火地拜訪了我們位於思南路的住處。他手裡握著一個信封，一進門就把它遞給了陳嬸，然後從外套裡拿了支菸，自顧自抽起來。

接過信後，陳熵沒有多問什麼，直接打開了信封裡那張紙——是一張Ａ４紙。

血的洗禮才剛剛開始。

這封信是用電腦打字，然後由印表機印出來的，信的署名是JOHN THE BAPTIST（施洗約翰）。看來兇手是個非常狡猾的傢伙，知道要隱藏自己的筆跡。

「你有什麼看法？」宋伯雄警官嘴裡吐著煙圈。

陳熵把那張Ａ４紙往桌上一扔，然後搖搖頭。如果這不是惡作劇的話，那說明這傢伙還會繼續犯下殺人罪，必須得想點辦法制止他。但是靠手頭這點線索找出兇手又談何容易呢？三號樓裡沒有安裝監視器，所以根本不會拍到兇手的樣子。

宋伯雄看上去很沮喪，無精打采地說道：「嫌疑人的範圍太廣了，根本無法調查。就李智傑得罪的人來說，人數就已多達三十多個了。」

陳熵依舊沉默，目光沒有離開過那張Ａ４紙。

「簡直是大海撈針啊！」我感歎道，「有沒有考慮過兇手是精神方面有問題的人？在學校犯案，可能只是一時衝動！」

「我希望你有什麼新奇的想法可以告訴我。」宋伯雄沒有回答我的問題，而是在同陳燏說話，「你知道我信任你。陳燏，這個案子，只有你能幫我。」

話音剛落，宋伯雄的手機就響了起來。

「大事不好了！隊長！又出大事了！」

電話裡傳來的，是刑警小張的聲音。不知道是不是宋警官手機品質有問題，沒開免提，他們倆的對話，我和陳燏都能聽得一清二楚。

「小張，你可以改掉這個壞毛病嗎？一驚一乍的！有什麼話可以好好說！」宋伯雄露出厭惡的表情，「快告訴我，到底發生什麼事兒了？」

「又……又有人被殺了！」小張氣喘吁吁地說道。

「什麼！在哪裡？」宋伯雄大聲道，「我立刻過來！」

「在……在B區的三號樓裡。就是昨天發生命案的地方，不過這次不是三樓的畫室，而是四樓的畫室裡！凶手簡直太瘋狂了，完全不把我們警方放在眼裡啊！」小張的聲音聽上去像是在哭泣。

掛了電話，宋伯雄剛想開口，就被陳燏制止了。

「走吧！」陳燏迅速披上外套，「去看看這一次，凶手又玩了什麼新花樣！」

趕到現場的時候，屍體還沒來得及搬走。和上次一樣，屍體被擺成了一個很誇張的造型，身上裹著厚厚一層白色的桌布。死者雙手向上伸展著，雙目突出，脖子上有道黑紫色的勒痕，看上去死亡已經有段時間了。

JOHN THE BAPTIST ——凶手留下的簽名還在。

「是拉斐爾的〈聖容顯現〉！」陳熵蹲在屍體邊上。

宋伯雄遞給陳熵一雙調查員專用的白色手套，問道：「聖容顯現？什麼東西？」

「又稱〈基督變容圖〉，是拉斐爾應紅衣主教朱利奧．美第奇邀請爲法國納博納教堂繪製的祭壇畫，也是拉斐爾臨終前的最後一幅傑作。」陳熵邊戴手套邊說道，「凶手把屍體用白色桌布包裹起來，就是象徵著畫裡的耶穌。你看這裡，凶手和上次一樣用畫筆沾上紅色水粉顏料在地板上畫出了這幅畫的其他人物——如果沒有一個小時時間，如此精細的畫作任憑誰都無法完成。」

宋伯雄也學著陳熵的樣子，蹲下身，仔細端詳著地板上的「血畫」。過了一會兒，他發問道：「你的意思就是說，凶手應該是個職業畫家？」

「至少繪畫技巧相當熟練。」說著，陳熵似乎又發現了什麼。他將死者的左手展開，發現他左手的無名指和小指的指尖都有少許血跡，他又翻開了死者的右手，亦是如此。陳熵脫下手套，用食指的指腹摩擦著死者手指甲邊緣。

「你在做什麼？」我感到他的舉動非常奇怪。

陳爝沒有理我，只是輕輕地放下了死者的手。

宋伯雄疑惑道：「發現什麼了嗎？」

「不，完全沒有頭緒。」陳爝再次戴上手套，轉頭問小張，「什麼時候發現屍體的？是誰發現的？」

小張拿出筆記本，回答道：「是在中午十二點半左右發現的。雖然三樓整個樓層都被封鎖了，但是爲了照顧學生的正常學習，四樓的畫室還是開放的。發現屍體的是雕塑系的一個學生，他說他們下午在四樓有課，於是想早點兒來。」

「死者是住哪兒的？」宋伯雄接著問道。

「學校的寢室裡啊，就在對面的學生生活區。」

「生活區那兒？」陳爝自言自語般說道，「離三號樓距離那麼遠，爲什麼凶手要大費周章地把屍體移到這裡呢？」

「也許是想製造詭異氣氛吧！」刑警小張解釋道，「第一次殺人事件發生後，凶手一定是想將第二起殺人事件放在同一地點，從而造成學生的恐慌，製造些校園怪談之類的傳說吧！一定是這樣！」

「不可能。」陳爝冷冷道，「凶手不會是想單純地將凶殺現場放在同一棟樓裡面這麼簡單。因爲如果凶手還會繼續作案的話，警察肯定會將三號樓封鎖起來。這樣凶手便無法在這裡實施第三起殺人事件了。所以你的說法不可能。」

「喂，陳爝，你說的話我越來越聽不明白了？什麼叫移屍，難道這裡不是第一現場嗎？另外第三起案件是怎麼回事？」我忍不住用手搭住了他的肩膀，希望他能正面回答我。

「韓晉，還沒到時候。」他把我推開，「現在我也不敢確定。」

「看來事情越來越複雜了。」宋伯雄無奈地歎了口氣，然後吩咐小張，「先把那個學生叫過來，做個筆錄……」

「我要去調查一些事。」陳爝心事重重地離開了教學樓，而且不讓我和他同去。這在以往非常少見。不過我也樂得清淨。

走出三號樓的時候，我看看手錶，已經下午三點半了。

現在，我只要一閉起眼睛，眼前就會浮現出〈聖容顯現〉的圖像和死屍。最讓我難以釋懷的，就是在屍體邊上的英文字詞——JOHN THE BAPTIST（施洗約翰）。這次的死者名叫丁小龍，是建築系的學生。據小張所言，他和第一位死者李智傑，學習上根本沒有交集，生活中兩個人也不相識。這點警方可以肯定。

那既然如此，殺人狂「施洗約翰」爲什麼會選中他們呢？他們的相似之處到底是什麼呢？

越想越沒有頭緒，正巧在籃球場邊上，看見一顆孤零零的籃球，我撿起球來，朝著籃框試試身手。籃球在我的拍打中，上下跳動，這種熟悉的手感，運球時的步伐，自從大學畢業之後就消失了。眞的好懷念。

微風吹在臉上，感覺又回到了十八歲。

我站到三分線外，瞄準籃框後起跳，利用手腕的擺動拋出了一條漂亮的弧線——球應聲入網。

「得分！」

忽然聽見有人在我身後喊道。

我轉過身去，看見了陳曉敏老師。

「哪裡……我隨便玩玩……」我說著，用手肘拭去額頭的汗水。

「你三分球投得眞準啊！沒想到，小說家也會打籃球啊。」陳曉敏輕快地走到我面前，遞給我一塊淺藍色的手帕，「用這個擦汗吧！」

「謝謝。」我接過了手帕，心跳加速。

夕陽下，陳曉敏和我漫步在校園裡。我們倆天南地北閒聊著，我還跟她講了很多關於陳嫺破案的故事。

「原來那些案子都是眞的！」陳曉敏道，「我還以爲是你編撰的呢！」

「我這麼笨，哪裡編得出。哈哈！」我說，「對了，你怕嗎？」

「學校裡有殺人魔，說不怕當然是假的。」陳曉敏看著我，「不過我相信韓老師和陳教授，一定會很快抓到凶手！」

「啊？我們沒那麼厲害啦……」

「直覺！」陳曉敏拍了拍我的肩，「韓老師，你要相信我們女人的直覺！」

4

那天回家之後，陳熁就鬼鬼祟祟躲進了地下室，然後從網上訂了一大堆東西，都裹得嚴嚴實實，看不清全貌。接著，他就把自己關在地下室，一連好幾個小時。我在門口問他晚飯怎麼解決，他也不理我。若是平日，我一定會對他發脾氣，可是一想到陳曉敏，我心裡又甜甜的，什麼煩惱都忘卻了。

手機鈴聲響起，是宋伯雄警官打來的電話。

「請說。」

「陳熁那傢伙，怎麼不接電話？」

「他把自己關在了地下室，不知道在忙什麼呢！」

「第二封殺人預告函，我收到了。」宋伯雄的聲音聽上去很糟糕，「我想如果陳熁有空的話，我們是否可以見上一面。我覺得目前這事情有點兒麻煩。」

「可以。你在哪兒？」我很乾脆地答應下來。

「現在我在警局。要不這樣，你飯還沒吃吧？我開車來思南路接你們，一起吃個晚餐吧！」宋伯雄說完就掛斷了電話。

陳熁起初不太願意，但被我生拉硬拽，並在不開門就把門撞開的威脅下，才板著臉從地下室走出來。大約過了十五分鐘，我們就聽見了宋伯雄警官那輛警車的喇叭聲。周圍的餐廳很多，我們選了一家叫「謝傑別羅」的俄羅斯餐廳。

宋伯雄開了瓶紅酒，叫了黃油焗雞、熏雞魚子醬和洋芋燒牛肉等俄羅斯特色菜，又叫了三人份的莫斯科紅菜湯。對於吃慣中國菜的我來說，俄羅斯菜是比較油膩的。因爲氣候寒冷的關係，那邊的人們需要補充較多的熱量。所以俄式菜餚一般用油較多，口味相較中國菜更重些。

「今天我命令把整個三號樓都封鎖起來了！我看『施洗約翰』還能玩出什麼花樣！我讓小張帶了些兄弟今天就守在三號樓樓下。不過我看這傢伙是不會停手的，你看，第二封殺人預告函又寄到警局來了。」

「無法查到是誰投遞的？」我問。

「要是能查到，我早就破案了！」宋伯雄拿起酒杯喝了一大口，接著說道，「內容和上次都差不多，說是第三場殺人儀式就要開始了，讓我們做好準備。地點還是在美院。我在想，是不是衡山美院的校長得罪了什麼人啊？」

「你是說爲了私人恩怨，所以牽扯到那麼多無辜的學生？雖說也有這個可能，但我覺得不是。」我表達了自己的看法。

「爲什麼？」

「直覺。」

宋伯雄衝我翻了白眼，又灌了自己一杯酒。

「你這封殺人預告是什麼時候收到的？」陳燏問道。

宋伯雄抬起頭想了想，回答道：「昨天下午封鎖了三號樓後，我就回到了警局。今天早上的時候我手下把這份東西交給我的。」

「你把B區三號樓封鎖了？那要去畫室學習的同學怎麼辦？」

「這點你放心，我可不是那種不講道理的人。這個星期內，要用三號樓的也就繪畫系和建築系中兩個專業的學生而已。所以，這兩個專業的學生在我封鎖完畢後，只需要出示學生證，還是可以去二樓的畫室學習。」

宋伯雄彷彿早就知道陳燏想問什麼一樣，一口氣解決了他的疑問。

「那些相關人員的筆錄還在不在，我想今天帶回去研究一下。對了，昨天所有人都做過筆錄了吧？」

「當然。上午的時候那些繪畫系的老師去參加教師等級考試了，不過屍體是在中午發現的，也沒什麼關係。這事兒我是交給小張去辦的。」宋伯雄回答完後，又問陳熷，「在你看來，這兩起案件有什麼聯繫嗎？」

「文藝復興。」陳熷斬釘截鐵地回答道。

「什麼東西？」

「兇手是按照文藝復興三傑的作品順序來犯案的！他們三個分別是：米開朗基羅、拉斐爾和達文西。第一起殺人事件時，兇手在現場所繪的是米開朗基羅的〈創世記〉。這部作品是米開朗基羅畫在梵蒂岡西斯汀教堂禮拜堂天花板上的壁畫，作品場面宏大，人物刻畫震撼人心，是米開朗基羅的代表作之一。第二幅現場的『血畫』是拉斐爾的〈聖容顯現〉，也是他平生最得意的作品之一。所以現在兇手又預告將再次實行殺人計畫，那我想接下來的應該是達文西的畫作了。」

「原來如此。」宋伯雄恍然大悟道，「那兇手為什麼要如此花費心血地去畫這些圖案呢？雖然我不是學美術的，可我也看得出要描繪這樣一幅圖案，很費勁啊！」

「相當麻煩！更何況整個結構的比例幾乎和原作一模一樣。我不知道這些畫代表著什麼，不過我和你想得一樣，凶手作這幅『血畫』必定有他不可告人的秘密。只要解開凶手爲什麼要畫這幅『血畫』的理由，我相信就離眞相不遠了！」

我們回到思南路的時候，已經晚上十點了。吃飯的時候，陳爝和宋伯雄警官討論了些案件的情況。宋伯雄又問了陳熷一些關於文藝復興時期的事，可是說著說著，他就沒了興致。接著都是宋伯雄一個人在說話，還向我們炫耀他的一些光榮事蹟，比如最快破案紀錄，或者徒手解決過三個匪徒的圍攻。

要是都像第一起殺人事件時候這麼沒頭沒腦地推理，那最快破案紀錄後還得打個問號。不知道有多少好人被他冤枉了呢。我想，幸好遇到困難的案子，他都會來尋求陳熷的幫助。

「喂，你在想什麼呢？」不知何時，陳熷竟然走到了我的房間。

「你幹什麼？」

「我記得上次借你那本書，你沒還給我。」

「是不是關於北洋軍閥的那本？」我說，「你自己找找看吧，應該在書架上。」

陳熷把我書架上的書，一本本丟在地上，還把我整理好的筆記本順序也弄亂了。這讓我很惱火，但是還是忍住了。不然怎麼辦，難道還和他吵嗎？

「對了，我突然有個想法，想跟你聊聊。」我對陳爝說。

「我很忙，沒空和你聊陳曉敏老師的事。」陳爝把我那本珍藏多年的簽名書隨意丟在地上，然後一腳踩在上面，繼續翻箱倒櫃。

「其實，今天我自己想了想，發覺了一個可能性——就是凶手爲什麼會在人死了之後，還要在現場留下『血畫』的理由！剛剛想到的時候，著實讓我自己也吃了一驚！馬洪文他們發現李智傑的時候，他的手掌上全是血！這是個提示，陳爝，你知道我想說什麼了嗎？」

「難道你想說，凶手在屍體邊上畫畫，是爲了掩蓋死者留下的死亡留言？」

這傢伙竟然毫不費力地猜出了我想說的話。

「你眞是個怪物！不過猜得沒錯，我正是這麼認爲的。凶手把李智傑敲死後——當時他並沒有死，只是凶手以爲他死了而已。於是，當凶手準備離開畫室的時候，意外發生了，李智傑用最後的力量，在地上寫下了凶手的姓名。不過倒楣的是，這一舉動竟然被凶手看見了，可是印記已經留下了，凶手必須想辦法消除它。如果只是單純用水來清洗的話，也是不可能完全消除痕跡的。」

聽了我的推理，陳爝完全沒反應，依舊全神貫注地找書。

我接著說道：「因爲警方會用魯米諾試劑來檢測血液痕跡。你也知道，在檢驗血痕時，魯米諾與血紅素發生反應，會顯示出藍綠色的螢光。這種檢測方法非常靈敏，能檢測只有萬分之一的含血量，即使把一小滴血滴進一大缸清水中也能被檢測出來。所以就算凶手將現場擦拭得再乾淨，只要警方用魯米諾試劑檢測，凶手的名字就會顯示出來。所以凶手絞盡腦汁後想出了一個辦法——既然無法隱藏，就讓它放大！」

陳熠沒有停下手中的動作：「韓晉，看不出你還爲這個案子操碎了心啊！」

「凶手又再次敲擊死者的後腦勺，讓死者流出更多的血液，來掩蓋死亡留言——也就是用一大塊血跡來掩蓋凶手的名字。這樣即使用魯米諾試劑恐怕也無法檢測出來了。但是在現場留下那麼大塊血跡會讓人感覺不協調，凶手索性將血印再放大化，於是就完成了這幅血色《創世記》的樣子。」

我說完了自己的推理，等待著陳熠的稱讚。

「你的想法很有趣。」陳熠看了一眼手中那本國內某位著名青春小說家的書，然後當廢紙般丟進了垃圾桶，「警方也確實用魯米諾試劑檢測過現場……」

「喂，別丟，那也是簽名本！」我失聲尖叫起來。

「很可惜，沒有你形容的那種大塊血跡，整幅『血畫』中除了紅色水粉顏料外什麼都沒有。死者的後腦雖然被鈍器敲打，導致顱內出血，但是流血量卻很小，這點法醫在驗屍報告裡也提到過。」陳熠面無表情地說道。

「啊，果然還是不行。」

我取出垃圾桶裡的書，可是，封面已經被弄髒了。

原本還打算把這部愛情小說送給陳曉敏呢。好事又被陳爝搞砸了。

陳爝毫不留情地說：「韓晉，如果繼續讀這種小說，你的智力會退化的。你會越來越蠢，變成類人猿，然後變成猴子，最後變成草履蟲……」

「你這是偏見！」我反抗道，「任何文學類型，都不該被歧視！」

「找到了！」陳爝拿起手中那本厚書，興高采烈地離開了我的房間。

「喂！你……眞是的，都不幫我收拾一下……」

我看著散落一地的書籍，眞是一片狼藉。

把書籍一本一本重新歸位，也要花上好幾個小時吧？

看來，今晚又是一個不眠夜。

5

「韓晉老師，醒一醒！你快給我起來！」

迷糊之間，我感覺有人正在用力搖晃我的身體。

我睡眼惺忪地打了個哈欠，然後抱怨道：「陳熠，你幹麼把我吵醒。你知道我昨天晚上是幾點才睡的嗎？」

「我不是陳教授，我是小張！陳教授和宋隊長已經趕去現場了！你醒了嗎？快穿上衣服！」小張用近乎命令的口氣說道。

「冷靜！先告訴我發生了什麼事情。」我一把抓住小張的手臂，對他說。

「衡山美院又發生了殺人事件，可是……可是陳教授不讓我和你說，但是我覺得這件事必須告訴你。因爲……」

「誰死了？快告訴我誰死了！到底是誰死了你快說啊你！」

我心裡閃過一個念頭，但是我不敢去想。

「陳曉敏……陳曉敏老師死了！」

我一把揪住小張的衣領，怒道：「你說什麼？」

「韓晉老師，你別激動，先放開我。這件事……怎麼說呢……果然不該告訴你的……眞對不起！」小張不斷向我道歉。

我就這麼呆坐在床上，像是被人狠狠地抽了一記耳光，恍惚得連外套都忘記穿上。對我來說，聽到這樣的消息，簡直如五雷轟頂般痛苦。我和陳曉敏雖然只見過兩次面，聊過的話也沒有幾句，可我對她卻一見鍾情，是眞心愛慕她的。我本希望，我們將來還有機會可以進一步互相了解。

誰知，竟然天降橫禍！

此刻，我多麼希望這是陳爝對我開的一個玩笑。待了一會兒，我才從床上跳了下來，然後把小張一把拖了起來，問道：「在哪棟教學樓？快告訴我。」

「四號樓的三樓……教室裡。」小張戰戰兢兢地說道。

連睡衣都沒有換，我立刻奪門而出。身後的小張也緊跟著我，在我身後大喊：「韓老師，我開車送你過去！」一路上，我不停催促小張加速，可他膽小怕事，連個黃燈都不敢闖，開了十多分鐘才到衡山美院。剛下車，我就開始狂奔，我不記得自己在路上撞到了多少人，也不記得摔過幾次跤，第一次腦子完全空白——我無法思考。校園裡的學生紛紛側目，也許他們認為，這只是一個精神異常的瘋子，穿著睡衣滿學校亂跑。

我衝進了四號樓，然後直接跑到三樓。我看到滿屋子的警察和調查員，第一次覺得他們是如此面目可憎，想把他們統統轟走。可我知道，這裡發生了案件，即使不想承認，也沒有辦法，因為這一切都是真的。

「都讓開！都給我讓開！」

我像瘋了一樣推開現場兩位正準備進一步驗屍的法醫，看到了地上躺著的人——陳曉敏。整個世界在我心中轟然倒塌。我膝蓋一軟，跪倒在陳曉敏身邊。

這一次，凶手把她的屍體擺成了達文西的〈岩間聖母〉的樣子。

「韓老師，你認識被害者嗎？」宋伯雄在我身後說，「發現屍體的是藝術鑑賞系的一位學生。他們今天本來應該在這個教室上課的，沒想到……」

「幾點死的？」

「根據法醫的初步判斷，應該是昨天晚上十二點至今天凌晨一點之間。」宋伯雄回答道。

我不想說話，只想哭泣。

「讓開。」

是陳�的聲音。

「不，讓我再看看她……」我反抗道。

「如果你抱著她，可以讓她起死回生的話，我絕對不會阻攔你。」陳熁語氣中絲毫不帶感情，「可是，即便你像花癡一樣在這裡哭哭啼啼，她也不會復活，凶手也不會因爲你的悲傷而被捕。韓晉，你是個蠢貨，但這一次，我希望你能明白我說的話。」

「你根本不懂！」我衝著陳熁喊道。

陳熁上前一步，一把拉住我下沉的身體，將我提了起來。

「我會抓到凶手。」他在我耳邊說。

突然間，我感覺腦袋「嗡」的一下，眼黑忽然一黑。我單手撐著教室的牆壁，身體彎曲。頭突然好痛，像是要裂開來。我勉強定了定神，又步履蹣跚地朝著陳曉敏遺體的方向走了幾步，接著頹然倒地，不省人事。

不知沉睡了多久。

恍惚中，我再次見到了陳曉敏。她朝著我微笑，緩緩走近。她依舊是如此美麗，簡直就像天使一樣。我想對她說話，可張大了嘴，就是發不出一點兒聲音。

陳曉敏一直保持著微笑，但她卻開始後退。

我想追過去，卻發現自己連步子都邁不開。陳曉敏慢慢地往後退去，漸漸地消失在朦朧中。她朝我揮手，和我永別。她突然飛向空中，身後散發著金色的光芒。

我想抓住她，但是連伸手的力氣都沒有。光線開始越來越暗，我已經看不到陳曉敏。我知道，她走了。

一切又歸於黑暗。

「醫生怎麼說？」

有人在說話，聽這聲音應該是宋伯雄。

「情緒過於激動引起的，他著涼了，現在正發著高燒。竟然燒到了四十度，太可怕了。

我沒想到韓晉老師竟然會如此在意這個女孩子，他們是戀人嗎？」這應該是小張的聲音。

聽他們的談話，現在是在醫院吧，我猜想。

「韓晉是個花癡，見誰都喜歡。」陳爝又在污蔑我了。

「不是戀人吧！雖然是新認識的朋友，不過既然是意中人，他這樣我也能理解。驗屍報告出來了，陳曉敏老師是被氰化物給毒死的。這也算不幸中的大幸吧，凶手沒有使用暴力手段結束她的生命。奇怪的是，她的手機不見了，很有可能是凶手利用手機將其騙至戶外，然後又誘騙她喝下有毒的飲料，再將她的屍體拖入四號樓的三樓。」又是宋伯雄的聲音。

「把第一起殺人案件時的口供給我再看看。」陳爝說道。

我勉強睜開眼睛，看見陳爝和宋伯雄坐在我的病床邊上討論著案情。

「李智傑被殺的那天早上，是不是只有三號樓沒課？」陳爝問了一句，然後指著病床邊上的證物袋，「宋隊長，把那兩張Ａ４紙給我拿來。」

陳爝拿起兩張Ａ４紙，那是凶手發出的兩張殺人預告函。在陽光下，一張Ａ４紙的顏色明顯淡於另一張，並且有點偏黃色。陳爝又從證物袋中取出一沓橫山美院的考試複習資料，然後一張一張和殺人預告函的Ａ４紙進行比對。

「有一張是吻合的。」他說。

「這張Ａ４紙是哪兒來的？怎麼和其他顏色不一樣？」陳爝問道。

「什麼？」

「是小張在三號樓五樓列印的，這張Ａ４紙應該是那裡的吧。不過我聽馬洪文說，這些紙張是王曉斌老師從紐西蘭帶來的。不過我聽你這麼一說才覺得原來從紐西蘭帶來的Ａ４紙，工藝和我們國家的不一樣啊！」

這時，病房的門被小張推開。他手裡握著一沓案件資料，對著陳爝說道：「陳教授，所有的口供和不在場證明都在這裡了。你還需要什麼？」

陳爝站起來，走到他身邊，單手接過資料。

「明天上午，把所有案件相關人員都集合到四號樓的二層。我要在被害人陳曉敏老師的注視下，對殺人狂『施洗約翰』進行最後的審判！」

「難道你已經知道三起連環殺人案的凶手是誰了嗎？」

「不。」陳爝聳了聳肩，神情輕鬆地說道，「不過，等我看完這些不在場證明後，我就知道誰是凶手了。」

「什麼……」我勉強起身，問道，「我也想幫忙。」

「你醒啦。」陳爝走到我面前，把手裡的資料遞給了我，「眞凶的名字，就在這張表格裡喔！怎麼樣，韓晉，有沒有興趣試著挑戰一下，找出殺死你愛人的凶手？」

程子良主任	七點三十分在學校邊上的餐廳用早餐，八點回辦公室，九點五十分後現身	八點至九點五十分沒有不在場證明
蔣姍姍老師	八點四十分在餐廳吃早餐，然後回到宿舍休息。九點四十五分進入二號樓開始上課	八點五十分至九點四十分沒有不在場證明
王曉斌老師	八點在教工宿舍睡覺，直到十點才起床	沒有不在場證明
徐慧文老師	八點三十分出現在操場跑道上鍛鍊，九點後消失，十點後準備上課	九點至十點沒有不在場證明
鄭曉芳老師	八點五十分起床，十點上課。	沒有不在場證明

陳曉敏老師	八點四十分起床，九點到餐廳用餐。九點三十分獨自待在辦公室，九點四十五分出門前往三號樓畫室	九點三十分後沒有不在場證明
許麗娜	八點半和馬洪文出門，在公園逛到九點半，然後在上三號樓	八點三十分至九點三十分沒有不在場證明
馬洪文	八點半和許麗娜出門，在公園逛到九點半，然後在上三號樓	八點三十分至九點三十分沒有不在場證明
以下略		

我合上資料，完全沒有看出任何問題。而陳爝卻笑了起來。

「我已經知道他是誰了，那個施洗約翰。」

「什麼？」

「一切都該結束了。」陳爝滿懷信心地說道。

6

第二天上午十點半，宋伯雄警官將案件相關的眾人都領到了四號樓二樓的大廳裡。眾人所表現出的樣子各不相同，有的神色緊張，有的則一臉坦蕩。在這警衛森嚴的環境裡，就連空氣中都充滿了令人不安的感覺。

大廳的西側有一幅巨大的壁畫，稍有些藝術知識的人都知道，這是達文西的〈最後的晚餐〉。這幅作品是達文西創作生涯中最負盛名之作，被公認爲空前之作，尤其以構思巧妙和布局卓越而引人入勝。這幅畫，是達文西直接繪製在米蘭一座修道院的餐廳牆上的。可惜的是，在一七九六年，拿破崙占領米蘭後，修道院被軍方占領，該餐廳則被改爲馬房。許多無知的士兵在閒暇之餘竟然朝著這幅傳世壁畫玩起了投擲石頭的遊戲，導致該壁畫受到嚴重損壞。幸而在一九八二年，義大利成立修復小組，用現代科學儀器對此畫進行清洗和修補。這個舉動雖然滿足了世人長久以來的願望，但也遭到了一些知名藝術家的非議。修補工作相當複雜，直到一九九九年才公開展示此畫。

這幅壁畫取材於《聖經》馬太福音第二十六章，說的是耶穌被羅馬兵逮捕之前和他的十二門徒共進的最後一餐。當時耶穌預言門徒中有一人將出賣他之後，眾門徒非常困惑。最後耶穌當眾指出猶大就是出賣自己的叛徒。宋伯雄心想，陳燏把地點挑選在這裡，可眞是選對地方了。

最先走進大廳的是教務處主任程子良，他表情嚴肅，下巴僵直，看上去就像一條潛伏在沼澤地裡的鱷魚。接著走進來的是蔣姍姍和徐慧文兩位女老師。前者長相醜陋，五官在臉上擠作一團，徐慧文則一臉怒色，憤憤不平地嘟囔著什麼。看她的模樣，學生們稱她為母老虎也不足為奇了。王曉斌的長相確實不怎麼樣，他個子很高，目測起碼有一九〇以上，無論如何都看不出他是個藝術家，簡直就像是籃球運動員；鄭曉芳老師在本故事中首次登場，她一臉無奈的表情彷彿在說這事兒和她毫無關聯，她是無辜的。發現第一具屍體的馬洪文和許麗娜也到場了。馬洪文用單手攙扶著雙眼紅腫的許麗娜，嘴裡不時地說著一些安慰的話。

大家都到齊了。可是，陳熠還未露面。我有些焦慮，他的手機一直處於關機狀態，我也無法聯繫到他。

老師們開始竊竊私語，一眼望去，在場的所有人似乎都顯得鬼鬼祟祟的。刑警小張背對著大門，守在那裡。

「警察先生，這到底是怎麼回事兒？一大早把我們都叫到這個大廳裡並且等到現在，你必須給個解釋！」

首先開口的是相貌醜陋的蔣姍姍老師。小張一臉尷尬地看著宋伯雄，不知如何回答。

「再等等，他馬上就到。」宋伯雄伸手做出一個安撫的動作，然後焦急地看了看手錶，心裡不明白陳爝到底在搞什麼鬼！

「待會兒我還有課呢！不能這麼瞎等下去啊！」

這次開口的是母老虎徐慧文。警長沒有搭她的話，繼續看著手錶。

就在這個時候，門被推開了。陳爝腋下夾著一塊用白布包裹著的畫板，緩緩走到〈最後的晚餐〉這幅壁畫下，面對著眾人。他先將那塊被布包裹著的畫板放置在手邊的畫架上，接著用目光掃了一遍在場的眾人。

「今天，」陳爝的音調很低，卻很清晰，「我就要在眾位被害者的注視下，揭穿『施洗約翰』的眞實身分，以慰他們在天之靈！」

大廳一片寂靜，沒有人說話。陳爝站在壁畫之下，剎那間有種不可侵犯的莊嚴感。又或許是錯覺吧，我這麼認爲。我仔細數了數，若不算上陳爝的話，加上三位被害者，一共是十二個嫌疑人。和〈最後的晚餐〉中耶穌十二門徒的數量暗合，這究竟是巧合還是陳爝故意所爲就不得而知了。

看來陳爝這次是想自己扮演起耶穌的角色，當眾揭穿誰才是叛徒「猶大」吧！

「你的意思是，凶手在我們這些人之中嗎？這怎麼可能，我們可都是這所學校的老師啊！怎麼會是連環殺人事件的凶手呢？陳爝教授，你一定是搞錯了！」程子良朝著陳爝嚷嚷著，可陳熘沒有理睬他，自顧自繼續說道：「今天我就當著眾人的面，揭露你——所謂的『施洗約翰』的眞實身分！你認爲你的所作所爲天衣無縫嗎？你以爲你在現場不留痕跡嗎？可是任憑你如何狡猾，都逃不過邏輯的審判！」

說著，他一把將畫架上的白布扯下，油畫露出了眞面目。

「凶手就是你！蔣姍姍！」陳熘大聲宣布道。

猶如投下一顆炸彈，安靜的現場頓時沸騰起來，議論紛紛。

這幅油畫是臨摹自安德里亞．索拉里的〈施洗者聖約翰的頭顱〉，畫中表現的是先知「施洗者聖約翰」被希律王斬首後，其頭顱放置在盤子中的情景。可現在面部被陳熘巧妙地修改過，所以人們一看便知放在盤中的頭顱，是閉著眼睛的蔣姍姍。

「我不知道你在說些什麼！滿口胡言！」蔣姍姍扯著喉嚨對陳熘喊道，「你這個渾蛋！」

「你一定很想明白，我是怎麼知道你就是『施洗約翰』的吧？我現在就把答案告訴你，不然你一定死不瞑目。」陳熘彷彿站在舞台上的演員，高聲演講道，「首先我們都知道，凶手一定是一個繪畫技巧高超的人，在這所美術學院裡的人都符合這點，當然我並不是說學院外的人沒有犯罪嫌疑，大家且聽我把話說完。凶手第一次露出馬腳，是在殺人預告函上。」說著，陳熘從口袋中取出了兩張殺人預告函。

「這是凶手『施洗約翰』寄給警局的殺人預告函。乍一看，這兩張用Ａ４紙列印出來的預告函似乎沒有什麼不同，不過只要拿到太陽底下一看，眞相就出來了。你們看，第二張預告函明顯比第一張要淡一點，並且顏色有點偏黃。警局的檢測部門也鑑定過，這張Ａ４紙肯定是出自三號樓五樓那台印表機。這種紙張也只有紐西蘭才會有，是王曉斌老師帶回中國的。」陳爝頓了頓，朝王曉斌看了一眼。王曉斌也朝他點了點頭。

接著，他繼續說了下去。「也就是說：凶手是在三號樓五樓列印的這張殺人預告函，直到這裡，大家都聽明白了吧？

「但是問題在於，發生第二起殺人事件之後，宋伯雄警官就命令手下把三號樓封鎖了。也就是說，除了繪畫系的學生和老師外，沒有人可以踏進這棟樓一步。所以我得出了一個結論，凶手就是那天進出過三號樓的教師或者學生。可是，凶手的第一封殺人預告函卻是在其他的地方列印的，所以我們可以得出這麼一個結論：凶手的第一封殺人預告函，可以在三號樓以外的地方列印，而第二封殺人預告函，只能在被封鎖的三號樓列印。這，是爲什麼？」

「你是說凶手是學校內部的人？眞是太可笑了！」程子良震怒道，「請不要誣衊我們學校教師和學生的素質！」

陳爝看都不看他一眼，繼續道：「因爲我們都知道，在學校裡列印殺人預告函，有一定的風險，若非無可選擇，兇手不會這麼幹！所以現在又有一個問題——兇手爲什麼堅持要在學校列印殺人預告函，而不在原來列印第一封預告函的地方列印呢？」

關於這點，我還是想不明白，只能安靜等待陳爝解答。

「那是因爲，在這段時間內，兇手無法回家或者自由活動！我拜託宋伯雄警官調查了一下那天進出過三號樓所有人的行蹤，發現只有在場的幾位是無法抽身回家的，換句話說，都是住在學校裡。」陳爝環視在場眾人，一臉嚴肅地說道。

在場眾人，面面相覷。「無法回家的人就是兇手？胡說八道！」不知誰反駁了一句。

「第二起殺人事件的被害者是丁小龍，在檢查他屍體的時候，我發現了一個很奇怪的現象——死者雙手的無名指和小指的指尖，都有少許血跡，而且都有用指甲鉗修整過的痕跡。如果是自己剪的指甲，那絕對不會剪出血來，這不需我贅言。所以，我得出一個結論——死者的指甲曾經被兇手修理過。」陳爝揚起眉毛，提高聲調道，「那兇手爲什麼要修剪死者的指甲呢？這個現象，是不是特別奇怪？」

我想起陳爝在檢查第一具屍體時，對我說過的話。

「因爲兇手必須隱藏，死者自己修整過指甲的痕跡！爲什麼？因爲被兇手襲擊的時候，死者正在房間裡剪指甲，而且他並沒有修完所有的指甲！因爲有件事情打斷了他！」

「等等，陳爝，死者修剪指甲被人打斷，和這次連環謀殺案有什麼關聯？」宋伯雄怕陳熷偏題，特意提醒了一句。

「當然有關，而且關聯重大！」陳熷一字字道，「因爲，凶手極有可能以粗暴的方式打斷了他，比如——將他殺害！完成謀殺之後，凶手突然發現死者的幾個指甲有被修剪過的痕跡，索性將其餘的指甲都替死者剪了一遍。那凶手爲什麼要這麼做呢？」

陳熷又拋出一個問題。不過現場沒有人能夠答上來。

「因爲在殺人現場，警察發現死者指甲有問題的話，那必定會判斷出教室並非殺人的第一現場。所以我們可以得出這個結論——凶手爲死者剪指甲，就是爲了掩蓋命案現場並非第一現場的事實！」

一波又一波的推理，我感覺到自己的大腦已經跟不上節奏了。

「既然如此麻煩，那凶手爲何要大費周章地移屍呢？單純是爲了在三號樓畫一幅畫嗎？我不這麼認爲，要知道，凶手的任何行爲都有其不爲人知的目的！接著，我又了解到，在第一次案發的早上，亦即李智傑被殺那天，整個B區只有三號樓是沒課的，所以很明顯，凶手移動了小龍的屍體，是爲了拖延屍體被發現的時間。那麼，爲什麼要拖延時間呢？」

「爲什麼？」我不禁開口問道。

「因爲在案發當日的上午，凶手有很重要的事情得去辦，比如——教師等級考試！所以凶手必須要延遲屍體被發現的時間，不然考試的資格就會被取消。然而，這個考試對於她來說，又是很重要的。所以我排除了學生，將範圍又縮小到了只出入過三號樓的教師。」

我突然想起，在俄羅斯餐廳吃飯時，宋伯雄曾經告訴我們，案發那天上午，學校的教師確實都去參加了考試。沒想到，陳爝連這點都注意到了。

教務處主任程子良裝腔作勢地拍手道：「厲害是厲害！聽上去確實很神奇。可是這樣的程度可不行。說了一大堆，你還是沒能證明凶手就是蔣姍姍老師啊！」

陳爝微微仰起下巴，語速緩慢地對他說道：「別急，馬上就到重點了。」

「洗耳恭聽。」

「現在，讓我們回到第一起案件。縱觀整場殺人事件，屍體都是圍繞著文藝復興時期三巨匠的藝術作品而展開的。從〈創世記〉到〈聖容顯現〉，最後又是〈岩間聖母〉，凶手真的只是個瘋狂的崇尚宗教畫的藝術家嗎？」陳爝搓著手，彷彿一個魔術師馬上要開始表演他的拿手好戲，「這不可能！凶手繪製『血畫』，一定有著不可告人的秘密！那，到底是什麼呢？我們一直被『畫』所吸引，卻忽略了第一起謀殺案的另一要素——屍體一絲不掛。」

「凶手脫去死者的衣物，不就是爲了作畫嗎？〈創世記〉畫中的人物，可是不穿衣服的喲！」宋伯雄提示道。

凶手爲什麼要將死者的衣服全都脫光？難道正如宋警官所言，只是爲了配合米開朗基羅的〈創世記〉嗎？我也覺得有些不對勁。

「不，我們都被誤導了！」陳爈否定道，「凶手脫光死者的衣服，是想掩蓋衣服上的痕跡罷了！不知道大家是否還記得，在李智傑被殺的那天早晨，曾下過一場短暫雷陣雨，我到氣象台查過了，是八點五十分至九點，這麼一個時間段。」

我當然記得，那時我正打算出門買早餐，可突然傾盆大雨，生生把我逼回了家。但是這場突如其來的雷陣雨，和眼下的謀殺案有什麼樣關係呢？

「雖然只下了十分鐘的雨，但足以將不打傘的人從頭淋到腳，任誰都會變成落湯雞，何況一具不會動的死屍呢？是不是，蔣老師？」陳爈的視線投向蔣姍姍。

被質問的蔣姍姍不敢去看陳爈，她面色開始變得慘白，嘴唇也在不住哆嗦。

「所以，我們可以推理出這樣一個情況——凶手想掩蓋死者身上被雨淋濕的痕跡，所以才動手，脫去了死者的衣服。因爲凶手蔣姍姍是老師之中唯一一個在八點五十分至九點四十分沒有不在場證明的人！」

「等等，陳爈，這裡我沒有聽明白！爲什麼她在八點五十分到九點四十分沒有不在場證明，就說明她是凶手呢？」宋伯雄提出了他的疑問。當然，這也是我的疑問。

「聽好了，如果其他老師是凶手的話，他們大可不必脫去死者衣服來掩蓋死者是在雨中被殺的這一事實，因爲他們根本就沒有不在場證明！懂了嗎？下雨的時間，是八點五十分至九點，十分鐘！如果其他人在九點之後，或者八點五十之前，都沒有不在場證明，那麼脫去衣服這個動作，只有對蔣姍姍來說才是必須執行的！」

我的腦中一片混亂，必須重新思考才行。陳爝的意思大致是，如果其他教師是殺人凶手，完全不會顧忌下雨時間段殺人被抓住是否會致命！但蔣姍姍的不在場證明顯示八點五十分至九點四十分之間她無法自證，如果被警察發現死者是八點五十分至九點被殺，對於蔣姍姍來說，是致命的！簡而言之，李智傑在下雨時被殺，而蔣姍姍恰好在下雨時，沒有不在場證明！所以她必須盡一切努力掩蓋這個事實。

「簡而言之就是，你脫去李智傑的衣服，是爲了掩蓋他是在雨裡被殺的事實；在地板上繪製〈創世記〉則是爲了掩蓋屍體是裸體這一不協調的感覺；然後又爲了不讓人知道『血畫』是爲了掩飾死者的裸體，又繼而犯下另外兩起殺人事件，從而掩蓋第一起殺人事件中『血畫』的不自然！發殺人預告函，也是爲了想讓警察認爲，這是一起普通的變態連環殺人事件而已！你所做的一切，都是爲了掩蓋最初犯下的罪孽！」陳爝厲聲喝道。

蔣姍姍的嘴巴微啓，但卻發不出一點聲音。

程子良一臉愕然，驚慌道：「蔣老師，難道殺死學生的人，眞的是你嗎？」

蔣姍姍用嘶啞的聲音勉強回答說：「已經好多次了，他又用語言侮辱了我。程老師，請你原諒我，我不配當老師，無法忍受被學生這樣對待……」

宋伯雄警官帶走了蔣姍姍，這位長相醜陋的女教師。在場的所有人都驚呆了，沒有人想到殺人狂「施洗約翰」竟然就在自己身邊。徐慧文看著蔣姍姍，雙腳不住地打顫。眞相大白後，我立刻衝了上去，想給她點顏色瞧瞧，爲陳曉敏報仇，卻被警衛們攔住了。

關於動機方面，李智傑和丁小龍分別在公眾場合，用最難聽的話形容過蔣姍姍的相貌，並在黑板上寫字，嘲笑她像一頭發情的母犀牛，所以嫁不出去。要知道，你可以嘲笑一個女人智力低下，素質不高，但絕不能公開侮辱她的長相，即使她眞的很醜。就這樣，仇恨的種子深深地埋在了蔣姍姍的心裡，於是她決定報復。

人算不如天算，案發那天早上的雷陣雨，是她沒有料到的。殺人計畫被打亂了，她腦中一片空白，唯一記得的則是昨天上課時，學生們臨摹的那幅畫作——米開朗基羅的〈創世記〉。

於是，她腦中草草擬定了犯罪計畫。一個自認爲很有藝術氣質的兇手，以「施洗約翰」的名義，來進行一場藝術犯罪，替那些該死的學生洗禮靈魂。至於陳曉敏，蔣姍姍表示非常遺憾，她本沒有想過要殺死她。可那天她從三號樓走出來之際，撞見了陳曉敏。此刻她右手上的紅色顏料還未洗淨。她怕陳曉敏事後回想起來，爲了以防萬一，她只得痛下殺手。

聽完蔣珊珊殺死陳曉敏的理由，我一時語塞，不知如何作答。對於她這樣的人，我心裡只有恨意。然而，和陳曉敏這段夭折的愛情，或者說單相思，彷彿是上天和我開的一個玩笑。這個玩笑，那麼淺，又那麼深。

只不過，這次的後果無法挽回，似乎嚴重了一些。

此刻，我看著手上的藍色手帕，還是會想起那個籃球場的下午，陳曉敏的笑靨，和她身上淡淡的香水味道。我知道，雖然在我的腦海中，她的容貌終將模糊，直至消失，但那時那刻，心裡那種悸動，我永遠也不會忘記。

推理櫥窗

艾勒里・昆恩「悲劇系列」

艾勒里・昆恩其實是由一對表兄弟組合而成——佛列德瑞克・丹奈（Frederic Dannay）、曼佛瑞・李（Manfred Lee）。一九三二年他們以另一個筆名「巴納比・羅斯」創造出以聾偵探哲瑞・雷恩為主角的一系列作品，包括《X的悲劇》、《Y的悲劇》、《Z的悲劇》、《哲瑞・雷恩的最後探案》共四部。在出版社的保密之下，讀者們並不知曉羅斯也是他們兩人的化身，且昆恩刻意製造出與羅斯的衝突感，兩人之間的筆戰在推理迷中成為熱議的話題，直至三年後悲劇系列作品完結才公布真相。

五行塔事件

第一部　馬逸鳴的手記

致命的墜樓事件再度上演。

柯林·坎貝爾——如今已成爲被一套紅白條紋睡衣包裹的柯林——臉部朝下倒臥在石板地上。在他頭上六十英尺高的窗户敞開著，窗玻璃反射出微弱的月光。彷彿是滯留在湖面而非從那兒升起的薄層白霧，在柯林蓬亂的頭髮上結了許多露珠。

——約翰·狄克森·卡爾《連續自殺事件》

1

獨自在房間裡想了很久，我還是決定把這次的事件用手記的形式記錄下來。雖然事情已經過去了整整一年，可恐懼還盤踞在我的心頭。

作爲一名醫生，對於生老病死這些事，其實我早已看得很淡。我原本以爲，在這個世界上，再無任何事情可以讓我動容，直到發生了去年的事件。現在，握住筆的手還在發抖，我必須克制住自己的情緒，才能把事件完整地記錄下來。

在開始記錄整個事件之前，容我先介紹一下我的一位故交，也可以說是我的好朋友——林志堅先生。

在中國雲南，提起林志堅先生，每個人都會豎起大拇指。因爲意外，林志堅的父母很早就離開了他，他是由祖父母養育成人。早年在工廠做過搬運工，在餐館給人洗過盤子，甚至打掃廁所，好多低賤的活兒都幹過。儘管大家都知道，林志堅最終是靠房地產發家，但中間的創業歷程卻無處可查。但不管如何，我對這位億萬富翁卻一直心懷敬仰，這不單單是因爲，我是他的私人醫生這麼簡單。

歸結來說，可能還是因爲他的人格魅力。

我和林志堅相識在二〇〇〇年，自此之後，我們經常見面。我在昆明的一家私立醫院工作，林先生是我們醫院的大股東，從某種意義上講，我也是他的員工。可是，對於屬下，林先生從未紅過一次臉，從未罵過一個人。要知道，這對於他這種身家的大老闆，簡直是匪夷所思！這種態度，令所有人談論林先生時，都會面帶微笑，讚不絕口。

那個時候，每個月我都會坐車去林先生的府邸，爲他檢查身體。可喜的是，他的身體狀態一直很棒，簡直和二十歲的小夥子沒兩樣。光是看指標，很難想像他竟然已是個年過六旬的中老年人。當然，去給林先生檢查身體，我是發自內心的歡喜。不僅可以聽到他風趣的談吐，還能吃到他府上的佳餚，眞是令我樂不思蜀。有時候聊得晚了，來不及回昆明，林先生還會留我在府上過夜，眞是貼心至極。

寫到這裡，我的淚水又情不自禁地流了出來。

所以，當我聽見林先生噩耗的時候，我本能地拒絕相信，甚至感到莫名的憤怒！我多麼希望這是好事者的謠言！

「家父生前一直和我說，馬醫生是家父最信任的人之一。」

打電話給我的，是林先生的女兒林媛。林先生福氣好，有一雙兒女，可惜夫人很早就離世了。不過，續弦陸女士也對這個家付出了很多。雖然林先生和她沒有孩子，但她一直把林先生的孩子視如己出，對他們的生活關懷備至。可是，林媛似乎不太喜歡這位後母。這也是人之常情，林先生從未責怪過她。

「林先生，怎麼會……這麼突然……」我盡力握住手機，不讓它摔到地上。

「家父是自殺的。」

林媛的聲音聽上去很平靜，也許是她在壓抑自己的感情。

「自殺？這不可能啊！上個月見林先生的時候，還說打算下半年去埃及呢，怎麼突然就自殺了？這說不通！說不通！」我情緒激動地說道。

「我也不信。」

林媛的回覆很短促，讓我覺得這件事沒那麼簡單。

「警方憑什麼說，林先生是自殺的呢？」我提出了疑問，「有沒有證據？」

「家父是墜樓而亡，他所在的房間，門是從內鎖上的。當時在房間內的就他一個人，這點很多人可以證實。所以除了他自己，沒有人可以接近他。」林媛說道。

「墜樓……」我有種不好的預感，「難道，難道林先生那天是住在……」

「沒錯，家父當夜是住在五行塔上。」林媛似是看穿了我的心事，直截了當地說道。

聽到這句話，我心下一片冰涼。

五行塔！又是五行塔！

這座建立在雲南騰衝地區的奇怪建築，已經連續奪走兩任屋主的性命了。

說起這棟五行塔，容我花一些篇幅，爲大家介紹一下。最初花鉅資建造這棟建築的，是留德建築師王玨。據說他花了五年時間，克服各種技術上的問題，終於完成這棟舉世無雙的高塔。雖然說是「塔」，但它與尋常的寶塔外形上全然不同。我們都知道，塔這種建築，最初是用來供奉或收藏佛骨、佛像、佛經、僧人遺體等的高聳型點式建築。我們習慣把這種建築稱爲佛塔。當然，在漢語中，塔也指高聳的塔形建築，這一概念與東方傳統的塔，沒有太多的關聯，如艾菲爾鐵塔、比薩斜塔等。

所以說，這棟建築稱之爲塔，純粹是因爲外形上的關係。五行塔如同金字塔一般，越往上，體積越小，只剩一間屋子。

然而，讓五行塔區別於其他建築的根本原因在於它的材質。五行塔是用了五種完全不同的材料建造而成的。塔一共五層，每層都用了五行中的一種元素，來充當建築材料，換句話說，五行塔中包含了金木水火土五種元素。

最下面一層樓使用了中國傳統的夯土技術。夯土，顧名思義，便是把泥土壓實。這類被壓實的泥土，特點是結實、密度大且縫隙較少，非常適合用於房屋建築。二樓，建築師使用的材料是火山岩，但主要的原料，還是石塊。火山岩則象徵著火元素。到了三樓，房間全由強化玻璃組成，玻璃與玻璃間隔中還有水，遠遠望去，便有美輪美奐，清澈透明的體驗。四樓，是木質結構的房屋，使用的是最堅固的杉木作爲主材料，木樑在屋頂縱橫交錯，撐起了用銅支撐的五樓，也就是象徵金元素的房間。

由此，從上至下，金木水火土五種元素，構建出了這棟奇思妙想，並且帶有一絲詭異色彩的建築。

建完這座五行塔之後，王玨以極高的價格，拍賣給了當地名噪一時的富商周健。雖然在荒郊野外，但周健對五行塔癡心不已，慢慢開始對那些普通的樓房不屑一顧。最初，周健還會偶爾去其他地方住住，但時間一久，他便只肯留在五行塔，哪兒都不願去了。即便是他的妻子舒文秀苦苦哀求，也無濟於事。其原因之一，在於周健是一個建築迷，對世界各地奇怪的建築，總有一種嚮往。何況這棟五行塔如此特殊，除了他之外，誰都沒法擁有。

漸漸地，有傳言說，這棟五行塔受過詛咒，它的主人，最終都會走向極端。對於這個傳言，周健也有所耳聞，可是，他是個唯物主義者，根本不會相信這種沒有根據的謠言。

他繼續住在五行塔裡，一步也不邁出他那位於塔頂的房間。

他相信金元素，可以給自己帶來好運。

直到有一天，他打開窗戶，縱身一躍，消失在茫茫夜色之中。

2

「馬醫生，你還在聽嗎？」

林媛的聲音，將我從思緒中拉回現實。

「所以說，傳言成真了。五行塔真的是一棟受過詛咒的屋子，是嗎？」不知爲何，我竟毫不猶豫地說出了這樣的話。

「馬醫生，你也信詛咒這種事？」

「不，僞科學的事，我當然不信。可是，你讓我相信林先生是自殺的，也很難。對了，當時第一個衝進房屋的人是誰？會不會動了什麼手腳？比如門根本沒有反鎖，只是他假裝很難打開而已。」突然之間，有一個奇怪的點子從我腦中一閃而過。我喜歡讀推理小說，如果眞像書中描寫的那樣，製造一個密室誣陷林先生自殺，也是極有可能的！

「不可能，因爲把門撞開的人是警察。」林媛回答道。

是警察的話，那就沒辦法了。這可是他們的專業，經驗豐富的刑警不可能忽略那些我剛才提到的盲點。

「其他人怎麼說？」我問道。

「大家寧願相信五行塔受到過詛咒，也不信家父是被謀殺的。」

林媛的聲音聽上去有些許失望。

掛上電話，我心頭思緒萬千。五行塔我不是沒有去過，但我打心眼兒裡不喜歡這東西。爲什麼？說不上來，總是感覺怪怪的。我是個老派的人，不喜歡太新鮮的玩意兒，所以對一切前衛的東西都沒感覺，包括這五行塔。

從昆明趕到騰衝，駕車需要八小時。平時開車去林先生家，我都會在南華縣逗留一晚。爲什麼不坐火車？從昆明站到大理站，就要花去六個小時，再從大理驅車前往騰衝，又是四個小時，太慢。那天我找了一位司機，兩個人換著開，途經南華、大理、保山，終於在當天晚上趕到了騰衝縣林府。

林府是一棟三層樓的豪宅別墅，有獨立的花園和游泳池，位於騰衝市最好的地段。

我一進門，就看見哭成淚人的林媛。她的丈夫成晨坐在邊上，不住安慰著她。林先生的兒子林震見我來了，忙上前打招呼。

「馬醫生，你這麼快就趕來了？快坐！」

「你父親明天的追悼會，我怎麼能不趕來？」我緊緊握住林震的雙手，聲音有些哽咽。

「林太太呢？」

林震知道我問的是林先生的夫人陸向紅。

「她在房間裡，一直沒有出來。我勸過了，沒用。」

「節哀順變。」

接下去，我不知該說些什麼。

這時，從樓上走下來一位漂亮的女孩兒，身材高挑，看上去二十出頭。林震給我介紹，說她是林先生的秘書，名字叫劉豔。

「馬醫生，您好，我是林總的私人秘書。」劉豔對我說話的時候，我注意到她的眼圈微微泛紅。「沒想到發生這樣的事，還讓您大老遠趕來。」

「這是應該的。」

我們互相寒暄幾句，然後劉豔就走開了。她走時，似乎仍然抑制不住自己的悲傷，不停在拿手絹抹淚。這時，我心裡產生了一些疑惑：一個普通的秘書，爲什麼會對公司老總懷有這麼深的感情？林先生對於她，不就是一份工作嗎？但我很快就打消了這個念頭。以林先生的爲人，如此重情義，員工愛戴他也是很正常的。我不該妄自揣測什麼。

劉豔走後，成晨扶著林媛走到我面前，向我問候。林媛還是那麼美麗，鵝蛋臉兒配上一雙明亮的眼睛，相比剛才劉豔那股青春逼人的勁兒，她身上有一種獨特的韻味。林媛和她的丈夫站在一起，怎麼看怎麼不搭。我並不是揶揄成晨，只是覺得從氣質上講，她更有高貴的範兒，而身材瘦弱的成晨相對來說沒那麼有型。

不過，人不可貌相。

林志堅的女婿，並不是誰都當得了。

成晨雖然其貌不揚，但確是國內外知名的建築師，曾遊學海外，現又由林先生大力資助，自己開了一家建築公司。沒有資質，顯然是不能隨便從事建築相關經營活動的，國家對這方面有著嚴格的法律規定。由此可見，成晨還是有些本事的。寫到這兒，我不得不說一句心裡話。我打從第一眼見到他，就不喜歡。有時候你討厭一個人，眞沒什麼道理，俗話說就是沒有眼緣吧。我對成晨這種人，就屬於沒眼緣。

「你先去休息吧，事情會解決的。」我拍了拍林媛的肩膀，試圖安慰她。

「是啊，你一天沒吃東西了。這樣下去，身體也會吃不消的。」成晨也在她身邊勸道。

林媛朝我點了點頭，然後由成晨攙扶著離開了客廳，上了樓。

「走，去我父親的書房，我們喝一杯。」

我隨著林震拾級而上，進了林先生的書房。關上門，林震取出一瓶上好的紅酒，開瓶與我分享。我們對坐喝了幾杯，他突然放下杯子，鬼鬼祟祟地說道：「馬醫生，我爸是被家裡人殺死的。」

「你說什麼？」我驚愕道，「你是說這間屋子裡的人嗎？」

林震冷笑道：「馬醫生，你有所不知，所有人都要我爸死！當然，你也可以說包括我。我也希望我爸死，不否認。」

我不明白林震對我說這些話，有什麼用意。

「你看見我妹了嗎？哭得稀里嘩啦，其實她對我爸也不怎麼樣。實話和你講，從小到大，我爸只待我一人好，其他誰都比不上我。你可以說是重男輕女，女兒遲早是要嫁人的嘛！歸根結柢，這個家，我爸的公司，最後還不是給我？你說，你是我妹，你心裡什麼滋味？」

我感覺林震有些醉了，沒有接話，只是默默喝酒。

他繼續說道：「我後母，那個臭婊子，你以為她是什麼好東西？背著我爸幹了多少髒事兒，你知道嗎？偷人！不僅偷人，還偷到家裡來啦！你猜猜是誰？」

林震紅著臉，露出一種奇怪的神色，似笑非笑。我見他在等我的答案，忙搖頭。

「猜不出吧？嘿嘿，不如我告訴你，你聽好了，別嚇著。」林震故意做出左顧右盼的樣子，這時，我已經確定他喝醉了，「我妹夫。」

「什……什麼？你說成先生和林太太……」聽到這個，我蒙住了。

「這事兒原本我也不知道，被我家一個傭人撞見了。那個不要臉的女人給了傭人一些錢，給打發走了。雖然如此，我還是知道了。我給了比她多一倍的錢，讓那個傭人開口告訴我眞相。可是，我沒有把這件事告訴我爸。要知道，如果臭女人和我妹夫的事戳穿，我們林家將會是別人的笑柄！你讓我今後怎麼抬起頭來做人？」林震看著我，表情像是想讓我認同他的觀點。可我別過頭去，喝了一口紅酒，沒有作答。

他並不是考慮別人的顧慮，而是在為自己做打算。

「臭女人也希望我爸死，呵呵，這下她可如願了。」林震仰起頭，將杯中的紅色液體一飲而盡，「殺死我爸的人，一定就在他們之中。」

「話可不能亂說，或許林先生眞的是意外……」

「意外？連續發生兩次嗎？」林震冷哼一聲，「那座五行塔，在父親買下之前，周健是屋主。我看過那時候的報導，也就一兩年前的事兒，周健腦子清楚得很，怎麼會自己就跳下去了？大家都說是詛咒，哼，都什麼年代了，還信那套東西！」

林震把酒杯重重地放在桌上，起身朝窗戶方向走去。

「那你認爲是什麼？」我問。

「手法，一種我們未知的手法。」他轉過身來說，「五行塔的設計圖紙已經沒有了。設計這座屋子的建築師，我也找不到了。但是我覺得，這棟房子一定有問題。」

「你是說密道嗎？屋子裡有密道？」

「很遺憾，馬醫生，這件事我也想到，而且還特地派人去查了。」林震聳聳肩，有些無奈地說道，「可惜，沒有密道。當門從內反鎖後，連一隻蒼蠅都飛不出去。」

林先生所處的地方，是一個「完全密室」。

「所以，馬醫生，我是有件事想詢問你的意見。」林震轉過身來，表情冷峻道，「都說五行塔受到過詛咒，只要住進去，一定會墜樓而亡。我不信，我想試試。」

「你……你想去五行塔？」

「父仇不共戴天。」林震眼角留下了一行清淚，「我一定要親自找出凶手。在此之前，我必須知道，凶手是用了什麼魔法，把我爸從樓頂推出窗外的。」

他說這句話的語氣異常堅定，我只得低下頭，用沉默來代替回答。

3

林震決定的事，任何人都無法改變。

所以，當他做出去五行塔的決定時，所有人都閉上了嘴。不過，再怎麼樣，林媛都不會對她的哥哥不管不顧，她告訴林震，如果他入住五行塔，她將會過去陪他。林媛的丈夫成晨也表示不放心，說林媛現在身體抵抗力低下，如果身邊沒人照顧，怕會生病。所以，就這麼一來二去，林家幾乎所有人在林先生的頭七之後，都搬去了五行塔。

然而，五行塔頂端，那間被詛咒過的房間還空著。陸向紅無論如何都不允許林震住那間屋子。她自己曾說過，對於林震，雖然不是親生，但一直關愛有加。如果林震再出什麼意外，她怎麼對得起已離開人世的林志堅？

林先生去世之後，五行塔也並不是說荒廢了。林媛雇了一對騰衝本地的夫婦來打理這棟房子。男的叫劉營章，四十八歲，他的妻子叫熊萍，比他小兩歲。這兩人都是吃苦耐勞的性格，把這座五行塔維護得不錯。

至於我，因為休假的緣故，比較空閒，又受到林震的邀請，所以也來到了這裡。

再讓我來費一些筆墨，描寫一下這棟古怪建築的周邊環境吧。礙於能力所限，若有不到之處，請各位讀者包涵。五行塔位於騰衝市往西三十公里的地方，由於靠近中緬邊界，顯得很荒蕪。但我們去的時候是盛夏，各種野生植物肆意生長，一派綠意盎然的景色。

五行塔豎立在這人煙稀少的地方，一眼望去，目之所及，只有這麼一棟孤零零的建築物。四周的深綠色映襯著這座暗黑色的高塔，顯得格外耀眼。整棟房子雖然是用五種不同的材質建造而成，外表卻完全看不出來。建築整體的色調偏暗，有一種咄咄逼人的氣勢。五行塔周圍全都用鐵絲網圈了起來，說是爲了防止盜賊侵入。不過，在這種荒郊野外，連鬼都見不到，哪兒還會有什麼賊？

我到達五行塔的時候，林震正站在門口迎接我。他身上穿著一件黑色的襯衫，沒有打領帶，袖口隨意地捲起至肘部，露出結實的前臂。

「眞不好意思，我來晚了。你在這裡等了很久吧？」我看著地上的菸頭，萬分抱歉地說道，「這裡還眞難找。我繞了好幾圈才到。」

「沒多久，快請進。」

嚴格來說，五行塔不止有五層。最下層還有一塊水泥澆築的平台，我和林震沿著樓梯走上去一層，才是五行塔的入口，進去就是被稱爲「土之間」的第一層。因爲一樓大廳非常寬敞，被用來作客廳。進入五行塔內部才會發現，屋子的天花板奇高無比，像是有五六公尺的高度。

「是馬醫生吧？很高興能見到您。」

我轉過頭，看見一個矮胖的男子朝我微笑。

「你好，請問……」

「我叫高雲龍，是林震的朋友，今天特地來拜訪他的。唉，林先生是個大好人！會發生這種事，眞令人遺憾。」他象徵性地皺了皺眉頭，似乎在向我身邊的林震表達他的哀悼。

「是，太意外了。」我只有點頭附和他。

很久之後我才知道，原來高雲龍也是一位頗有名望的建築師。

「路途很遠吧，辛苦，辛苦。」見我進屋，成晨和林媛忙從沙發上站起，朝我走來。

我不知道成晨是否討厭我，但從他的表情來看，似乎還挺熱情。

「長期以來，家父的身體都是馬醫生在調理。如今斯人已逝，竟還勞煩馬醫生，眞是抱歉。」林媛說著，又朝我微微鞠躬。

「都是自己人，別說這麼見外的話。對了，林太太呢？」

我掃視了一圈，並沒有發現她的身影。

「劉豔在房間裡陪她。」回答我的是林震，「她一直恐懼這裡。哼，既然害怕，又何必跟著我來這五行塔呢？」

「阿姨也是擔心你……」林媛說道。

「擔心我？」林震臉上淨是不屑，「擔心我也自殺嗎？趁大家都在，我再重申一遍，我林震絕對不會自殺！絕對不會！如果哪一天，我真的死了，一定是被人謀殺的。」

「阿震，你冷靜一點。沒有人會殺你，這都是因爲最近事太多，造成你壓力比較大。」

成晨把手搭在林震的肩上，試圖安慰他。誰知林震突然把他的手甩開，冷冷道：「你最好離我遠點。如果不是因爲我妹妹，我早就揍你了。」

他這麼一說，屋子裡氣氛突然變了。成晨的臉色也變得十分難看。

「你怎麼可以這麼對你妹夫說話！」林媛也生氣了，「他都是爲你好！」

「阿媛，別說了……阿震最近壓力大，我理解，沒事。」成晨倒沒林媛這麼生氣，反過來還安慰他。林震似乎也無意和他們多說話，自顧自上樓去了。我怕他們擔心，忙道「我去看看他」，便跟了上去。離開客廳的時候，我聽見林媛在我身後抽泣的聲音。

上樓時我才發現，五行塔的樓梯特別陡，而且還被設計成了螺旋形。上樓時，我注意整棟樓的右側，牆壁內鑲嵌著一根直徑約六公分的金屬圓柱。圓柱上沒有花紋，卻有不少深綠色的鏽斑。

離開一樓「土之間」，到了第二樓「火之間」。說實話，感覺上並沒有什麼不同。我伸手撫摸牆壁，感受火山岩那凹凸的觸感，心想如果不是別人說，根本無法察覺到一樓和二樓有什麼差異。硬說有的話，也是極其細微的。因爲樓層高，間隔距離又大，走到三樓「水之間」的時候，我的雙腿已經開始發抖了。雖然只爬了三層樓，卻感覺像是爬了七八層高樓一樣。

「你的房間在這裡。」林震帶我走進一間屋子，「住在五行塔的人，大部分都住在三、四樓。頂樓是屋主的私人房間。」

和樓下不同，「水之間」由於是用鋼化玻璃作爲牆壁，牆壁中間還灌有流動的水層，因而顯得特別有光澤。雖然玻璃也是用的暗色調，但這一層樓卻比四、五層來得更明亮。

剛進房間，屋內的豪華裝修頓時令我眼前一亮。房間裡所有的用品，杯子、梳子、桌椅，甚至床和門框，幾乎都以水和玻璃爲原料，整個感覺都是晶瑩剔透的。我愣了片刻，立刻讚歎道：「這裡的房間都好漂亮，太棒了！簡直是藝術品！」

「只是表面現象。」林震望了我半晌，才道。

似乎這一切在他眼中，一點價值也沒有。

「對了，我有點餓了。平時這裡幾點吃晚飯？」我抬起手看了看錶，發現已是下午五點。

「再過半個小時就開飯了。五行塔的餐飲都是由劉營章夫婦提供的。老劉從前在大飯店當過主廚，手藝很不錯，到時候你可以好好品嘗一下。對了，待會兒你先下去，我回房間休息一會兒。你讓他們別送飯給我，我不餓。」

我點了點頭。

林震繼續說道：「我打算今晚就住到我父親的房間去。」

他說的是位於五樓「金之間」的房間，也是那一層唯一的房間。

「爲什麼你一定要住那間屋子呢？」我不解道。

「因爲有古怪。我非親身嘗試一下不可。」林震冷靜道，「馬醫生，你知道我不信人會在沒有外力干擾下，突然失去心智，去自殺。什麼鬼魂，什麼妖魔，我都不信。但是，我父親確實從一間反鎖的房間裡墜樓了，那麼，在我看來，凶手一定用了不爲人知的手法。我查遍了整個房間，卻找不出絲毫線索。爲此我非常沮喪。如今我只剩一條路了，只有我自己住進這間屋子，才有機會探究出它的秘密。」

我雖然不信怪力亂神，但想到前兩次詭異的墜樓案，心裡也發毛。林震的膽識我是敬佩的，所以當時我並沒有出言阻止。現在想來，如果當時我拚命阻攔林震夜宿「金之間」的話，或許就不會發生之後的慘劇了。

4

在林媛的安排下，大家圍著餐桌坐了下來。除了林震和陸向紅，其他人都聚在了位於「土之間」的餐廳裡，面對面地做自我介紹。熊萍抱著餐具和葡萄酒瓶子從廚房裡出來，分別在我們每個人面前擺上。她的丈夫劉營章，則在廚房為我們的晚餐忙碌著。

「要不我還是去叫一下吧？」劉豔看上去心事重重，「不吃飯怎麼行？」

「林震？去了也沒用，他那脾氣，你還不了解？」高雲龍攤開雙手。

「別管他了。我讓老劉留了一些吃的，如果夜裡他餓了，再替他送上去。我們先吃。至於陸阿姨，我會親自給她送飯的。」

開口說話的人是林媛。

「話說回來，這裡還眞是漂亮。如果沒有發生那麼多恐怖的事就好了。」

劉豔感慨道。

高雲龍也表示同意，說道：「確實，五行塔可謂建築中的藝術品了。只是我不太明白，這麼神奇的建築，為何一定要建在這麼偏僻的地方。像這樣的傑作，不應該讓更多人了解嗎？作為建築師，我沒法理解最初建造這棟屋子的人的想法。」

「可能就是不想被人打擾吧？」成晨說，「整天被人參觀，我想也不是什麼好事。」

「說起來，五行塔還眞是特別。它的結構也異於別的高塔建築，簡單來說，就是不按常理出牌……」高雲龍從建築學的角度出發，不停為我們講述這棟樓的妙處。說到動情處，還不時拍打自己的大腿。反倒是另一位建築師成晨，在一旁不發一言，甘當聽眾。

佳餚一道道被端上桌，這時我早已飢腸轆轆，毫不顧忌形象，挽起袖子開始大快朵頤。

林媛所說果然不假，菜品風味極佳，有好幾道都是劉營章自己研製出來的創意菜。

「不過，還是有問題。」

說了不少五行塔的優點之後，高雲龍突然停頓了片刻，說出了這麼一句耐人尋味的話來。

「有問題？什麼問題？」劉豔好奇道。

「怎麼說呢……」高雲龍沉吟片刻，才道，「雖然從美學上，我對五行塔讚不絕口，可是創新的另一面就是不守規矩。這實在是一棟不守規矩的建築物，而且很多地方我覺得非常不合理。比方樓層與樓層之間距離太大，還有牆體太厚實了。不過這都是小毛病，無傷大雅。總體來說，我還是很喜歡五行塔的。」

說完這句，他才意識到可能說錯了話，於是吐吐舌頭，低頭吃飯。

「不管怎樣，今天還是謝謝大家都到五行塔來做客。如果只剩我一個人，我不知道該如何面對這一切。」林媛再次表達了她對我們的感謝。

晚飯後，我們轉移到與餐廳相鄰的休息室裡。

林媛和劉豔去了陸向紅的房間，替她送晚飯。我隱隱感覺有點不對勁，爲什麼陸向紅總是不肯露面？按理說，這樣做是非常沒有禮貌的，難道她有什麼不能見客的原因？如果有，那到底是什麼呢？

「老實說，林先生的自殺眞的很可疑。我看過當年周健案子的報導，也是周圍親人紛紛證明他沒有自殺的理由。」高雲龍晃動著手中的紅酒杯，「對於這樣棘手的案子，警察也是束手無策啊！感覺像是被魔鬼操控了意識呢！對了，你們有沒有聽說過降頭術？」

我當然聽說過，據說那是流傳於東南亞地區的一種巫術。降頭的本質，即是運用特製的蠱蟲或蠱藥做引子，讓人無意間服下，對人體產生特殊藥性或毒性，從而達到害人或者控制人的目的。

見我們沒有反應，他又道：「如果說林先生被人下了降頭，那麼……」

「這種沒有根據的事，有什麼好討論的？」

成晨看來沒興趣探討這個話題。

「不過……」過了一會兒，成晨卻先開話頭，「不知兩位平時讀不讀推理小說？」

「偶爾會看。」高雲龍道。

「經常讀。」我知道成晨想說什麼，於是搶先回答道，「在推理小說中，有一種詭計，我們姑且稱爲墜樓詭計吧！謎面倒和這次的事件很相像！」

「是的，美國偵探小說家約翰・狄克森・卡爾有一部小說，就是講這麼一個故事。不斷有人自殺，但房間的門卻是從內部鎖住的。那麼，凶手是如何讓一個神志清醒的人從樓上跳下去的呢？」成晨表情略顯得意，似乎在炫耀他的閱讀量。

「可是，那本小說的解答無法解釋這次的案件。」我也不示弱，繼續說，「其實中國也有一位推理作家，挑戰過這種類型的小說。講的是死者自己觸發了房間內的開關，因爲某種原因，他不得不跳下樓。可是，五行塔上卻沒有那個『機關』！」

「我只是想說，會不會有這種可能，有人用推理小說中的詭計，在現實中殺人？」

「怎麼可能！」

小說和現實怎麼能混淆，我無法接受這種事。

很奇怪，不知是因爲喝了太多紅酒，還是其他什麼原因，我的視線突然變得模糊起來。

我伸手摸了一下額頭，發現好燙。

「馬醫生，你怎麼了？」高雲龍看我有些不對勁，關心道。

「有沒有溫度計？我好像有點發燒。」我問。

「我去拿。」

成晨起身離開，過了大約五分鐘，取來了電子溫度計。我接過溫度計，然後對準耳朵開始測量，螢幕顯示的結果是三十九度。

「真的發燒了。」我覺得渾身沒有力氣，暈乎乎地說，「感覺渾身好燙，又好冷。」

「馬醫生，不如先回房休息吧？」高雲龍說道。

我點點頭，由他們倆攙扶著我上樓，回到自己的房間。一踏進屋子，我就倒在了床上，沉沉地昏睡過去。

冷汗順著我的脖子往下流，濕透了貼在我背脊上的衣服。

渾身好熱，忽然又變得很冷。

不，還是好熱，感覺自己待在火焰山，骨頭都要被融化了。

忽然，窗外一陣雷聲炸響，緊接著便是暴雨傾盆。房間的窗戶沒關，雨水都打進了房間，有些雨滴甚至打濕了我的臉頰。

高燒讓我產生了幻覺，整棟五行塔似乎都在發出嘶嘶嘶的聲音。像是在黑夜中暗自呢喃，又彷彿是在爲某人的生命禱告。

我勉強睜開雙眼，看見窗外都是白茫茫的一片。

是雨還是霧？

可是我好累，不想動。我好熱。

我在發燒，感覺好難受。好燙，渾身都好燙。

奇怪。

爲什麼，爲什麼就連飄落在我臉頰上的雨滴，都是滾燙的？

5

「快醒醒，不好了，出事了！」

迷迷糊糊中，感覺有人在用力搖晃我的肩膀。

我吃力地睜開雙眼，看見了高雲龍的臉。那張漲得通紅的臉因爲恐懼而扭曲成一團。他喘息的聲音很大，剛才可能劇烈運動過。

「馬醫生，林震……他死了！」

「什麼？」我愣了片刻，隨即意識到了事情的嚴重性，「在哪裡？怎麼會這樣，林震怎麼死的？」

「摔死的。」高雲龍答道。

「這……」我想起了關於高塔詛咒的傳說，一時語塞。

也許是看穿了我的心思，高雲龍說道：「林震的屍體是今天早上發現的。六點左右，劉營章準備開車去城裡採購一些食品，誰知卻看見了林震臉朝下，趴在地上。劉營章上前推了兩下，才發現林震已經死了，頭部周圍全都是鮮血……」

「頂樓的那個房間？」

「是的。」高雲龍點點頭。

「難不成……」

「是的。」高雲龍閉上了眼睛，「如果不是我親眼所見，我也不敢相信。那間屋子的門，是從內反鎖的。我們好多人輪番去撞，才撞開。所以可以肯定，門一定是從內用插銷鎖上的，唯一能通向外部的，只有窗戶……」

難以置信，難道五行塔眞的有詛咒？

我感覺眼前一片模糊，險些摔倒在地。

「走，去看看林震。其他人呢？」我手忙腳亂地披上外套。

「都在樓下。」

我看了一眼掛鐘，六點四十分，然後便隨高雲龍下了樓。

當我們趕到現場的時候，林震的屍體已經被人用一塊床布蓋住了。我看見林媛已經癱倒在地，成晨把她扶起來，她就開始大哭。一直躲在房間裡的陸向紅也在，只見她一頭短髮，顯得很精神，雖然人過中年，容貌也沒有太大變化，風韻猶存。和林媛不同，她面無表情地看著地上的林震，一言不發。劉豔也在痛哭，雙手捂住嘴，不讓別人看到她的表情。劉營章夫婦則在一旁，盡量安慰著大家。

「有沒有報警？」我問高雲龍。

「報了。」

「警察怎麼說？」

「正在趕來。」高雲龍歎道，「可是，不知道什麼時候能到。」

「這話什麼意思？發生了殺人事件，不是應該立刻出勤嗎？」我加重口氣道。

高雲龍看了我一眼，用一種非常沮喪的口吻說道：「警察說，原本可以馬上就到。只不過因爲昨天暴雨，引發山體滑坡，泥石流把從警局通往五行塔的唯一一條路給堵了。不過他們保證，一定盡快趕來，希望我們不要破壞現場。」

「不要破壞現場？那就這麼讓他躺在地上！」

原本平靜的陸向紅，忽然朝高雲龍吼了起來。

「可是……」

「不行！必須把他搬進屋子裡。如果你們不幫忙，我自己來。」

說著，陸向紅便挽起袖子，打算搬動林震的屍體。

我也看不過去，上前幫忙。於是，在大家齊心協力下，終於把林震的屍體搬進了五行塔。在一樓找了一間空房，暫時把屍體安置下來。放好後，眾人又回到了大廳。

沒人說話，空氣中瀰漫著恐懼的氣氛。

又過了好一會兒，才有人開口說話。

「這地方沒法待下去了，我建議警察來了之後，大家立刻離開。」高雲龍提議道，「在此之前，大家最好待在一起。這鬼塔太詭異了……」

「你是說，這塔裡眞的有鬼？」劉豔表情驚恐，顯得很害怕。

「怎麼說呢，就是有點不太對勁……」高雲龍補充道，「我覺得還是遠遠離開這裡比較好。雖然我是科學的信徒，可是已經發生了那麼多事，絕對不是偶然！」

「說到奇怪的事……」劉豔抬起頭，「昨天晚上，不知道大家有沒有感覺到……」

「我聽見了奇怪的聲音。」高雲龍打斷了劉豔，說道。

「是嘶嘶嘶的聲音嗎，像蛇一樣？」我忙舉起了手，對高雲龍說，「我也聽見了。不過，我不確定是不是幻聽。畢竟我還在發燒，聽覺不是那麼敏銳。」直到現在，我的高燒也沒有退下，渾身使不出勁，感覺還是暈乎乎的。此刻我只想回到床上睡覺。

「其實我也是半夢半醒，不敢確定。」劉豔歪著腦袋說。

當大家都在激烈討論的時候，坐在劉豔身邊的陸向紅依舊沒有開口。林媛悲傷過度，整個人失去了往日的神采，頹然仰躺在沙發上。我們除了等待警察，什麼都做不了。坐以待斃的感覺眞糟。

遺憾的是，我還天眞地以爲，事情已經告一段落。

但是事實上，那卻只不過是一個開端而已。

用過了劉營章夫婦爲我們準備的豐盛晚餐，大家團團圍坐在餐桌旁，商量對策。期間，我用溫度計測試了一下體溫，還是高燒不退。其實不用量我也知道，身體忽冷忽熱，非常難受，肯定沒有痊癒。陸向紅不知是和我一樣身體抱恙，還是因爲林震的死對她傷害太大，晚餐隨意吃了兩口，便不顧眾人阻攔回房間休息了。反觀林媛倒是強打精神，認眞地聽了在座各位的建議和對此事的看法。幾乎所有人都認爲，林震的意外，不是人力所能解釋的。

「話是這麼說沒錯，可我還是難以相信。」高雲龍伸手把玩著眼前的白色骨瓷茶杯，「或許我們看漏了什麼也說不定！」

「可是，接二連三地發生這種事……」林媛欲言又止。

「在警察來之前，我覺得還是別輕舉妄動的好。」劉豔眉心擰在了一起，戰戰兢兢地說道。也難怪，雖然是林志堅的私人秘書，但她也只是一個二十出頭的小女孩，在經歷了兩次離奇死亡事件之後，她的心理防線早就崩潰了。

林媛點頭道：「我贊成劉豔的提議，爲了防止下一起意外發生，我們最好……」

「眞是可笑！」

說話的人是成晨。

「哪裡可笑了……」

「你以爲在拍電影嗎？五行塔內潛伏著殺人凶手，是嗎？你們如果想留在一樓等待警察的話，我絕對不會反對！不，應該說雙手贊成才對！只是我可不奉陪了。我覺得累了，回房。」成晨略帶諷刺地說道。講完這些話，他就頭也不回地上樓了。

林媛看著她丈夫的背影，淚水在眼眶裡打轉。

這時，我突然想起了林震生前曾和我說過的話。

「我想去樓上看看，有人一起嗎？」這時，高雲龍突然站了起來，似乎想到了什麼。

「我陪你去。」我說。

左右無事，上去看看也好。

其他人似乎對頂樓的那間屋子沒有興趣，只是坐在原處。見沒人再附和，我和高雲龍便沿著樓梯朝上走。高雲龍一直在想著什麼，上樓的過程中我們沒有對話。

來到門前，我用拳頭輕輕敲擊了幾下。

門發出咚咚咚的聲音。

「這門好堅固！」我轉過頭去問高雲龍，「你們力氣好大！」

高雲龍用手揉了揉肩膀，苦笑道：「別談了，差點兒撞得脫臼！這可是銅門，你以爲是木頭做的嗎？」

我想，即便是實木門，要用肉身去撞，也是夠嗆。

踏進這個房間，我就感到一陣寒意。房間的布置很尋常，就是桌子、椅子、床、櫃子等尋常家具。與眾不同的是，這間屋子裡所有的東西，甚至連地面，都是用純銅打造的。正如我的房間，無論是家具還是擺設，都是用的玻璃。

「感覺好奇怪。」

我向床上望去，見到是一張銅床。床上的被褥被主人揉作一團，隨意地丟棄在一邊。高雲龍在房間裡來回走動，像是在尋找什麼的樣子。

「需不需要幫忙？」我故意這麼問。

他沒說話，只是衝我搖頭。

房間的窗戶是從內往外推開的。我站在窗前，往下看去。雖然才五層樓，可是因為每層樓的天花板都特別高，而且加上層與層中間還有旋轉樓梯的距離，往下看去有種站在十幾層高樓的錯覺。從這裡掉下去，致死的機率非常高。

風太大，吹得睜不開眼。我關上窗戶，然後轉過身。由於轉身的幅度太大，不小心撞到了身後那張銅桌的桌角，疼得我齜牙咧嘴。因為撞擊的關係，原本放在桌上的杯子突然倒了，從杯子中流出的咖啡，滴在了我的手上。

——眞倒楣！

我扶起杯子，拿出口袋裡的手絹，把桌子擦拭乾淨。

「我知道了！」

高雲龍驀地在我身後大聲喊了起來。

「什麼？」

「我都知道了！」高雲龍看著我，雙眼放光，「五行塔的秘密，我已經知道了！」

「是……是什麼秘密？」

我被他的樣子嚇壞了。

「現在我要去證實一下，是的，只有這樣才解釋得通！」高雲龍異常興奮，不斷用手指敲擊著那扇銅門，「秘密就在這裡，原來如此！眞是踏破鐵鞋無覓處啊！馬醫生，我的預感一直沒錯，林志堅和林震都是被謀殺的！殺死他們的人，此刻就在五行塔之中！」

「高先生，你沒開玩笑吧……」我試圖讓他安靜下來。

「當然沒有，我非常認眞。好了，不和你多說了，現在我要去一個地方。只要見到了『那個東西』，一切都會解決的！」他話音甫落，便離開了房間，朝樓下跑去。

聽著他急促的腳步聲，我的心裡忽然一陣惆悵。

也許是預感。

因爲當時我還不知道，這是高雲龍生前，與我說的最後一句話。

6

渾身痠痛。

看來，高燒還是沒能退下去。是被細菌或者病毒感染了吧？高燒最常見的就是這種情況。發熱時人體免疫功能明顯增強，對清除病原體和促進疾病的痊癒有著積極的作用，可是如果持續高熱，後果也會很嚴重。

我睜開眼睛，想知道現在幾點。可是原本應該放置掛鐘的地方，卻是空空如也。

——怎麼回事？

我伸手揉了揉眼睛，定神再看，還是沒有。難道是高燒太久，燒糊塗了嗎？我勉強從床上坐起身，感覺房間的天花板在旋轉。

起床後才發現，掛鐘並沒有消失，而是掉在了地上，碎了一地。

鐘面的材質是玻璃，從牆上落下，自然是粉碎了。也許是沒有在牆上釘牢固吧，我想。可是玻璃破碎這麼大的動靜，爲何我一點印象都沒有？看來生病的時候，人類的感官都會隨之衰退。這時候，就算有人把我從樓頂丟下去，我也不會反抗。

直起身子打了個哈欠，感覺口渴，趕緊給自己倒了一杯涼開水。高燒要多喝水，這是就算不當醫生也會知道的常識。

當我準備倒第二杯的時候，一串急促的敲門聲打斷了我。

「馬醫生，您醒了沒有？」

是劉豔的聲音。

我打開房門，見她的表情有些僵硬，忙問道：「有什麼事嗎？」這時候，我心裡已經有了一些預感——事情正在往極壞的方向發展。

果不其然，劉豔指了指樓上，說道：「好像出了一點麻煩。」

「麻煩？」

「門……門打不開了……」

「什麼？」我追問道，「你是說林震出事的房間，又被鎖住了嗎？」

「不，您誤會了！」劉豔搖頭否認，「是四樓的廁所，門被從內反鎖，打不開了。非常奇怪，大家都在四樓，您要不要去看一下？」

劉豔說的四樓，也就是被稱爲「木之間」的樓層。

「走，我們去看看！」我披上外套，就和劉豔上了樓。

走樓梯的時候，劉豔在前，我在後。她的速度很快，可能是發燒的關係，雖然我緊跟著，但有些吃力，不一會兒就開始低頭喘氣。這時，我發現木質樓梯上有些開裂，邊緣也有些凸起。

「小心腳下，別摔著了。」我提醒劉豔。

她點了點頭，但沒有放慢腳步的意思。

來到「木之間」的廁所門口，我對彎著腰守在那兒的林媛招了招手。

「高先生呢？」林媛沒有回應我，而是問我身邊的劉豔。

「不在房間裡，房門也沒鎖。」

「找不到他？」

「是的。」

我環顧四周，發現除了成晨和陸向紅之外，其餘的人都到齊了。

大家神情焦灼地看著廁所的木門。

「被什麼東西頂住了。」成晨愁眉不展地說，「具體是什麼，還不清楚。」

「不如撞開看看？」我提議道。

「看來也只能這樣了。」

劉營章擺了擺手，提議道：「有東西從內部頂住，撞門是行不通的。把整個門從合頁的地方卸下來吧？」

不愧是五行塔的管家，經常處理家務，對這種事很在行。他下樓拿了工具，然後慢條斯理地拿螺絲刀卸下一顆顆螺絲，最後在我和成晨的幫助下，將整個門搬移開來。

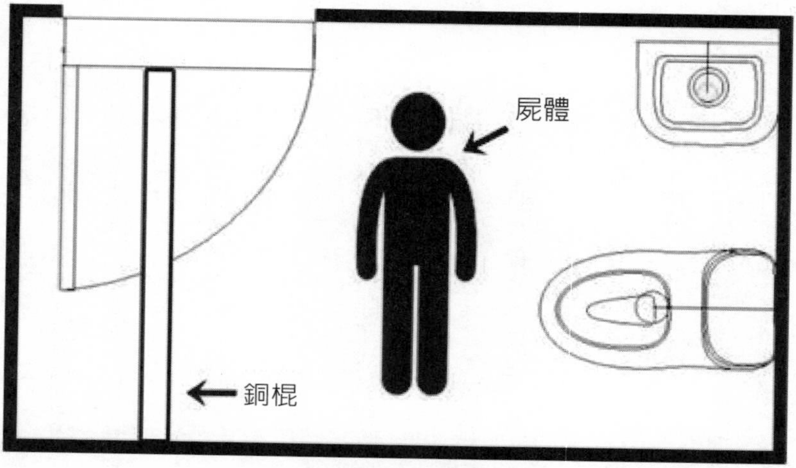

詭計說明圖示

就在廁所的木門離開原來位置的瞬間，一股惡臭朝我們撲來。

我下意識地用手捂住鼻子，然後抬起頭，打量了一下廁所裡的情況。就在這時，我看見馬桶前大約一公尺的位置上，垂吊著一個人。不，應該說是一具屍體。

高雲龍的屍體！

老實說，我很少受到這樣的震動，但是這時，我眞的被震住了！

從他身上傳過來的那股氣味，實在是令我難以忍受。

身後的成晨突然跑到馬桶邊上，然後蹲下身子抱住坐墊，哇的一口吐了出來。一股濃烈的酸味在空氣中瞬間瀰漫開來。

「發生什麼事了？到底怎麼回事？」

我的心中十分亂，一時間根本出不了聲。

林媛在我們身後問道。但當她把頭探進廁所之後，她也不說話了。她搖搖晃晃地走進廁所，看起來受了很大的刺激。

但令我更在意的，是橫在廁所的一根長約一百五十公分的金屬管子。就是這根管子，從內部抵住了廁所的門，讓門無法推開（現場如圖所示）。

見到這樣的情況，劉營章和熊萍也嚇得縮成了一團。

直到這時，我紊亂至極的思緒才得以略微緩解。我大聲喊道：「不要亂碰廁所裡的任何東西！」接著，又衝著身後的人喊道，「大家先退出去，我們要保護現場，現場很有可能有凶手的指紋或者其他什麼線索，直到警察來爲止。」

死者的眼睛似乎還沒有閉上。

我不敢去看高雲龍的表情。

「再怎麼說，要不要先把人放下來？」劉營章提議道，「總這麼吊著，也不好。」

「是啊，要不先搬下來？」

成晨搖晃著站起身來，情緒沒有剛才那麼激動了。

既然如此，我也不好拒絕。於是我們三人忍住惡臭，把高雲龍的屍體放下。那根勒住他咽喉，令他喪命的繩圈，還懸掛在天花板上。

我們三人輪流退出廁所，劉豔、熊萍、林媛三人，則臉色蒼白地站在門口。

「林太太應該還在房間裡吧？」熊萍不安地皺著眉頭。

「不管怎樣，先把各位叫起來吧，到一層客廳集合。」

成晨說話的口氣非常乾脆。

接著，我和林媛一起去了四樓，首先敲了敲陸向紅房間的門。過了好一會兒，陸向紅才打開房門。她有些警覺地看著我們，問道：「怎麼了？」

我不知該如何回答這個問題，於是把目光投向了林媛。

「高雲龍先生死了。」

林媛看了一眼陸向紅，語氣沉重地說道。

「我們就在這兒等著警察吧。」

成晨歎了口氣，顯得有些無奈。他將五行塔裡的所有人都喊到了一樓客廳集合，然後對大家做了進一步的說明。

「門被管子從裡面抵住了，所以……高雲龍是自殺，對嗎？」

劉豔雙手用力扯著一塊手帕，聲音中帶著哭腔。

成晨點頭道：「只能這麼解釋了。廁所沒有窗戶，只有上方的換氣孔。剛才我粗略地檢查了一下，上面覆蓋著一層厚厚的灰塵，不像是有人動過。如果這樣的話，除了高雲龍以外，沒人能夠進入廁所。」

——不對勁，話雖如此，但是我感覺沒有這麼簡單。

「如果是自殺，他爲什麼要這麼做？」林媛問道。

「或許是畏罪自殺吧！」劉豔答道，「恐怕他和林先生的死有關。警察快要來了，所以越想越害怕，就自我了斷了。」

——說不通！這個理由，說不通！

成晨正色道：「現在我們能做的，就是安靜地等待警察來。我們都是外行，無論怎樣的猜測都是徒勞的。唯一可以確定的，是高雲龍一定是自殺……」

「不！」我提出異議，「我不這麼認爲！」

「那如何解釋廁所的密室狀態呢？我已經說過了，換氣孔沒有被人移動過，即使有人動過，這麼小的空隙，別說成年人，就算孩子也無法通過。」

成晨瞇起一隻眼睛，略帶蔑視地說道。

「我不知道兇手是怎麼辦到的，但是……高雲龍不會自殺！」

「爲什麼！你有證據嗎？」成晨訓斥般，對著我大聲喊道。

耳邊聽到了警笛聲。

這時，我的心中十分亂。

「高雲龍不能自殺。」我說。

警笛聲越來越清晰，我彷彿能夠聽見警車輪胎摩擦地面的聲音。他們快到了，我也快支撐不住了。頭眞的好暈。

「什麼？爲什麼不能？」

林媛愕然地望著我。

「因爲他辦不到。」我有些站不穩了，伸出手扶住了手邊的沙發靠背，「沒有墊腳的東西，繩圈這麼高，他爬不上去！」

——不行了……

我眼前一黑，仰面直直地倒了下去。

那一瞬間，我聽見了驚叫聲、哭喊聲、吼叫聲……

還有警察破門而入的聲音。

推理櫥窗

《連續自殺事件》 約翰·狄克森·卡爾著

歷史教授亞倫·坎貝爾受邀參加家族會議，商討親戚安格斯·坎貝爾自古堡塔頂房間墜樓身亡的後續事宜。安格斯死前簽過一份高額保險，並附上「如果保險人自殺死亡，受益人將得不到任何保險金。」這樣一則條款。塔頂房間趨近於密室，唯一的出入口只有一扇無法攀爬的高窗，於是眾人都在謠傳，墜樓事件是因為古堡的幽靈在作祟……基甸·菲爾博士受好友柯林·坎貝爾（安格斯的弟弟）邀請至古堡協助調查墜樓事件。不相信幽靈傳言的柯林決定回到塔頂房間過夜，不料，隔天卻又再次發生密室墜樓事件！

●此書使用詼諧幽默的筆調書寫，以巧妙的密室設計、不可能犯罪構思而成，廣受讀者好評，被譽為「卡爾最成熟的小說之一」。

第二部　張戰峰的刑偵筆記

燭火因空氣流動而微微左右搖晃，桌上的影子也緩緩變形，室內充滿緊張氣氛。就在此瞬間，一直困擾我們的「人狼城秘密」即將從蘭子口中迸出。

——二階堂黎人《恐怖的人狼城》

1

如果不是這起案件，恐怕我一輩子都不會知道五行塔這棟神秘又古怪的建築物。至於五行塔究竟是一個什麼樣的所在，對我來說，直至今日，都可以說還在五里霧中。唯一可以確認的是，它注定將是我職業生涯中的污點。

我叫張戰峰，是騰衝公安局的刑警，經手辦理的都是一些惡性案件。其中，凶殺案占大部分，包括兩年前震驚全國的猴橋鎮連環殺人事件，我也有參與，並且與重案組同仁協力將凶手捉拿歸案。可是，在我豐富的刑警生涯中，卻從未遇見過比五行塔殺人事件更「奇特」的案子了。

請原諒我的詞彙匱乏，除了「奇特」之外，我再也找不到合適的詞語來形容這起案件。不是血腥，我見過把屍體分成一片一片，然後存儲在冰箱裡，吃了大半年的食人魔；不是恐怖，我辦過一起在凌晨兩點的墳地，發現兩具穿著壽衣的被害人屍體的殺人案件；也不是凶殘，我追捕過一個身背三十六條命案的亡命之徒，他裝備精良，荷槍實彈地和警察交火！

我用「奇特」來描述，是因為在五行塔事件中，發生了只會存在於偵探小說中的故事情節——密室殺人！

故事還是要從二〇一五年八月的一天說起。

我們接到一通報警電話，說是在某地發生了墜樓事件，疑是自殺。於是我們便出動了警力前去調查。可惜天公不作美，由於暴雨引發了山體滑坡，通往五行塔的唯一通道被泥石流堵住。疏通搶修工作持續了一天，警車才得以繼續前進。

「這真是一棟奇怪的房子啊。」

到達五行塔之後，隨行的青年警員李帥鵬不由發出了這樣的感慨。小李是我多年的搭檔和助手，與我東征西戰好多年，能吃苦，不怕累。唯一的缺點就是太天眞，喜歡把什麼事都想得簡單。

到達五行塔後，我發現這裡看上去遠不如相片上那麼光鮮。整體給人的感覺非常凌亂，草木蕪雜的樣子。特別是靠近五行塔的植物，無論是雜草還是野花，或者是一些叫不出名字的樹木，都比遠處的植物高出很多。其中的原因，恐怕要讓植物學家來解釋了。

當我們進入五行塔時，聽見了一陣騷亂的聲音。一樓客廳裡站了六個人，沙發上還躺著一個，據說是高燒太厲害，暈了過去。他們見到我們，像是見到了救世主般，一擁而上，開始七嘴八舌地講述事件的經過。我先做了個安靜的手勢，然後說道：「大家安靜，我只有一雙耳朵，你們這麼多張嘴，我聽誰的？待會兒我給大家足夠的時間。現在我們必須去勘查一下現場。」然後轉身吩咐小李：「我們去案發現場搜查取證。」

那個叫成晨的建築師告訴我們，在報警之後，四樓的廁所又發生了一起命案。死者名叫高雲龍，同樣也是建築師。他在廁所裡自縊，並且用一根一百五十公分左右的銅管從內部抵住了門。因爲門是往裡推開的，被銅管抵住，他們只有把整個門卸下才能進入。雖然這在一定程度上破壞了現場，幸好當時有很多目擊者在場，開門的劉營章不至於說謊。

「先去四層的廁所看看吧！」我對小李說道。

「我陪你們一起吧！」建築師成晨自告奮勇地要當指引。這裡我們不熟，他願意帶我們去，那最好不過。我忙向他道謝。

上樓之後，我才發現了五行塔的秘密。這也怪我太後知後覺，原來這棟建築叫作五行塔是有原因的。它的每一層所用的建築材料，是對應金木水火土五種元素的。

「第一層使用的是泥土啊？那房子是不是很不穩固？」我提出了一些疑問。

「不會，這點請放心。用夯土來造房子，這種技術，中國某些地區還在使用。」

「哦？」我饒有興致地看著成晨。

「用原木製成牆體模型，然後用大量潮濕的泥土填入，再用一定重量的工具夯實。」成晨見我有興趣，也很配合地開始了解說，「張警官質疑土牆的牢固程度，這大可不必。只要在土牆裡面嵌入一些構造柱和圈梁，就可以把土牆撐住，就好像肉裡面有了骨頭，即使激烈搖晃，建築也可以被支撐住。而且在土料裡面加入非常少量的石灰或者水泥，百分之五左右，就可以大大提高土牆的強度。」

「夯土是不是像電視劇裡演的，用木頭錘子來回敲打？」我想起了曾經看過的一部古裝歷史劇。

「哈哈，當然不是。從前古人用的是木質的夯錘，現在早就換成鐵質的了。而且不是手工來操作，大都是小型機械代替手工，這樣也可以大大提高夯築的緊實度，讓牆體更堅實。另外，在土牆裡面加入一些竹筋和木銷，也可以起到一定的拉結作用，就好像在混凝土裡面加入鋼筋，可以讓牆體不那麼容易崩壞。」

「原來如此，眞是神奇！」

「而且當年建築師在設計五行塔的時候，一定考慮過抗震這方面的因素。」

我邊走邊欣賞五行塔的內部結構，不禁嘖嘖稱奇。當初設計這棟建築的設計師，究竟是出於什麼樣的考慮，才把五種元素糅合在一起的呢？五行塔與其說是一座建築，毋寧說是一件不可多得的藝術品。

四樓的廁所有五六平方公尺大小，盡頭是馬桶和洗手台。屍體被發現的地方是離馬桶半公尺多一點的位置。我看了一眼，對身邊的小李說：「看出什麼問題了嗎？」小李看了看我，表情木訥地搖頭。

我指著馬桶說：「你不覺得離死者上吊的地方太遠了嗎？廁所裡沒有可供他墊腳的東西，死者是怎麼把自己吊上去的？」小李愣了片刻，輕聲道：「你的意思是……謀殺？」我鄭重地點了點頭。這時，身邊的成晨也開口了：「在你們來之前，馬醫生也這麼說。但如果高先生不是自殺，那銅管抵住門是怎麼回事？凶手如何辦到的呢？」

「密室殺人！」小李突然雙眼放光，「老大，這可是密室殺人啊！」

「你閉嘴！」

「眞的，眞的是密室殺人！終於讓我遇見了！」小李激動得難以自已，「老大，難道你不激動嗎？這個廁所，是貨眞價實的密室！」

我別過頭不去理他，開始觀察整個空間。與眾不同的廁所，牆體也沒有貼瓷磚，都是木質的材料。頂上有個長寬各約十公分的換氣孔，但仔細看去，會發現一張蛛網罩在上面。如果想不破壞蛛網打開這個換氣孔，是不可能的。

「地面是什麼材料？」我問成晨。

「應該是用特殊製作的竹子做的地板。」

「很堅固啊！」

「是，竹子因爲是植物粗纖維結構，它的自然硬度比木材高出一倍多，而且不易變形。」

我蹲下，用手輕撫地板，感覺到有一點奇怪。

「這裡不對勁啊。小李，你來看一下。」我指著地板說道，「怎麼感覺有點傾斜？」

「確實些傾斜，因爲要考慮到排水的坡度啊！」成晨笑著說道，「張警官，看來你沒有裝修過房子吧？」

我在老房子住了幾十年，對房屋裝修的情況，自然是一竅不通。

「也許這個廁所，原本應該是打算造成淋浴房的吧？你看，排水孔位置靠近門這邊。

為了能夠順利排水，排水孔另一邊必須墊高，這樣水才會從高處流往低處。由於排水孔所處的位置不同，所以也沒有統一的標準，排水孔在房子中間的話，從牆邊到排水孔坡度應為零點五，如果排水孔位置靠邊，從這頭到那頭坡度應小於一。」

「這個廁所的坡度很大啊，我站著都能明顯感覺到。」

「一般廁所的坡度在百分之一到百分之三之間，主要是要考慮排水孔所在的位置，如排水孔在房間中部，那排水坡度就可適當小一些，像這間廁所，排水孔所在的位置比較偏，而且考慮到竹子和瓷磚不同的特性，排水坡度就適當大一些。」

「原來如此！」

成晨的專業回答，解決了我的疑問。我站起身來，環顧這間沒有出口的房間。凶手是如何辦到的？暫時還沒有答案。

「去樓上看看吧！」我對小李說，「就是那間被詛咒的金屬盒子。」

2

房間很堅固——這是我對頂層，也就是成晨口中的「金之間」的第一印象。

地上牆壁都是用純銅打造，用指關節敲上去，還會發出響亮的聲音。我站在房間中央，眞有種置身於金屬盒子裡的感覺。連天花板都是金屬做的。

「就是從這裡跳下去的，這也是房間裡唯一的窗戶。」成晨推開窗，對我說。

「據說之前的屋主也自殺了，是吧？」

「沒錯。」

「所以大家都覺得這是被詛咒的房間？」

「都是謠傳罷了。」

「喔？」我揚起了眉毛，「看來成先生你並不相信存在詛咒這件事？」

「怎麼說呢，我是個不可知論者。在超出自己認知範圍的事件，我不會下結論。畢竟每個人都有局限，就算科技發展成今天這樣昌明，人類也不可能知曉所有的事。」

「不愧是文化人，說出來的話就是不一樣。」我嘴上這麼說著，心裡卻想，如果林震的死不是一件意外，那又意味著什麼？是不是有什麼人，本來就想謀害他呢？

「哪裡，張警官過獎了。」

「對了，關於林震的墜樓案，不知成先生有什麼看法？」

「問我嗎？」

「請不用緊張，我只想聽聽當事人的想法。」

「我覺得……應該是自殺吧……」

「可是大家似乎都不這麼認爲。」

「不然還能怎麼解釋？要我說世界上有幽靈，一把將林震推出了窗外？其實在很早以前我就懷疑林震有憂鬱症傾向。」

「喔？你的妻子知道這件事嗎？」

「是我自己觀察的。憂鬱症的人雖然表面上和我們無異，但在獨處的時候會非常消極。我曾經在夜裡見到林震暗自垂淚，他哭得很傷心，但我不知道是爲了什麼事。」

「可是前屋主周健也自殺了，你覺得也是憂鬱症嗎？」

「我不認識周健，所以不敢斷言。」成晨低頭沉吟片刻，又抬頭說道，「不過，是巧合也說不定呢！」

「巧合？你的意思是……」

「無論周健也好，林志堅也罷，包括最後發生悲劇的林震。這一切都是巧合。張警官，你做警察這麼多年，應該知道，現實是比小說還要離奇的。對了，你有沒有聽說過〈黑色星期天〉這首歌曲？」

「那是什麼？」小李插嘴問道。

「這首曲子誕生於一九三二年的法國，是一首純音樂，主要由鋼琴伴奏，在一九四五年被毀。」這時，成晨突然咧嘴一笑，顯得很猙獰，「你們知道爲什麼嗎？」

我和小李紛紛搖頭。

「〈黑色星期天〉被稱爲全球三大禁曲之一。傳說在這首歌流傳的十三年裡，聽過的人，沒有一個能笑得出來。很多人因此患上精神分裂、憂鬱症等，自殺的人數以百計。而且，自殺者留下遺書都說，其自殺原因，是因爲無法忍受這無比憂傷的旋律。張警官，既然歌曲的旋律能夠引起人消極的情緒，那爲什麼房間不行？或許這間屋子裡隱藏著我們不知道的秘密也未可知呢！」

我無言以對。

「好的，好，明白了，我們馬上下來。」小張放下手中的對講機，把臉轉向我，「老大，都安排好了，他們騰出了二層的房間供我們使用。」

「成先生，一起下去吧。」

我衝他點點頭，轉身準備離開。

臨走之前，我的視線瞥到了銅質桌上的那半杯咖啡。

半杯早已涼透了的咖啡。

3

在二層的一間空屋裡，我和小李並排坐著，在身前的桌子上攤開了一本記事本，簡單向眾人做了自我介紹。除了因高燒昏迷的馬醫生，其他人都到齊了。

「好了，各位。」我環視眾人，儘量吐字清晰，「發生這樣的事，我相信大家都覺得非常遺憾。可我們活著的人還是要面對。我知道，這很困難。但是希望各位能夠配合我做好調查工作，早日抓到凶手。」接著，眾人依序進行了簡短的自我介紹。

見他們都很沉默，我又說道：「第二起事件，即高雲龍先生在廁所自縊一事，我提出了不同的看法。據說昏迷的馬醫生也有這樣的觀點——沒有墊腳，高雲龍不可能是自殺。可廁所的門卻被一根一百五十公分長、六公分粗的銅管從內頂住了。目前我們警方還不知道凶手所使用的手法是什麼。」

「就跟推理小說中的密室殺人一模一樣！」小李突然插嘴說了一句。

我瞪了他一眼，繼續道：「除此之外，林震先生的墜樓案也有許多疑點。目前我們警方不排除他殺的可能性。不過……不過和高雲龍的案子一樣，具體操作手法還有待調查。不過我張某在這裡向大家保證，這次的案件一定會順利破獲！請大家放心！」

「我只想回家。」一向沉默的陸向紅突然開口說道。

「放心，很快就能離開這裡了。只要……回答幾個問題，供我們破案參考。」小李道。

「好吧。」成晨換了一個舒服的坐姿，「你們問吧，我們一定如實回答。」

礙於篇幅所限，詳細的詢問環節我就不在這裡錄入了，就大略地記一下。我先是和他們核對了林震和高雲龍的死亡時間，以及發現現場時的一些詳細情況。成晨語速很快，大致能夠答上所有問題，林媛和陸向紅或許是悲傷過度的關係，話很少，基本上都是成晨在做補充。劉營章夫婦反應很慢，通常要問好幾句話，他們才答上一兩句，溝通起來很困難。

「關於發現屍體的現場情況，就先問這麼多了。」我把記事本翻過一頁，「那麼案件發生期間，各位有沒有發現什麼反常的情況，任何事情都行。」

我看著眾人的臉，突然想，殺死林震或者高雲龍的凶手，會不會也在其中。

「特殊的事情？」成晨歪著腦袋，「好像沒有吧……」

「有一天晚上倒是挺熱的。」熊萍剛說完這句話，就被劉營章打斷了，讓她別說這些沒有用的廢話。

「哦，我想起來了！」熊萍突然瞪大了眼睛。

「什麼事？」我忙問她。

「我房間裡的檯燈燈泡被打碎了！」

「燈泡？」

「是的，不知道誰幹的，總不見得是燈泡自己碎的吧！」

「什麼時候的事？」

「今天早上。昨天晚上我睡覺的時候還好好的呢！」

「你確定？」

「當然，別看我這樣，每天晚上我都寫日記呢！」熊萍抬起頭，露出了驕傲的神態。

「這麼一說，我這邊也是。」林媛顰眉道。

「你也和熊萍一樣，檯燈的燈泡被人打碎了嗎？」我問。

「不是燈泡，是茶杯。」

「茶杯？」

「每天晚上入睡之前，我都喝一杯牛奶。」林媛肯定地說，「可是今天早上醒來的時候，放置在床頭櫃上的白瓷茶杯卻碎在了地上。我本以爲是自己睡夢中不小心碰落的。現在想來，恐怕也是人爲的吧！」

「這麼說來，我房間裡的石膏雕塑也被敲碎了。」成晨歎氣道，「我還以爲是誰的惡作劇呢！可惡，那是我好不容易才從歐洲買回國的，一比一大小的複刻版大衛雕像啊！」

我把目光投向陸向紅，問道：「林太太，你的房間有沒有……」

「花瓶。」

「是插花的那種嗎？」

「嚴格來說，是乾隆年製的梅瓶。算是古董。」林媛在一旁補充道。

「太可惜了！」小李抱著頭，極其懊惱地說，「怎麼破壞文物啊！這種傢伙落到我手裡，一定要把他丟到監獄裡去！」

「我碎的是鏡子。」劉豔狀態很差，魂不附體的樣子。

「至於馬醫生的房間……」

「他的掛鐘也被砸壞了。因爲是玻璃的，我早上把他喊醒的時候，看見了地上的指標。」

我低頭陷入了沉思。

這麼看來，在座所有人的房間裡都有東西被打碎了。假設這是凶手做的，那麼目的何在？是在找尋什麼嗎，還是借機洩憤？完全搞不明白。如果不是凶手所爲，那一定是眼前這些人幹的。可我還是想不到有什麼理由，讓他們去做這種既冒險又無謂的事。

「對了，高雲龍房間裡有沒有被打碎的東西？」我突然想到了這個問題。

大家都搖頭，不知是在說不清楚，還是說沒有。

「我去看過，一切都很正常。」小李挪了一下身子，然後補充道，「林震的房間我也去過，也都好好的。沒有被打碎的東西。」

也就是說，所有被打碎物品的房間，住的都是活著的人。

這時，陸向紅忽然問道：「我什麼時候可以走？」

我也禮貌地答道：「林太太，如果您這邊沒什麼可以提供的線索，可以先回房休息。」

「那我們也可以走了，是這樣吧？」成晨先站起了身子。

我點了點頭：「就先到此爲止吧。」和他們聊了不少時間，我也有些疲倦。

大家紛紛從椅子上站了起來，相繼走出了房間。

最後一個準備離開房間的人是熊萍。她的丈夫老劉像是早就忍受不住房間裡沉悶的氣氛，當我剛宣布詢問結束，便快速地離開了。

「對了！」

一隻腳已經踏出門口的熊萍，突然停下了步伐。

「嗯？有什麼事嗎？」我剛點燃了一支菸，抬眼看著她。

「我突然想起了一件事。」

熊萍的神態有些猶豫不決。

她頓了頓，又道：「但我不知道和案件是否有關。」

「是嗎？」我深吸了一口菸，正想吐出的時候，看見熊萍堅定地點了點頭。

「只是一件無足輕重的小事罷了！」熊萍這樣說道。

4

熊萍的話引起了我們的興趣。

所以，我指著一張椅子，對她說道：「你先坐下，別焦急，有什麼事慢慢和我們說。任何小事都別漏。」熊萍看了我一眼，有點不大情願似的坐了下來。

「所以，你所說的小事，究竟是什麼？」我雙手抱胸，好奇地問道。

「咖啡。」

「什麼？」我又問了一遍。

「他們打開了林震反鎖的門後，我也跟著進去了。出於習慣，我注意到房間的桌子很亂，而且還有一杯咖啡。」

「然後呢？一杯咖啡有什麼好奇怪的？」

「這杯咖啡是昨天我給林震送來的，大約是晚上十點。」

「嗯。」我聽不出有什麼問題。

「可是，當墜樓事件發生的那天早上，我再次踏入林震房間的時候，發現咖啡竟然還有一點餘溫。」熊萍說。

我停了片刻，向小李望去。他顯然知道了我的想法，臉色極其難看，雙眉也打起了結。

如果說咖啡是熊萍在死者墜樓前一晚送到的話，何以第二天早上還是溫熱的呢？過了這麼久，無論如何都該變涼了才對。唯一的解釋，就是除了熊萍之外，還有另一個人曾經進入過林震的房間，並且給他送了一杯咖啡。看來，林震墜樓事件又另生了枝節，當然也可以說，多了一項能夠追尋的線索。

「咖啡還在嗎？」我忙問熊萍。

「還在，就是有一部分灑了出來。現在還有半杯。」回答我的是小李。

「快讓鑑識科的人拿去化驗，看看咖啡裡面是否添加了什麼迷幻藥之類的東西。」我用極其嚴肅的口氣說道。因爲我內心深處暗暗覺得，咖啡可能是破解謎團的關鍵線索。

小李聽我這麼說，略呆了一下，緊接著就站了起來，小跑出門外。

致幻劑能影響人的中樞神經系統，引發對時間和空間的錯覺。如果那扇窗對於林志堅和林震來說，不是窗，而是一扇門，也就可以明白爲什麼他們在密閉的環境中，會自己打開窗「走」出去了。

即便是如此解釋，也有諸多令人不解之處。

這個假設如果是正確的，那麼就是有人在林震的咖啡裡下了藥。

那，下藥的人，又會是誰呢？

這時，我心中的疑惑也到了頂點。我看了一眼熊萍，心想，現下至少可以證明一點，應該不會是這個人。因爲如果證實咖啡中有致幻劑，那麼第一嫌疑人就是她。她又有什麼理由把自己置身於危險之中？更何況，她是凶手，又爲什麼要跟我提及咖啡的奇怪之處？

熊萍低聲道：「請問，假如沒事的話，我可不可以……」

「當然，當然，您可以先去忙了。這件事對我們警方幫助很大，謝謝！」

我起身向她表達了謝意。

送走熊萍後，現場勘查工作也差不多接近了尾聲。兩具被害者的屍體已被運走，其餘的警員也都分別將每個人的筆錄整理完善。至於咖啡杯內殘留的咖啡，鑑定報告要等明天才能拿到，所以現在能做的就是耐心等待。

我走出房門，來到四樓的廁所，看見新來的小范正在收拾證物袋。

「有什麼特別的發現嗎？」

「暫時沒有。不過所有可疑的物品都拍照存了檔。」

「凶器帶走了沒？」

「那根繩子是吧，正準備裝袋帶走。」

說著，小范舉起手裡的繩環，在我眼前晃了晃。

「東西不少吧？」

「還好啦，就是那根堵門的銅管子，實心的，沉得很。費了我九牛二虎之力才搬走。」

「小夥子需要鍛鍊啊！」我開玩笑道，「總之辛苦你了！」

「哪裡，張警官今天怎麼這麼客氣！」

我轉過身，正打算離開廁所，忽然看見門外站著一個女人。定眼一看，才發現這人是林志堅的女兒林媛。見我走出來，林媛才緩緩抬起頭來，用一種十分奇異的眼光望著我。

我忙道：「林小姐，你是不是找我？」

她點了點頭，緊接著又搖頭。

見林媛欲言又止，我便知道她一定有事想說，卻又不知該如何啓齒。

「張警官，希望你能抓到凶手。」林媛忽然抽泣起來，淚水，將臉上的妝容都弄花了，

「我求求你，一定要抓到凶手。」

「當然，我一定會盡力的，只不過林先生究竟是他殺還是自殺……」

「我剛才在門外都聽見了。」

林媛仍然在流著淚，但是她的神態卻很平靜。

「聽……聽見什麼？」我問道。

她望了我片刻，才說道：「你和熊萍的對話，我在門外都聽見了。」

我愣了一下，剛想責問林媛，她又繼續說了下去：「不過請你原諒我無禮的行爲。畢竟死的是我的至親，我無法坐視不理。所以我知道，我哥可能是被殺死的。求求你，如果

眞的是凶殺案，請務必要抓住凶手！」

她的眼睛裡充滿了企求的神色。我也不忍再苛責於她，安慰道：「你放心，我向你保證，盡一切力量也會把凶手捉拿歸案。」

林媛沒有再出聲，停了片刻之後，才轉身向後走去。

「對了。」剛走了兩步，林媛又轉過頭來，對我說道，「有件事雖然不重要，但是我還想告訴你，希望對破案能有所幫助。」

「喔？」

「昨天半夜，整棟塔都停水了。」

「你怎麼會知道？」

「因爲我半夜上廁所的時候，發現沒水，無法洗手。因爲太晚了，所以也沒打擾劉營章夫婦。但是下午發現，供水又恢復了。於是也沒有在意。」

「夜裡大概是什麼時候的事？」我往前走了一步。

「具體時間記不清了，我也沒看表。大約凌晨兩點到四點吧。」

「整棟塔都停水嗎？」我追問道。

「是的。樓下的公用廁所我也試過了，沒水。」

停水？這能說明什麼？我陷入了沉思。

「希望能對你有幫助。」說完這句話，林媛便離開了。

我的心中，忽然之間被許多事困擾著。無論是五行塔的五種元素，還是林震房間的咖啡、被打碎的物品，以及剛才林媛所說的半夜停水……

這一切和兩起命案之間，又有著怎樣的關聯？

我不知道。

5

九月十六日，一場突如其來的地震襲擊了雲南騰衝。地震發生後，各級政府部門搶險救災行動隨之展開，省民政廳調運急救物資運抵災區，消防、森警等人員正在災區開展救災工作。據報導，位於雲南騰衝地區的私人建築五行塔，也在地震中被毀。

在報紙上讀到這篇報導時，離五行塔殺人事件，已經過去好幾個月了。

然而，警方對在五行塔發生的一系列案件，依舊束手無策。

且不說林志堅與林震的墜樓案，連高雲龍密室之謎也未能破解。凶手使用的犯罪手法（如果有凶手的話），警方至今無從知曉。

現在，五行塔倒掉了，破案的希望也隨之覆滅。

我闔上報紙，透過窗外眺望遠方，心裡想到的是林媛那時的表情。我辜負了她的期望，面對這起案件，我一敗塗地。

如今記下這段文字，記錄下這一段失敗史，是爲了以此爲鑑，時時提醒自己。

我想，將來或許有人會看到我這段筆記，甚至有人會根據我的筆記，推理出五行塔殺人事件的眞凶，也未可知呢！

推理櫥窗

《恐怖的人狼城》　二階堂黎人 著

十名幸運兒獲得某大製藥公司免費旅遊大獎，受邀參加德國之旅。他們順著萊茵河沿途觀光，來到傳說中雙子城之一的「人狼城」。預計在此住宿三日的旅行團，在隔天一早，發現了一具被壓在大鐘底下的屍體，接著他們被切斷與外界一切聯絡方式，一件又一件慘絕人寰的命案在這古堡中不斷發生……

另一方面應該結束旅行的這十人，卻無人返家！家屬們立刻報警尋求協助，警方認為旅行團可能已遭到意外，正針對旅行團的路線、製藥公司以及旅行社一一進行調查。此謎案引起偵探二階堂蘭子的注意，並決定與堂哥黎人直接前往當地進行調查。

● 此書被譽為世界最長的推理小說，以「詭計勝於邏輯，布局勝於詭計」為創作理念，是新本格推理派的經典作品。

第三部　韓晉的結案報告

「沒想到居然會爲了殺人而特地蓋一棟屋子。」

——島田莊司《斜屋犯罪》

1

打開筆記型電腦查閱了一下，發生在雲南騰衝縣的這起詭異的密室殺人案，離震驚全國的「黑曜館殺人事件」已經過去了整整一年。

在這和陳爝相處的一年內，我們也接手了大大小小數十宗案件。除了協助刑警之外，還有一些案件是以私人委託形式辦理的。大部分的案件都平平無奇，甚至還有人委託陳爝調查婚外戀，眞把他當成了私家偵探。

陳爝曾經在美國加州大學洛杉磯分校任數學系副教授，工作之餘，也會協助洛杉磯警方調查惡性犯罪，是名正言順的「警察廳刑事顧問」。可在中國，即使是他解決的案件，在新聞報導中也幾乎不提他的名字。幸好陳爝本人只對謎案有濃厚的興趣，對於隨之而來的名聲不屑一顧。這樣低調的個性，使得他在我發表「黑曜館殺人事件」之前沒沒無聞，警方也非常樂意讓他協助調查工作。

但在我發表作品之後，不知是福是禍，登門拜訪陳爝解決案件的委託人越來越多。然而，我準備講述的這起案件，卻非委託人上門，而是一起「意外」。

爲什麼我這樣形容呢？請讀者諸君耐著性子，讀下去便知。

那時正值盛夏，我記得是一個休息日的下午。原本和好友石敬周相約去羽球館打球，可當我帶著球拍到達約定地點的時候，他卻給我發了一條短信，說有事不能趕來。大致意思是公司突然開會，很抱歉。我當然很氣憤，可撥過去的電話被他連掛三次，最後直接關機，留我在這個鬧市區，像個笨蛋一樣站在原地。

室外悶熱難當，我決定去身後的商場吹一會兒冷氣，順便喝一杯冰咖啡，再考慮待會兒是回家還是繼續聯絡其他朋友。商場的冷氣很足，瞬間就把暑氣吹散，令我整個人又恢復了活力。乘著電扶梯到了二樓，發現左側有家書店。這年頭，敢在商場裡開書店眞需要一些勇氣。實體書店生存不易，像這種裝修有特色的更是寥寥無幾，不如用實際行動支持一下吧！我心想，下午也沒事，買本書讀也是個不錯的選擇。

打定主意後，我就邁開腳步，朝書店走去。

走到懸疑專區，發現最近新出了不少推理小說，正在挑選時候，突然有個女人站到了我的身邊。我並沒有特意去看她，只是她身上淡淡的香水味，讓我不得不把關注點轉移到她身上。我看見她伸出白皙的素手，在一排書脊上輕撫過去，然後從書架上抽出了一本厚書。書名沒有看清，但從包裝來看，應該是P．D．詹姆斯的偵探小說。

這時，我已忍不住轉過頭去看她。站在我身邊的，竟是一位標致的美女，雖然說不上傾國傾城，但容貌也算豔麗出眾。再仔細看她，隨意半紮著的馬尾，側面勾勒的曲線，都是那麼好看。也許是她注意到了我的異樣，也轉過頭來看我。

「韓晉？」她瞪大雙眼，轉而露出了笑容，「好久不見啊！」

我也看了她半天，才恍然道：「林媛，原來是你啊！你怎麼變了？」

回憶一下子充斥了我的腦海，過往的事情歷歷在目。

林媛上下打量我：「有五年多沒見了吧！你一點兒都沒變呢！你沒認出我來，是不是我的變化很大？」

「也不是……」我笑道，「只是變得……更成熟了！」

林媛的確十分美麗，而且很端莊，有那麼多出色的男士，都爲她著迷。

「意思是我老了？」她莞爾一笑，熟悉的感覺回來了。

最初認識林媛，是在《歷史參考》雜誌社。那時候，我在編輯部入職，而她是銷售部的骨幹。雖然認識，但接觸並不是很多。林媛在雜誌社的時候，幾乎所有單身的男同事都對她有好感。可人家畢竟是女神，又是富商之女，普通人哪裡高攀得起。誰知她最後，嫁給了一位籍籍無名的建築師，從此便辭去了雜誌社的工作，安心嫁作人婦。

嚴格說來，她和我作爲同事的關係，其實也只維持了半年左右。

「你走之後，沒幾年雜誌社就倒閉了。」我們找了一家咖啡館，坐著聊天。

「我聽老陳說了。」林媛用勺子攪拌著眼前的飲料，「現在紙媒難做，何況又是像我們這種小眾口味的歷史雜誌呢。」老陳是我們的主編，一個老學究，喜歡咬文嚼字，脾氣也很固執。但是對於林媛，老陳是一點辦法沒有。不過也是，當年雜誌社誰擋得住這位「林妹妹」的「發嗲」攻勢呢？

「也是。」我喝了一口咖啡，腦中想著下一個話題該聊些什麼。

「對了，你現在做什麼？」林媛突然問道。

「回到老本行，教書唄！」我笑了笑，「偶爾也寫一些小說。」

「小說？什麼小說？」林媛瞪大了眼，似乎很有興趣。

「推理小說。」

「眞的嗎？韓晉，你原來會寫推理小說啊？給我推薦一下，你都寫過什麼小說，有空我一定拜讀。」

「其實也不算啦，我只是把我那位室友的破案經歷如實記錄下來而已，算不得創作。」

「你身邊有沒有嘛，送我一本？」

「等會兒。」我低下頭從公事包裡取出一本新書，遞給林媛，「這本小說記錄了這件案子的破案過程。」

「這個案子我聽說過，據說是陳年舊案，最近才破了！原來是你朋友解決的？」林媛接過書，流露出難以置信的表情。

「是的。」

聽我這麼說，林媛忽然皺起眉，表情變得有些傷感。

「怎麼了？」我不禁問道。

「沒事……」林媛歎了一聲，「我只是在想，那個案子，或許你的朋友可以……」

「案子？」我呆了半晌，才道，「什麼案子？」

林媛低下頭，臉色十分難看，像是在猶豫。過了一會兒，我看見一行清淚從她眼角流出。剛才好好說著話，此時卻抽抽噎噎地痛哭起來，這情景可把我嚇壞了，忙道：「對不起，是不是我說錯了什麼話，惹惱了你？都是我口無遮攔，請你不要往心裡去！」

她哭了好一會兒，才抬起頭，神色茫然地說道：「韓晉，不關你的事。」

「可是……」

「我想到了一些不愉快的回憶。」林媛用紙巾拭去臉頰的淚痕，「我想起了我哥哥的死，還有我父親……」

「對不起……」

「我現在一無所有。」林媛悽慘一笑，然後用一雙楚楚動人的淚眼看著我，「你知道嗎？我的丈夫也和我離婚了。他拿走了我的一切，他毀了我。」

在一剎那間，我的心中忽然起了一陣奇異之感。

聽林媛這麼說，我竟然並不難受。可恥的是，我內心深處竟然還有一絲興奮之情。儘管我不想承認，但要說我對林媛一點感覺都沒有，那也是不可能的。畢竟像她這樣充滿魅力的優秀女性，任誰都不會視而不見吧。

「對不起，除了這句話我不知道該說些什麼。林媛，我知道現在說什麼也於事無補，你一個人承受了那麼多痛苦，我無法體會你現在的感受。你能否告訴我，什麼事我能夠幫助你？我一定盡我所能來幫你！」我的語氣非常誠懇。

「真的嗎？」林媛突然有些激動，忽然向前，湊近我的臉問道。

「當……當然……」

我下意識感到事情不妙。

只見她用很慢的動作，從包裡取出了兩本黑色皮革的記事本，攤放在桌上。

「韓晉，如果可以的話，請你讓你的室友替我解開這纏繞在我心頭的謎團吧！」林媛用她那雙淡褐色的眼睛，向我望了一下，語調十分傷感，令我不忍拒絕。

雖然我知道陳爝在場的話，一定不會答應。

2

「我不答應。」陳爝整個人陷在新買的布藝沙發中，雙手枕在腦後，雙腿則交疊地擱在烏金木做的茶几上，冷冰冰地回了一句，「而且沒有興趣。」

他平時就喜歡這樣，不過今天尤其嚴重，整個人散發著慵懶的氣息。

我追問道：「這種奇怪的案子，簡直是百年難遇啊！你不是自詡好奇心過人嗎？怎麼一點興趣也沒有？」

「沒錯，我是對奇怪的案子有興趣。」陳爝上身微微前傾，眼睛直視我，「可是，你接受林媛的委託，恐怕不是爲了案子本身吧？」

「你別胡思亂想，我只不過把林媛當成好朋友而已，沒有非分之想。」

「是嗎？我可不這麼認為。韓晉，你追女孩我沒有意見，可是別把我拖下水啊！我不想成為你泡妞的工具。」

我看著茶几上的那兩本黑色皮革記事本，心想這次的事情看來要搞砸了。

見我一臉窘迫的模樣，陳爝毫不在意，哼著歌打開了一聽罐裝咖啡，對著嘴喝起來。

「既然你不肯幫忙，那就算了，我靠我自己。沒想到你是這麼冷漠的人。」我氣呼呼地把桌上的記事本收了起來，放進了公事包裡。

「冷漠？」陳爝揚起眉毛，「我可是個熱心腸啊！」

「那你為什麼不看一下這兩本筆記？舉手之勞而已！哦，我明白了。你是怕案子太難，即便看了也白搭，是不是？」我改用激將法。

「韓晉，這招對我是沒有用的。」陳爝的語調起了變化，有些生氣。

——起效了！

「再偽裝也沒用！『五行塔』是連警方都束手無策的案件，感覺上比黑曜館之謎都要困難好幾倍呢！你是不想在我面前丟臉吧？好吧，我原諒你了！」我繼續施壓。

「韓老師，要不要我們打個賭？」

「賭什麼？」我有些心虛。

「如果我能破這個案件，你怎麼辦？」

「只要你肯答應接手這個案子，你讓我做什麼我都願意！從今天起，所有的碗筷都我來洗，髒衣服也包了！總之所有的家務，都交給我來！」

「你確定？」

「當然！君子一言，駟馬難追！」

陳熠看了我一眼，然後從我手中奪過兩本記事本，翻開讀了起來。

「爲什麼五行塔要按照五行元素來搭建呢，眞是奇怪。」我故意問陳熠關於手記的問題，以挑起他對案件的興趣，「對了，你可知道五行的起源，是什麼時候？」

「關於五行學說的起源，一直有很多觀點。古人認爲，萬物由五種相關的基本物質構成，這就是五行。」陳熠抬起頭，看了我一眼，然後又把目光收回到記事本上，「最早記載五行學說的，是夏商時期的《尚書》。書中觀點認爲，是人們將自然界中具有相同屬性的事和物，抽象概括，然後歸入五行，再用五行解釋事物的變化，最終發展爲一種學說，即五行學說。而另一種觀點則認爲，五行與《易經》的陰陽學說有關。總之，五行說的起源，目前尚未有確切的文獻證明。在春秋前，可能已有一種極樸素的五元素說，就是以水火金木土爲構成宇宙方物的五種基本元素。我說的沒錯吧，歷史學家？」

陳熠竟然能夠答上，眞沒想到。至於他嘲諷我是歷史學家，純粹是因爲我大學時念的專業是歷史學，然後又做過一段時間的中學歷史老師。所以，在歷史學方面的知識，我可不會輕易向他認輸。

於是我接著說道：「《尚書》中所記載的，是所謂的『五行物質說』吧！確實，五行物質說在歷史上一直占據重要地位，但我認爲這種說法根本站不住腳。首先，五行並非構成自然社會的五種必需物質，金屬就是可有可無之物。而且以五種物質解釋五行之間的生剋關係，你不覺得牽強嗎？」

「我可沒說贊同，我只是表述給你聽而已。相比顧頡剛先生提出的『天之五星』和郭沫若先生的『手相說』，我認爲『五行物質說』還是比較靠譜的。」

陳熻邊快速翻閱著記事本，邊回答我。

剛才陳熻所說的「天之五星」，說的是人類早期對變幻而神秘的星空非常關注，進而使人們對天象、星象產生膜拜心理。所以歷史學者顧頡剛先生認爲，「五行」一詞的最初含義，是指五星的運行，是人們對天空中不斷變化的五大行星的描述。而郭沫若先生則認爲，「五行」中的五，與人身的手足之數相同，因此，他提出五行源自古人對人體的觀察。

「哈哈，太有趣了！」陳熻捧著記事本，大笑起來，「建造這棟五行塔的人，可眞是一個充滿創意的傢伙！可惜已經塌了，不然我一定要去看看！」

我心想，明明剛才還說沒興趣的，態度轉變得可眞快。

陳熷很快就讀完了馬逸鳴的手記，緊接著拿起了警察張戰峰的那本。過了大約十五分鐘，他才把手中的記事本都丟到了茶几上，再次把自己的身體陷入柔軟的沙發中。

「你讀完了？」我驚訝於他的閱讀速度，「我可是足足看了兩個小時呢！」

「讓我冷靜一下，這次的案件非比尋常，凶手簡直有惡魔的智慧！」陳熷看上去心情不錯，不停地搓著手掌。

「難道你知道凶手是誰了？」我問。

「只要看穿凶手的殺人詭計，推理出凶手的身分不是難事。」陳熷精神奕奕地答道。

「詭計？也就是說，林志堅和林震，確實是被人殺害的對吧！」

「這不是顯而易見的嘛！」

「眞的嗎？太好了！」我高興得簡直要跳起來，「我們快去把這個消息告訴警方吧！這兩宗案件一直被當成自殺來處理，對於死者來說實在太冤了！」

「再給我一天時間。現在，我需要去調查一些事情。具體地點我會通知你，到時候你再把林媛帶來，我會當面向她解釋五行塔事件的始末。」陳熷毫不遲疑地站了起來，然後是一副不容分說的樣子，拿起衣架上的外套就往門外走去。

我看著他的背影，好半天才緩過神來。

3

翌日下午一點左右，我正在和一位女性朋友吃飯，忽然收到了陳熷發來的短信。說他在滬申大學的物理研究室，讓我立刻帶著林媛趕往那邊，過時不候。他總是這樣，我不得不向朋友道歉，並且立刻給林媛打了電話。

我們約好了時間地點，然後叫了輛計程車前往目的地。

陳熷雖然沒有在滬申大學擔任教職，但大學裡不少教授都是他的好朋友，校長曾多次邀請陳熷，但都被他以各種藉口婉拒。至於哪天才會重回校園，可能他自己也說不清楚。或許永遠不會了吧。

我們按照指定地點進入大樓，可能是因為休息日，樓道裡空蕩蕩的，只有我和林媛兩個人。右側是陳熷所說的實驗室，我懷著忐忑的心情，小心翼翼地推開門，心想千萬別搞錯了，萬一打擾大學生的實驗就糟了。

「陳熷，你在哪兒？」

屋內一片寂靜，沒有人回答我。

「該不會走錯實驗室了吧？」林媛在一旁，神色有些不安。

「不會吧？」我又看了一眼手機，然後對了一下門牌號碼，「就是這裡，沒搞錯啊！」

這時我心想，我和林媛只不過遲到了十分鐘，陳熻該不會回家了吧？

不過越想越怕，他似乎就是這種人。

「哇，你們竟然比我還早！」

我轉過頭，看見陳熻正邁著緩慢的步伐，走進實驗室。

「你才剛到？你不是說早就在了嗎！」我怒不可遏地衝他喊道。

陳熻卻一臉不在乎的表情，笑著說：「別生氣，我不就是怕你遲到，所以提早了一點時間嘛。好啦，既然人都到齊了，我們就開始吧。」陳熻說著，便走上了講台。然後背朝黑板，看著我和林媛。我們倆趕忙入座。

「先給你們看一樣東西。」陳熻邊說，邊從包裡取出一個被白色布料罩著的圓柱形的物體，然後置於講台之上。緊接著，他把原本蓋在物體上的布掀開，露出了它原本的模樣。

這時，我聽見身邊的林媛發出了短促的驚叫聲。

我們面前的講台上，放置著一個精巧的建築模型，正是五行塔！

黑色的外殼散發著奪目的光輝，塔的樣式和在照片上看見過的一模一樣。怪不得陳熻說需要一些時間，原來是託朋友去訂做了這座塔。

「五行塔發生的殺人事件，可以說是我至今爲止，遇見過最有趣的案件了。」陳熻忽然意識到說錯了話，朝著林媛微微鞠躬，表示歉意，「抱歉，不過眞的是很有趣。我爲凶手的想像力折服！當然，究竟誰是眞正的凶手，從每個人角度看來，可能會不太一樣。」

「你還不知道凶手的身分嗎？」我問道。

「我知道是誰殺死了林志堅和林震，但眞正的始作俑者，卻不是這個凶手。韓晉，你別著急，聽我慢慢道來，你自然會知道一切。不過在此之前我先要跟林媛小姐說一聲對不起。因爲我畢竟是通過兩份手記來進行推理，很多細緻的線索接觸不到，所以請原諒我過分跳躍的思維。如果有哪裡沒聽懂，我可以再解釋一遍。」陳爝的語速很快，可以看出，此刻他非常興奮。

我和林媛朝他點了點頭，沒有說話，靜靜等待他說下去。

「從馬逸鳴醫生的手記中，我了解到，當年建築師王玨建造了這座五行塔，並用極高的價格賣給了富商周健。周健對五行塔癡心不已，最後出於不明的原因，墜樓身亡。他的縱身一躍，開啓了五行塔的詛咒。林志堅和林震追隨著他的步伐，也紛紛從五行塔的最高層跳了下去。讀的時候，我就一直在考慮一個問題，王玨最後去了哪裡？」陳爝衝著我們狡黠一笑，繼續道，「總算被我查到，他在周健墜樓死亡後的第二年，在美國出了車禍，當場死亡。然而，這裡有個很奇怪的巧合。」

「什麼巧合？」我迫不及待地問道。

「在出車禍的那輛轎車上，除了有王玨，還有一位名叫舒文秀的女人。這個舒文秀，就是周健的妻子。那問題就來了，為什麼舒文秀會死在王玨的車上呢？」陳爝看著我。

「難道……難道王玨和舒文秀有著不正當的男女關係？」

「沒錯！」陳爝拍手道，「王玨從很早以前就覬覦舒文秀。於是，周健就成了橫在他們倆之間的鴻溝。他們要想在一起，必須先讓這個眼中釘消失。」

「那舒文秀何不向周健坦白，提出離婚？」

「那樣的話，她就拿不到周健一分錢了。周健不是白癡，在很早之前就做了準備。如果婚內出軌，舒文秀一分錢都拿不到！」

「所以……你的意思是，王玨和舒文秀聯手謀殺了周健？」我驚奇地問。

「至少王玨有了動機。於是，他花鉅資建造的這座五行塔，就顯得非常可疑。」說完，陳爝用手輕輕地拍了拍那座五行塔的模型。

「你是說有密道和機關？」

「不，沒有那麼簡單。韓晉，如果你所說的機關，是那種螺絲彈簧裝置的話，很遺憾，五行塔是一棟堂堂正正的建築，沒有任何機關和密道。所以，和林志堅、林震一樣，周健確實是從密閉的房間中墜樓的，沒有任何人把他推下去。」

「你的意思難道是沒有凶手？」

「不，確實有凶手！而凶手，就在這裡！」陳爝突然指著五行塔的模型，大聲宣布。

「你瘋了嗎？」我驚呼起來，「你是說，凶手是五行塔這棟建築？」

陳爝似乎無意和我爭執，而是從火柴盒中，取出一根火柴，然後在盒子上擦亮了火柴，接著點燃了桌上的酒精燈。橙色的火苗在跳動，我和林媛聚精會神地看著他右手中的酒精燈。陳爝用左手調整了一下五行塔模型的位置，然後把酒精燈的火苗湊近了五行塔的一邊，然後靜止不動。

他想燃燒這座五行塔模型嗎？火焰跳躍著，試圖攀爬上這座模型塔，可它失敗了。五行塔的模型並沒有燒起來，還是保持著原來的樣子。又過了兩分鐘，陳爝才吹熄了酒精燈。他的右手，始終握著模型，沒有鬆開過。

「韓晉，你上來。」他用左手招呼我，「替我拿一下。」

我立刻起身，走上講台。就在我伸手接住五行塔模型的時候，忽然一陣劇痛從手中傳來！

「啊！好燙！」

——哐噹！

模型塔掉在了地上，幸運的是沒有摔碎。

「陳爝，你什麼意思，爲什麼會這麼燙手？你是不是故意捉弄我？」我非常氣憤。

「你先別這麼激動，韓晉，你沒有意識到，自己剛才已經解開了五行塔之謎了嗎？」

陳熵大聲說道，「你剛才所握的位置，是五行塔的頂端，也就是原塔『金之間』的位置，那裡全部都是用銅製成的。而我握的位置，是『水之間』，由耐熱玻璃和水組成。我們所感受到的溫度，自然是不一樣的！」

那一瞬間，我整個人都呆在了那裡。

——原來如此！

——這，就是五行塔的秘密！

「物質的比熱都不同，所以吸熱或散熱的能力也是不同的。這是熱力學的基礎，任何一個初中生都知道。當比熱越大，該物質便需要更多熱能加熱。不同的物質有不同的比熱，比熱是物質的一種特性，因此，可以用比熱的不同來鑒別不同的物質。好，我們再來看一下五行塔所用的物質，比熱分別是多少。」陳熵轉過身去，分別在黑板上寫下了幾個數字，「泥土的比熱是零點八四、火山岩是零點九二、玻璃是零點六七，可同屬於『水之間』的還有玻璃內的水，比熱爲四點二，木爲一點七，而銅只有零點三九！金屬中，除了零點二四的銀，就屬銅的導熱能力最強了！然後凶手只需要做一件事，就可以讓銅屋中的人自己跳下樓去！」

「什……什麼事……」林媛整個人都在發抖。

「凶手加熱了整座五行塔！」

陳熘說出這句話的時候，物理實驗室裡鴉雀無聲。只能用「瞠目結舌」來形容我和林媛當時的感受。

「凶手加熱了整座五行塔，但大部分人卻只感覺到熱，並沒有嚴重到跳樓。一方面是在深夜，另一方面，大家都留在了比熱爲四點二的『水之間』的樓層，且又有隔離熱層的保護。即使如此，馬逸鳴手記中說過，在發高燒時，還是覺得炎熱，就連窗外飄進的雨水也是滾燙的。大家注意，高燒一般是覺得寒冷，怎麼會感到炙熱難耐呢？言歸正傳，死者沒有那麼好運，他在『金之間』，所有的東西都是純銅打造的，包括床。是以當高溫到達銅屋時，此刻銅屋之門還是反鎖的，而且地上都是鋪著銅面，如果你們置身於這樣的環境中，唯一的選擇，恐怕就是從窗口跳下去了吧！」

「太荒謬了！陳熘，你明明知道這是不可能的！」我緩過神來，反駁道，「五行塔是一座建築，雖然是各種元素造成，但是要多大的火力，才能加熱整棟建築！」

「你忽略了一個問題——五行塔的位置，是在雲南騰衝。有一點地理知識的人都知道，騰衝地處歐亞板塊與印度板塊相撞交接的地方，地質史年代發生過激烈的火山運動。正是由於兩個大陸的漂移碰撞，使騰衝成爲世界罕見並且是最典型的火山地熱並存區。」

「地熱……」我喃喃道。

陳熘又從包中取出一張不知何處尋來的陳舊施工地圖，然後攤開在我們面前。他指著其中一個位置，興致勃勃地說道：「你們看這裡，也就是五行塔原本的位置。在數年之前，在王玨買下這塊地時，這裡是什麼？韓晉，把這三個字念給我聽！」

「地……地熱井……」

「沒錯！王玨竟然在一座廢棄的地熱井上，蓋了一座五行塔！」陳爝嘖嘖稱奇，「加熱整座五行塔，靠一把火怎麼行？地熱能是由地殼抽取的天然熱能，這種能量來自地球內部的熔岩，並以熱力形式存在，是一種引致火山爆發及地震的巨大能量，這種熱量，足以讓一百座五行塔沸騰起來！」

「可是，這種熱能凶手怎麼控制呢？銅屋並不是時時刻刻都灼熱啊！」

「這就是王玨厲害的地方。他切斷了地熱的供能，並且安裝了一個簡易的導熱裝置，可以隨時隨地控制地熱的能量。實際上，在馬逸鳴的手記中，已經提到了！」

「啊！是那個！」我想起了馬逸鳴手記中，曾提到過在樓梯邊上的金屬圓柱。他說，牆壁內鑲嵌著一根直徑約六公分的金屬圓柱，這就是陳爝說的導熱裝置嗎？我把這個想法告訴了陳爝。

「如何控制導熱，是這個詭計的重點。然而，作為建築師的高雲龍看穿了凶手的把戲，所以才慘遭殺害。」

「凶手到底是用了什麼手法，控制導熱的時間？」我急切地問道。

「韓晉，你是否還記得，馬逸鳴被殺時頂住廁所門的那根銅棍？」陳爝似笑非笑地看著我，「那，就是凶手用來加熱五行塔的『裝置』。」

「直徑六公分的銅棍？」

「對！如果我的推理沒錯，那五行塔的結構應該是這樣。在『土之間』之下，還有一層空間。手記中提到，五行塔不止有五層，最下層還有一塊水泥澆築的平台。這塊多出來的平台，應該就是一個房間，而房間內，就應該有一根用來將地熱傳導上頂層的銅棍。然而，王玨在建造這座五行塔的時候，故意將其中一截取出了。也就是說，原本縱橫整座五行塔的『導熱條』被從中間截斷了！這樣，熱量就無法傳至樓頂的銅屋，平時也就沒有危險。當凶手起意殺人時，只須把這根銅棍重新安入其中，『導熱』的效應又被重新開啓，地熱能會直接加熱樓頂的銅屋！」

「這一切都是你的猜測，證據呢？」林媛用嘶啞的聲音問。

「咖啡。」陳爝說到這裡，頓了片刻，「留在桌上的咖啡就是證據。」

4

「記得手記中說，林震墜樓後，眾人進入了銅屋，發現桌上的咖啡還是溫熱的。這一點，刑警張戰峰非常在意。其實他的直覺是對的，只是沒有深入。案發前晚上十點左右，熊萍給林震送來咖啡，然後離開。過了一整夜，咖啡沒道理還有溫度。所以刑警和熊萍都認爲，這杯咖啡是別人送來的，並不是當初的那杯。其實他們錯了，這杯咖啡，就是熊萍昨夜十點拿來的，只不過在半夜又被加熱了一次而已！」陳爝滔滔不絕地說道。

沒想到五行塔事件的眞相，竟然如此驚人！

「凶手是誰？」林媛眼圈有點發紅，「我就想知道害死我父親和我哥哥的凶手是誰？」

「林小姐，你先別著急，我馬上會談到這個問題。因爲殺死高雲龍的凶手，就是害死你父親和你哥哥的人！」陳爝對著林媛說完，又重新走上講台，「猜到五行塔的秘密之後，我就開始考慮一個問題——凶手爲何要製造這麼一個密室？」

「因爲想僞裝死者自殺！」我回答道。

「不，不對勁。」陳爝大搖其頭，「凶手是一個思維縝密的人，不會弄出這麼一個漏洞百出的密室。」

「漏洞百出？」

「這個密室太刻意了，就好像告訴大家——我只是想建造一個密室而已，實際上根本沒有起到什麼作用！」

「說的好像你已經知道密室之謎一樣！」我不服道。

「我確實已經知道了。」陳燏輕描淡寫道，「不過這不是重點，我考慮的是，凶手製造這個無聊的密室，一定有其原因。終於被我發現了，他弄這麼一齣密室殺人，並不是爲了僞裝自殺，而是爲了掩蓋一件事。」

「掩蓋一件事？」我不由自主地重複了一遍陳燏所說的話。

「是的！到底是什麼事呢？凶手要掩蓋的，一定是會暴露他自己身分的事！所以，他製造這個密室，不是爲了製造自殺假象，而是僅僅爲了使用這根『銅棍』而已！」

「爲了使用一根銅棍，而去製造一個密室？」我又開始糊塗了。

「從前有位智者說過，如果要掩蓋一具屍體，就去發動一場戰爭！」陳燏高聲道，「凶手製造密室來掩蓋銅棍，是因爲這根『導熱裝置』會暴露他的身分。」

「你能不能把話一口氣說完，別總是說半句來吊我胃口！」我表達了自己的不滿，其實，故弄玄虛一直是陳燏的風格。

「很簡單。因爲凶手必須把這根銅棍暴露在大家的視線下，放在所有人都看得見的地方，反向推理，也就是說，凶手自己已經失去了藏匿這根銅棍的地方，不然他不會這麼做。這個邏輯，沒問題吧？」陳燏看了我一眼，又自顧自地說了下去，「那麼，凶手爲何會失去藏匿銅棍的地方呢？手記中的一個事件，給了我們答案。大家是否還記得，五行塔中，每個人的房間都被敲碎了一件東西——陸向紅的花瓶、林媛的茶杯、成晨的雕像、劉豔的鏡子、劉營章夫婦的電燈和馬逸鳴的掛鐘，凶手爲什麼要敲碎所有人房間裡的東西呢？」

「是惡作劇吧？」

「不，凶手所做的每一件事，必定是有用意的。」陳爔分析道，「凶手敲碎所有東西，和製造一起密室殺人一樣，是爲了掩蓋自己的身分。在凶手所敲碎的所有物品中，只有一件和其他物品格格不入。韓晉，你知道是什麼嗎？」

「大衛雕像……」我隨便猜了一個。

「You said it!」陳爔打了個響指，「請注意，大衛雕像可是一比一大小的，這樣一個尺寸，正好可以藏下長度一百五十公分左右的銅棍！」

——原來是這樣，我明白了！

「沒錯，林小姐，殺死林志堅、林震和高雲龍的凶手，就是你的丈夫——成晨！」陳爔突然提高了音量，目光直視林媛，「高雲龍發現了五行塔的秘密，於是找到了成晨。他是否知道成晨就是幕後主使，這我們已經無法知曉了，但可以肯定的是，高雲龍非常興奮。成晨見五行塔的秘密暴露，於是惡向膽邊生，用繩子勒死了高雲龍。高雲龍沒有任人宰割，而是拚命掙扎，搏鬥中，大衛雕像被敲碎了，於是，原本匿藏在這裡的銅棍顯露了出來。高雲龍雖然死了，可是如果讓大家見到這根銅棍，恐怕也不是什麼好事，成晨怕大家會聯想到五行塔的詭計，於是便製造了高雲龍自殺的密室。」

陳嫺說到這裡停住了。

「這簡直像推理小說中的心理詭計！」我大聲道。

「確實是這樣，你要匿藏一件東西，最好的辦法，就是把它暴露出來！讓所有人都看見！這樣，大家的注意力，將不會留在『銅棍是用來幹什麼』上，因爲大家的思維已經被固定了——銅棍就是用來堵門的！」

林媛已經堅持不住了，像隨時要倒下的樣子，我忙上前一把扶住了她。

「你胡說……我不信……成晨他……他爲什麼要這樣對我……」

「可是，陳嫺，你還沒有解釋廁所的密室，成晨是如何辦到的呢！」我突然想到了這個問題，「這可是一個不遜於推理小說的『完全密室殺人』啊！」

陳嫺冷笑道：「和用來藏匿銅棍的心理詭計相比，密室詭計簡直是小兒科！韓晉，既然你這麼想知道，我就告訴你吧！首先，林小姐，你是否還記得，在高雲龍被殺的凌晨，你說廁所停水了。可是第二天下午，供水系統又恢復了？」

林媛點了點頭。

陳嫺繼續說了下去：「其實，這一切也是凶手搞的把戲！他先把已經死亡的高雲龍拖進廁所，然後吊在天花板上，接著，將銅棍橫放於高雲龍屍體之前，然後離開了廁所。」

「他沒用銅棍抵住門嗎？」

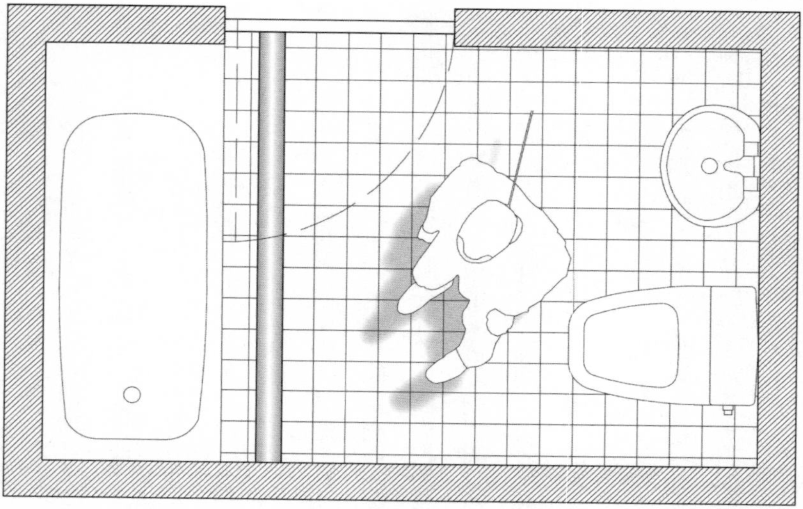

詭計說明圖示

「在此之前，成晨做了一個動作——出了廁所，去關掉了這座五行塔的水閘！」

「爲什麼要關水閘？」

「然後，成晨又回到廁所，打開水龍頭，堵住洗手台的排水孔。這時，水龍頭雖然打開，可是因爲總水閘被關，也是出不了水的。這時，成晨再次離開廁所，並關上門，然後在門外打開總水閘，這時，會發生什麼？」

「水龍頭會出水！」

「沒錯，因爲排水孔被堵住，水一定會漫出來。這時，水就開始往外流。因爲要考慮到排水的坡度，廁所的地面是傾斜的，所以當水開始流到銅棍這裡時，就會產生一股往外推的力！而竹地板又受過特殊處理，摩擦力很弱，加上地勢的高低差，於是銅棍就開始被流水推著滾動起來！直到滾到了廁所門口，頂住門爲止！」

我又張大了嘴巴，竟然是如此精妙的詭計，眞是聞所未聞。

「完成這個動作後，成晨只須把總水閘再次關掉就可以了。這樣，水龍頭就停止出水，到了早上，剩下的水沿著坡度流進了排水孔，一切神不知鬼不覺。直到你們一起進入廁所的時候，成晨只要趁你們沒注意，把水龍頭關上，讓洗手台的排水孔繼續排水，這個密室就完成了！」陳爝說到這裡，又停住了。

「太可怕了……」我看著地上的五行塔模型，腦子一片混亂，「動機呢……如果林震是成晨殺死的，那他一定也用了這個手法殺死了林志堅。可是，一個是妹夫，一個是岳父，他爲什麼要這麼做？」

陳爝搖搖頭說：「恐怕成晨並沒有這麼想。他愛的不是林媛，而是林媛的身家，他內心眞正愛慕的人，恐怕是陸向紅。」

「什麼？那……林太太？」

「無論是林志堅，還是林震，都已經發覺了他和陸向紅的私情。所以他們必須死。在機緣巧合下，成晨發現了這棟五行塔的秘密，作爲建築師，他興奮不已。在經過簡單改造後，他促使林志堅買下了這座五行塔，緊接著開始了他惡魔般的計畫……」

「這一切，陸向紅知道嗎？」

「不清楚，也許知道吧。」陳爝回答得很謹慎。

聽了陳爝的解答，我感到精神有些恍惚，宛如夢境一般。

而林媛，此刻已經徹底沉默了。

5

俗話說，天網恢恢疏而不漏。我不知道用這個詞來形容成晨和陸向紅是否合適，但是當新聞報導他們在美國因車禍雙雙殞命時，我突然相信了這世界上的一些道理，比如善惡終有報，比如不是不報，只是時候未到。

「雖然說現在已無從查證，既然成晨已死，林媛也不打算報案。不過我還是想知道，最初是什麼因素，讓你注意到了五行塔的秘密？我總覺得，不單單是咖啡這個提示那麼簡單。」

某日傍晚，正當我和陳爝在圖書館借書時，忽然想起了這個在我心頭纏繞已久的問題。

「韓晉，你有沒有聽說過『熱島效應』？」陳爝漫不經心地問道。

「什麼是熱島效應？」我不解地問道。

「熱島效應其實就是人爲原因，改變了城市地表的局部溫度、濕度、空氣對流等因素，進而引起的城市小氣候變化現象。由於城市建築群很密集，柏油路和水泥路面比郊區的土壤、植被具有更大的吸熱率，和更小的比熱，這讓城市升溫較快，並向四周和大氣中大量輻射，造成了同一時間城區氣溫普遍高於周圍的郊區氣溫，高溫的城區處於低溫的郊區包圍之中，如同汪洋大海中的島嶼，人們把這種現象，稱之爲城市熱島效應。」

陳爝捧了一堆數學的書籍，找了一個空位坐下，我也挨著他身邊坐。我注意到，他手裡其中一本是關於納維－斯托克斯方程的書籍。

「完全聽不懂。」我攤開雙手，「你能不能說人話？」

「在看張戰峰筆記的時候，我注意到，他談及五行塔周圍的環境，描寫了塔四周植被比遠處更茂密，野草長得也更高等情況。」

「那又怎麼樣？」

「這關係到一個植物學上的問題。在生長發育過程中，植物所需的最低、最短、最高溫度，稱爲溫度的三基點。植物原產地不同，對溫度三基點的要求也各不相同。比如原產地是熱帶的植物，生長的基點溫度一般在十八度左右；溫帶的植物是十度；一般植物在零到五度的範圍內。溫度降低則生長緩慢，隨著溫度上升，生長也會加速！」

「我明白了，五行塔周圍因爲經常加熱，產生了類似於『熱島效應』的環境，導致植物比在其他地區生長更快，才會出現張戰峰觀察到的這種情況！」

「另外，國外科學家在詳細研究了一九八二年至二〇一〇年間的衛星圖像後發現，非洲、中東和澳大利亞內陸地區的植物數量急劇上升，與全球溫度升高有極大的關聯。」

雖然對此仍一知半解，但是我內心深處，還是很佩服陳嬙敏銳的觀察力。竟然從植被生長情況，聯想到了周圍的溫度問題。

「今天先借這麼多！」陳嬙站起身來，「走吧，韓晉！我們去喝一杯吧！」

「去哪兒？」

「Next Time！」

話音剛落，陳嬙便已邁開腳步，把我甩在了身後。

推理櫥窗

《斜屋犯罪》　島田莊司 著

在北海道宗谷岬的懸崖上，有座建築——「流冰館」，地板由北向南傾斜五度角，因奇特的外型故當地人稱之「斜屋」。平安夜，館主濱本幸三郎邀請了許多賓客來參加派對。在派對上他出了一道謎題，只要誰能夠先解開花壇中神秘圖騰的意義，就有資格和她的女兒英子結婚，並繼承遺產。但在謎題還沒解開之前，這座館內就接連兩天發生密室殺人事件。

●此書為「占星師偵探」御手洗潔系列小說，亦是作者所有作品中最經典的密室殺人代表作。故事中利用特殊造型的建築物做為犯罪工具，創新的手法獨樹一格，是認識本格推理的必讀小說。

後記

原本是不打算寫這篇後記的，但是這本作品比較特殊。嚴格來說，這是我第一本短篇小說集，責編老師建議還是談一下比較好。本書是繼上一本《鏡獄島事件》之後，第三本以數學家陳爝為主角的作品，收錄了六個本格推理短篇。這些短篇跨度從二〇一四年初至二〇一六年末。雖然已過了整整兩年，時間不能算短，但陳爝的短篇作品卻不多，有些遺憾。

接下來，我想和大家聊聊關於這六個短篇的創作故事，權當餐後的甜點。

不過在此之前還是要提醒沒有讀過正文的讀者，後記中部分內容可能會洩漏本書謎團的真相，請謹慎閱讀。

在寫完陳爝系列第一作《黑曜館事件》後，我讀了一本有關靈魂離體的書籍。作者是美國人，書中舉了大量實例（大量瀕死倖存者口述），來闡述「人有靈魂」這個觀點。我讀得非常入迷，甚至又購入了幾本同類型的書，其中還有一本討論人死後世界的哲學書（這本書的作者最終用邏輯證明了靈魂不存在）。從我個人的觀點，我是不可知論者。

但是我對這類事件非常好奇，於是腦中便閃現出了〈瀕死的女人〉故事的雛形。如果一個女人，她把半昏迷時零散的訊息認作瀕死經歷，結合她自身的生存經驗，會有什麼樣的效果？偵探又如何從這些不能稱之為線索的零碎資訊中看出端倪？當時我非常興奮，雖然在關聯瀕死經歷和現實經歷的時候很順手，但到了具體如何推演出凶手這一段，讓我犯了難。幸好，最後我解決了這個問題。

〈緘默之碁〉的寫作初衷，是想挑戰一下我朋友曾經提出過的一個謎題——偵探進入房間，稍作觀察，立刻推理出凶手的身分。很遺憾，我這位朋友沒能把他的作品完成，但我覺得想法真的不錯，於是躍躍欲試。之後得知，日本早就有推理作家寫過類似的小說，而且非常精彩。我也找來讀了，拜服作者的想像力。

這種展現偵探「神性」和「腦洞」的作品非常有趣，各種不同的切入點也能帶來不同的樂趣，我本人也很喜歡這篇作品。在這裡要感謝一下陸燁華老師在小說結尾處所給的建議，讓我完善了這部作品。

〈絞首魔奇譚〉改編自我過去一個短篇。不過曾經的作品中，在偵探推理死者是否自殺這段有個漏洞，經朋友提出後，我思索良久，打算重新潤色。這部小說開頭用了美國偵探小說作家艾勒里．昆恩的名作《中國橘子之謎》的謎面，謀殺現場所有東西倒置，讓偵探來探求凶手這麼做的理由。

〈維納斯的喪鐘〉和〈J的悲劇〉也是我改稿過的作品。前者從未發表，在推理真相的過程中，有個逆轉，希望大家喜歡；後者則是曾經在雜誌上發表過的一個短篇，以一系列模仿名畫的殺人場面為主題，在感官上衝擊力比較大。起名〈J的悲劇〉也是為了致敬我最喜歡的美國作家昆恩。至於為什麼是J而不是其他字母，讀者可以自行發揮想像。我在這裡就不多做解釋啦。

標題作《五行塔事件》可以說是本書的重頭戲。

創作出一部如島田莊司的《斜屋犯罪》或者二階堂黎人的《恐怖的人狼城》這樣，以建築犯罪詭計為看點的推理小說，一直是我的夢想。我從很久以前就開始構想，可苦於沒有合適且驚人的詭計，一直沒有付之筆端。

大約是兩年前，和友人一次聚餐。記得當時吃四川火鍋，因為手指不小心被鍋燙到，慘叫之餘，腦中突然閃過一個想法，就是《五行塔事件》的主詭計。靈感閃現之後，立刻和幾位推理作者開始討論。特別是段北陽兄，對這個詭計讚不絕口，讓原本擔憂詭計可行性的我信心倍增。段北陽兄是德國達姆施塔特工業大學的建築學碩士，現就職於法蘭克福halbeturri建築師事務所。本人既是推理作者，也是一名建築師。所以在寫作中關於建築方面的問題，他給了我很多建議，並且為本書繪製了建築圖。

最後，要感謝本書的責任編輯，認真地給出許多我未曾想過的建議，感謝印刻出版社的同仁們，為這本書費心勞力，更要感謝每一位支持我的讀者。

非常感謝！

轉眼就新的一年了！

二〇一八年，望共同努力，進步！

SMART 23

五行塔事件

作　　者	時　晨
總 編 輯	初安民
責任編輯	林玟君
美術編輯	林麗華
校　　對	吳美滿　陳建瑜　林玟君
發 行 人	張書銘
出　　版	INK 印刻文學生活雜誌出版有限公司 新北市中和區建一路 249 號 8 樓 電話：02-22281626 傳眞：02-22281598 e-mail：ink.book@msa.hinet.net
網　　址	舒讀網 http：//www.sudu.cc
法律顧問	巨鼎博達法律事務所 施竣中律師
總 代 理	成陽出版股份有限公司 電話：03-3589000（代表號） 傳眞：03-3556521
郵政劃撥	19000691　成陽出版股份有限公司
印　　刷	海王印刷事業股份有限公司
出版日期	2018 年 4 月　　初版
ISBN	978-986-387-222-1

定　價　360 元

※ 本書繁體中文版由新星出版社有限責任公司授權出版

國家圖書館出版品預行編目資料

五行塔事件 / 時晨 著；
--初版，--新北市：INK印刻文學，
2018.04　面；14.8 × 21公分（Smart；23）
ISBN 978-986-387-222-1（平裝）

857.7　　106023442